FRIEDRICH HÖLDERLIN

Sämtliche Werke, Briefe und Dokumente
in zeitlicher Folge

herausgegeben
von D. E. Sattler

Bremer Ausgabe

BAND V

FRIEDRICH HÖLDERLIN

Sämtliche Werke, Briefe und Dokumente
in zeitlicher Folge

BAND V

1796.1797
Frankfurt

Fragment philosophischer Briefe
Gedichte
Vorstufen Hyperion I
Hyperion, Band I
Ovid, Vergil, Euripides
Horaz

Luchterhand

in der Verlagsgruppe Random House GmbH
Umschlag: R·M·E / Roland Eschlbeck
Satz: D. E. Sattler
Druck und Bindung: GGP Media GmbH, Pößneck

ISBN 3-630-87195-X

V

Wenn Professoren Suzette Gontard-Borckenstein im Munde führten als Diotima hatte es zumeist den üblichen Beiklang. Er selbst hat es sicher nie getan und das im Denken Verbundene auseinander gehalten im Umgang. Deswegen hier zumeist ihr Name, wie sie ihn schrieb.

Klopstock war es übrigens (befreundet mit der verwitweten Mutter Susanna, geborene Bruguier), der die Siebzehnjährige in Altona, weinend, wie es heißt, Jacob Gontard zuführte, der real und metaphorisch nur ein Auge hat. *Les affaires avant tout!* sein Wahlspruch. Nein, ihr Gott war nicht der Abgott der Bankiers und Bankrotteure. Auch nicht der Gott der Kanzelprediger und religiösen Schwätzer, wie wir von ihr erfahren. Was sie zu innig vielleicht fühlt, das ist ihr Leitstern; dem folgt sie. Kennt zwar die Vorschrift, wie etwas zu sein hat, aber achtet sie nur bedingt. Darin unterscheidet sie sich von den Angelernten. Wenn etwas Höheres als Liebe ist, dann ist ihr liebendes Herz abgöttisch.

In den ersten Wochen in Frankfurt entsteht das Fragment philosophischer Briefe: Entwurf zur Befriedung des parteiischen Denkens: Und jeder hätte demnach seinen eigenen Gott, in so ferne jeder seine eigene Sphäre hat…

Sie erkennen sich schnell, doch jeder für sich. Der Krieg kommt über den Rhein. Sie fliehen mit den Kindern nach

Kassel. Sie und er und Marie Rätzer aus Bern, die für die drei kleineren Mädchen da ist. Wilhelm Heinze, der Verfasser des *Ardinghello*, kommt in Kassel hinzu. Sie zählt, wie ein Kind an den Fingern, die Stufen zum Herkules hinauf. Beugt sich über das niedrige Geländer am Fuße des Oktogons, so weit, bis er sie halten, umfassen muß. Dies alles und mehr geht ein in den neu entworfenen, der Form nach wieder hergestellten Hyperion. Jetzt wieder weit genug entfernt von Schiller.

Der weist das ihm übersandte Lied Diotima als viel zu weitschweifig zurück. Ebenso die kühnen Strophen An die klugen Rathgeber, die offen gegen ihn und Goethe sich wenden. Fügt aber den guten Rat hinzu, sich an die *schönsten Muster* zu halten und es weiterhin zu versuchen.

Nach Neujahr 1797, im Brief an Ebel nach Paris, erscheint dieser Satz: Ich glaube an eine Revolution der Gesinnungen und Vorstellungsarten, die alles bisherige schaamroth machen wird. Und dazu kann Deutschland vieleicht viel beitragen... Soll das umsonst gesagt sein? O leviathanische Jugend –

Im Wechsel mit Übersetzungen aus Ovid, Vergil und Euripides entsteht Der Wanderer, Die Eichbäume und An den Aether. Schiller nimmt sie an – nicht ohne (auf Goethes Rat) den Wanderer umzudichten. Als Goethe im August nach Frankfurt kommt und Hölderlin sich ihm präsentiert, findet er diesen bedrückt. Kein Wunder! Soeben hat er in den *Horen* seine entstellte Elegie gelesen.

1796

1. Januar. Christian Gottfried Körner an Friedrich Schiller. Zu den Aushängebogen des *Musen-Almanachs für das Jahr 1796.*
Die ganze Sammlung ist in der That einzig in ihrer Art. Selbst unter den Beyträgen vom zweiten Range habe ich recht hübsche Sachen gefunden z. B. von Meyer, Hölderlin, Woltmann. Letzterer versificirt besonders gut, wenn auch die Ideen nicht immer neu sind.

11. Januar. An Carl Gock. Druck Chr. Th. Schwabs und Regest Gustav Schlesiers.

Frankfurt a. M. d. 11 Jan. 1796.

Ich kann dir jezt nicht schreiben wie ich wünschte, lieber Karl! Ich möcht' es nicht gerne einen Tag länger anstehen lassen, Nachricht von meiner Lage zu geben, und habe doch eben jezt keine Stunde, wo ich unzerstreut mein Innres dir mittheilen könnte. Davon, von m i r , im eigentlichen Verstande, brauchst du auch für jezt noch keine Nachricht; denn es hat sich in diesem Sinne nichts verändert, wird sich auch, der Hauptsache nach, wie ich meine, nicht leicht etwas ändern; aber um mich ist indeß manches vorgegangen, wovon das Neueste ist, daß ich nun wirklich mein Verhältniß angetreten, daß ich, nach meinem, freilich noch nicht vesten, unwiderruflichen Urtheil, die besten Menschen zu Freunden, und an den Kindern dieser Menschen Zöglinge habe, wie man sie wohl nicht leicht wieder finden dürfte, wenn man Unbefangenheit, reine Natur, ohne Rohheit, sucht, daß ich in keinem Stüke genirt bin bei meinem Verhältniß, jährlich 400 fl. und alles frei habe.

Von sehr interessanten Menschen, die ich kennen lernte, besonders während meines Aufenthalts in Homburg, bei Sinklär, der dich grüßen läßt, von mancher Freude, mancher Bemerkung, überhaupt von meinem bisherigen mannigfaltigen Leben geb' ich dir vieleicht ein andermal Rechenschaft.

Ich denke an dich in stillen Augenbliken, ich fühle, daß wir immer mehr Freunde werden. Lieber! Freundschaft ist ein großes Wort, faßt sehr viel in sich.

Was macht die liebe Mutter? Ich freue mich über mein gutes Schiksaal, weil ich denke, daß es zu ihrer Erheiterung beitragen wird. – Gerne schrieb' ich noch an meine theure Schwester, aber ich habe heute nicht einen Augenblik mehr übrig. Sie soll doch ja nicht glauben, als wär' es Mangel an der brüderlichen Liebe, die sie gewiß immer in mir gefunden haben wird. Ich habe dieser Tage etliche Briefe zu schreiben, und der an meine Schwester wird der erste seyn. Sollten Briefe an mich angekommen seyn, oder ankommen, so sei so gut, sie mir so bald als möglich zuzuschiken. Paquete schickst du mir unfrankirt.

Ich wohne noch in der Stadt Mainz, einem Gasthofe, weil mein Zimmer in Gontards. Hauße noch nicht ganz zurecht gemacht ist. Adressire die Briefe dahin.

Leb wohl, lieber Bruder! Laß uns einander treu bleiben!

Dein

Hölderlin.

14. Januar. Franz Wilhelm Jung an Johann Gottfried Ebel.

Fragen Sie doch Herrn Wenner ob er meine Übersezung Ossians übernehmen wolle [...] Auch Hölderlin kent die Übersezung. Fragen Sie ihn vorher um sein ganz unpartheiisches Urteil.

15. Januar. An Christian Ludwig Neuffer.

Frankfurt am Main. d. 15. Jan. 96.

Lieber Bruder!

Ich hätte dir nicht wohl ohne Zerstreuung schreiben können, wenn ich nicht bis jezt gewartet hätte, auch jezt noch wirst du die Folgen des Umherirrens, des unsteten getheilten Interesses, das einem so eine Lage unwillkührlich giebt, an mir finden. Ich weiß wohl, daß es einmal Zeit wäre, mich weniger durch Neuheit beunruhigen zu lassen; aber ich mußte wieder finden, daß, bei aller Vorsicht, das Unbekannte für mich sehr leicht mehr wird, als es wirklich für mich seyn kann, daß ich bei jeder neuen Bekantschaft von irgend einer Täuschung ausgehe, daß ich die Menschen nie verstehen lerne, ohne einige goldne kindische Ahndungen aufzuopfern.

Ich weiß, daß ich in deinen Augen nichts verliere durch dieses demüthigende Geständniß.

Glaube übrigens deßwegen nicht, als wäre meine neue Lage nicht so, daß man nicht gewissermaßen damit zufrieden seyn könnte.

Ich lebe, wie es scheint, unter sehr guten und wirklich, nach Verhältniß, seltnen Menschen; sie könnten wohl noch mehr seyn, ohne daß ich das obige zurüknehmen müßte.

Du verstehst mich gewiß, wenn ich dir sage, daß unser Herz auf einen gewissen Grad immer arm bleiben muß. Ich werde mich auch wohl noch mehr daran gewöhnen, mit Wenigem fürlieb zu nehmen, und mein Herz mehr darauf zu richten, daß ich der ewigen Schönheit mehr durch eignes Streben und Wirken mich zu nähern, suche, als daß ich etwas, was ihr gliche, vom Schiksaal erwartete. Du hast wohl recht, mit deiner treuen Lehre, die du mir manchmal gabst, daß man deßwegen, die fröhlichen Stunden des Lebens nicht von sich weisen soll, daß auch das Lachen, was doch sicher kein hohes Glük ist, gut sei für den Menschen; aber du fühlst wohl auch, daß sich das nicht leicht lernt; es ist Naturgaabe, die ich gewiß nicht verwerfen würde, wenn ich sie hätte. –

Es war für mich Bedürfniß, Lieber! dir das mitzutheilen, was gerade mein Gemüth beschäftigte, und so wirst du nicht zürnen, daß ich nicht von was anderem sprach.

Die Bedingungen, unter denen ich mein Verhältniß eingieng, sind vortheilhaft genug. Ich kann mit durchgängiger Ungebundenheit leben, brauche meinem Zögling, der schon mein ganzes Herz gewonnen hat, durch seine reine freie Unbefangenheit, nur den Vormittag zu widmen, und bekomme jährlich 400 fl, bei dem, daß ich alles frei habe.

Für S e i t s konnt' ich noch nichts bestimmtes ausmachen. Wenigstens hat mir Dr. Ebel bis jezt noch nichts auf meine Fragen geantwortet, das für oder wider unseres Freundes und mein Interesse entschiede. Ebel wird, wie er mir heute sagte, nächster Tage selbst an Seits schreiben. Lebe wohl.

Dein

Hölderlin.

Grüße alle meine Freunde von mir. Hofrath Jung läßt dich grüßen.

17. Januar. Schiller sendet Goethe seine ersten 66 *Xenien*. Darunter befindet sich das an Hölderlin gerichtete, jedoch nicht in den ‚Xenien-Almanach' 1797 aufgenommene Epigramm. Angespielt wird auf den ein Jahrundert zuvor aufgetretenen Propheten Sabbatai Zwi, der – was zur Idee der Erlösung durch Sünde gehörte – die Demütigung einer erzwungenen Konversion zum Islam hinnahm.

Der falsche Messias zu Konstantinopel an H.

Als der Prophet nicht geriet, da ward er ein Türke zu Stambul;
Freund, sei vernünftig wie er, werde du jetzt Philosoph.

18. Januar. Friedrich Schiller an Friedrich Haug.

Endlich mein lieber Freund kann ich Ihnen einen MusenAlmanach senden, auf den mein Verleger mich etwas lange warten ließ. Ich wähle ein unbeschnittenes Exemplar auf englischem Velin, welche gar nicht im Handel circulieren, und das Ihnen also wahrscheinlich lieber seyn wird als die abgeschmackten KalenderFormate mit goldnem Schnitt.

Für Ihre Beyträge, deren Fortsezung ich mir auch für das nächste Jahr erbitte, meinen beßten Dank. Wollen Sie innliegende Stücke an die H.H. Hölderlin u. Neuffer besorgen?

Im Januar. Friedrich Wilhelm Joseph Schelling aus Stuttgart an Georg Wilhelm Friedrich Hegel.

Viele Grüße von Süskind, der hier als Hofmeister – siedet. Auch von Pfister, item Hofmeister allhier. Grüße Mögling, der den Winter recht epikureisch – auf seinem Dörfchen verleben wird. Daß Hölderlin in Frankfurt ist, wirst du wissen.

Vmtl. im Februar. Entwurf der für Niethammer bestimmten philosophischen Briefe. Das hierfür bereitgestellteFaszikel bestand aus 10 ineinandergelegten, jetzt zum Teil getrennten Doppelblättern. Mit dem 1. und 2. sowie dem 7. Blatt sind Anfang und Ende dieses immer noch uneingelösten Denkmodells verloren. Die beiden letzten Blätter werden im Spätsommer 1799 zu zwei Briefen an die Mutter genutzt. Die restlichen elf Blätter des Hefts nehmen dann – von hinten nach vorn geschrieben – die Oden-Produktion und poetologische Entwürfe des Herbsts 1799 auf.

halten muß und nichts anders meint und muß er meinen, wenn er von einer Gottheit redet und von Herzen und nicht aus einem dienstbaren Gedächtniß oder aus Profession spricht. Der Beweis liegt in wenigen Worten. Weder aus sich selbst allein, noch einzig aus den Gegenständen, die ihn umgeben, kann der Mensch erfahren, daß mehr als Maschinengang, daß ein Geist, ein Gott, ist in der Welt, aber wohl in einer lebendigeren, über die Nothdurft erhabnen Beziehung, in der er stehet mit dem was ihn umgiebt.

Und jeder hätte demnach seinen eigenen Gott, in so ferne jeder seine eigene Sphäre hat, in der er wirkt und die er erfährt, und nur in so ferne mehrere Menschen eine gemeinschaftliche Sphäre haben, in der sie menschlich, d. h. über die Nothdurft erhaben wirken und leiden, nur in so ferne haben sie eine gemeinschaftliche Gottheit; und wenn es eine Sphäre giebt, in der zugleich alle Menschen leben, und mit der sie in mehr als nothdürftiger Beziehung sich fühlen, dann, aber auch nur in so ferne, haben sie alle eine gemeinschaftliche Gottheit.

Es muß aber hiebei nicht vergessen werden, daß der Mensch sich wohl auch in die Lage des andern versezen, daß er die Sphäre des andern zu seiner eigenen Sphäre machen kann, daß es also dem einen, natürlicher weise, nicht so schwer fallen kann, die Empfindungsweise und Vorstellung zu billigen von Göttlichem, die sich aus den besondern Beziehungen bildet, in denen er mit der Welt steht – wenn anders jene Vorstellung nicht aus einem leidenschaftlichen übermüthigen oder knechtischen Leben hervorgegangen ist, woraus dann immer auch eine gleich nothdürftige, leidenschaftliche Vorstellung von dem Geiste, der in diesem Leben herrsche, sich bildet, so daß dieser Geist immer die Gestalt des Tyrannen oder des Knechts trägt. Aber auch in einem beschränkten Leben kann der Mensch unendlich leben, und auch die beschränkte Vorstellung einer Gottheit, die aus seinem Leben für ihn hervorgeht, kann eine unendliche seyn. Ausführung.

Also, wie einer die beschränkte aber reine Lebensweise des andern billigen kann, so kann er auch die beschränkte, aber reine Vorstellungsweise billigen, die der andere von Göttlichem hat. Es ist im Gegentheil Bedürfniß der Menschen, so lange sie nicht gekränkt und geärgert, nicht gedrükt und nicht empört in gerechtem oder ungerechtem Kampfe begriffen sind, ihre verschiedenen Vorstellungsarten von Göttlichem eben, wie im übrigen Interesse, sich einander zuzugesellen, und so der Beschränktheit, die jede einzelne Vorstellungsart hat und haben muß, ihre Freiheit zu geben, indem sie in einem harmonischen Ganzen von Vorstellungsarten begriffen ist, und zugleich, eben, weil in jeder besonderen Vorstellungsart auch die Bedeutung der besonderen Lebensweise liegt, die jeder hat, der nothwendigen Beschränktheit dieser Lebensweise ihre Freiheit zu geben, indem sie in einem harmonischen Ganzen von Lebensweisen begriffen ist.

Du fragst mich, wenn auch die Menschen, ihrer Natur nach, sich über die Noth erheben, und so in einer mannigfaltigern und innigeren Beziehung mit ihrer Welt sich befinden, wenn sie auch, in wie *weit* sie über die (physische und moralische) Notdurft sich erheben, immer ein menschlich höheres Leben leben, (in einem mehr als mechanischen *Zusammenhange*, daß ein höheres *Geschik* zwischen ihnen und ihrer Welt sei) wenn auch wirklich dieser höhere Zusammenhang ihnen ihr heiligstes sei, weil sie in ihm sich selbst und ihre Welt, und alles, was sie haben und seien, vereiniget fühlen, warum sie sich den Zusammenhang zwischen sich und ihrer Welt gerade *vorstellen*, warum sie sich eine Idee oder ein Bild machen müssen, von ihrem Geschik, das sich genauer betrachtet weder recht denken ließe, noch auch vor den Sinnen liege?

So fragst du mich, und ich kann dir nur so viel darauf antworten, daß der Mensch auch in so fern sich über die Noth erhebt, als er sich seines Geschiks *erinnern*, daß er für sein Leben *dankbar* seyn kann und mag, daß er in einem durchgängigern Zusammenhang mit dem Elemente, in dem er sich regt, auch durchgängiger *empfindet*, daß er, in dem er sich in seiner Wirksamkeit und den damit verbundenen Erfahrungen über die Noth erhebt, auch eine unendlichere, durchgängigere Befriedigung erfährt, als die Befriedigung der Nothdurft ist, wenn anders seine Thätigkeit rechter Art, nicht *für ihn*, für seine Kräfte und seine Geschiklichkeit zu weitaussehend, wenn sie nicht zu unruhig, zu unbestimmt, von der anderen Seite nicht zu ängstlich, zu eingeschränkt, zu mäßig ist. Greift es der Mensch nur recht an, so giebt es für ihn, in jeder ihm eigentümlichen Sphäre, ein mehr als nothdürftiges, ein höheres Leben, also eine mehr als nothdürftige, eine unendlichere Befriedigung. So wie nun jede Befriedigung ein momentaner Stillstand des *wirklichen Lebens* ist, so ist es auch eine solche unendlichere Befriedigung, nur mit diesem großen Unterschiede, daß auf die Befriedigung der Nothdurft eine *Negative* erfolgt, wie z. B. die Thiere gewöhnlich schlafen, wenn sie satt sind, auf eine unendlichere Befriedigung aber zwar auch ein Stillstand des *wirklichen* Lebens, aber daß dieses eine Leben im Geiste erfolgt, und daß die Kraft des Menschen das wirkliche Leben, das ihm die Befriedigung gab, im Geiste wiederhohlt. Ich sage, jener unendlichere mehr als nothdürftige Zusammenhang, jenes höhere Geschik, das der Mensch in seinem Elemente erfahre, werde auch unendlicher von ihm empfunden, befriedige ihn unendlicher, und aus dieser Befriedigung gehe das geistige Leben hervor, wo er gleichsam sein wirkliches Leben wiederhohle. In so ferne aber ein höherer unendlicherer Zusammenhang zwischen ihm und seinem Elemente ist in seinem wirklichen Leben, kann dieser weder blos in *Gedanken*, noch blos im *Gedächtniß* wiederholt werden, denn der blose Gedanke, so edel er ist, kann doch nur den *nothwendigen Zusammenhang*, nur die unverbrüchlichen, allgültigen, unentbehrlichen Geseze des Lebens wiederhohlen, und in eben dem Grade, in welchem er sich über dieses ihm eigentümliche Gebiet hinaus und den innigeren Zusammenhang des Lebens zu denken wagt, verläugnet er auch seinen eigentümlichen Karakter, der darin besteht, daß er ohne besondere Beispiele eingesehen und bewiesen werden kann. Jene unendlicheren mehr als nothwendigen Beziehungen des Lebens können zwar auch gedacht, als nur nichts *blos* gedacht werden; der Gedanke erschöpft sie nicht, und wenn es höhere Geseze giebt, die jenen unendlichern Zusammenhang des Lebens bestimmen, wenn es ungeschriebene göttliche Geseze giebt, von denen Antigonä spricht, als sie, troz des öffentlichen strengen Verbots, ihren Bruder begraben hatte, – und es muß wohl solche geben, wenn jener höhere Zusammenhang keine Schwärmerei ist – ich sage, wenn es solche giebt, so sind sie, in so ferne sie *blos* für sich und nicht im Leben begriffen vorgestellt werden, unzulänglich, einmal weil in eben dem Grade, in welchem der Zusammenhang des Lebens unendlicher wird, die Thätigkeit und ihr Element, die Verfahrungsart, und die Sphäre in der sie beobachtet wird, also das Gesez, und die besondere Welt in der es ausgeübt wird, unendlicher verbunden ist und eben deswegen das Gesez, wenn es auch gleich ein für gesittete Menschen allgemeines wäre, doch niemals ohne einen besondern Fall, niemals abstract gedacht werden könne, wenn man ihm nicht seine Eigentümlichkeit, seine innige Verbundenheit mit der Sphäre in der es ausgeübt wird, nehmen wollte. Und dann sind die Geseze jenes unendlichern Zusammenhangs, in dem sich der Mensch mit seiner Sphäre befinden kann, doch immer nur die Bedingungen, um jenen Zusámmenhang möglich zu machen, und nicht der Zusammenhang selbst.

Also kann dieser höhere Zusammenhang nicht blos in Gedanken wiederhohlt werden. So kann man von den Pflichten der Liebe und Freundschaft und Verwandtschaft, von den Pflichten der Hospitalität, von der Pflicht, großmüthig gegen Feinde zu seyn, man kann von dem sprechen, was sich für die oder jene Lebensweise, für den oder jenen Stand, für diß oder jenes Alter oder Geschlecht schike, und nicht schike, und wir haben wirklich aus den feinern und unendlichern Beziehungen des Lebens zum Theil eine arrogante Moral zum Theil eine eitle Eiquette oder auch eine schaale Geschmaksregel gemacht, und glauben uns mit unsern eisernen Begriffen aufgeklärter, als die Alten, die jene zarten Verhältnisse als religiose das heißt, als solche Verhältnisse betrachteten, die man nicht so wohl an und für sich, als aus dem Geiste betrachten müsse, der in der Sphäre herrsche, in der jene Verhältnisse stattfinden. In wie ferne hatten sie Recht?Und sie hatten darum recht, weil, wie wir schon gesehen haben, in eben dem Grade, in welchem die Verhältnisse sich über das physisch und moralisch nothwendige erheben, die Verfahrensart und ihr Element auch unzertennlicher verbunden sind, die einzelne Form und Art bestimmter Grundbeziehungen absolut gedacht werden können.

Und diß ist eben die höhere Aufklärung die uns größtentheils abgeht. Jene zartern und unendlichern Verhältnisse müssen also aus dem Geiste betrachtet werden, der in der Sphäre herrscht, in der sie stattfinden, d. h. solche sind, wo die Menschen, die in ihnen stehen, insofern wohl ohne einander isolirt bestehen können, und daß die

Rechtsverhältnisse erst durch ihre Störung positiv werden d. h. daß diese Störung kein Unterlassen, sondern eine Gewaltthat ist, und eben so wieder durch Gewalt und Zwang gehindert und beschränkt wird, daß also auch die Geseze jener Verhältnisse an sich negativ, und nur unter Voraussetzung ihrer Übertretung positiv sind, da hingegen jene freieren Verhältnisse, so lange sie sind was sie sind und ungestört bestehen,

Winke zur Fortsezung.
Unterschied religiöser Verhältnisse von intellectualen moralischen rechtlichen Verhältnissen einestheils, und von physischen mechanischen historischen Verhältnissen anderntheils, so daß die religiösen Verhältnisse einetheils in ihren Theilen die Persönlichkeit, die gegenseitige Beschränkung, das negative gleiche Nebeneinanderseyn der intellectualen Verhältnisse, anderntheils den innigen Zusammenhang, das Gegebenseyn des einen zum andern, die Unzertrennlichkeit in ihren Theilen haben, welche die Theile eines physischen Verhältnisses karakterisirt, so daß die religiösen Verhältnisse in ihrer Vorstellung weder intellectuell noch historisch, sondern intellectuell historisch, d. h. Mythisch sind, sowohl was ihren Stoff, als was ihren Vortrag betrifft, und wie er diß deutlicher oder dunkler in einemBilde auffaßt, dessen Karakter den Karakter des eigentümlichen Lebens ausdrükt, den jeder in seiner Art unendlich leben kann und lebt.

Sie werden also in Rüksicht des Stoffs weder blos Ideen oder Begriffe oder Karaktere, noch auch bloße Begebenheiten, Thatsachen, enthalten, auch nicht beedes getrennt, sondern beedes in Einem, (u. zwar so, daß wo die persönlichen Theile mehr Gewicht haben, Hauptparthien, der innere Gehalt sind, die Darstellung, der äußere Gehalt geschichtlicher seyn wird (epische Mythe), und wo die Begebenheit Hauptparthie ist, innerer Gehalt, der äußere Gehalt persönlicher seyn wird (dramatische Mythe), nur muß nicht vergessen werden, daß so wohl die persönlichen Theile als die geschichtlichen immer nur Nebentheile sind, im Verhältniß zur eigentlichen Hauptparthie, zu dem Gott der Mythe. Das lyrischmythische ist noch zu bestimmen.

So auch der Vortrag der Mythe. Ihre Theile werden einerseits so zusammengestellt, daß durch ihre durchgängige gegenseitige schikliche Beschränkung keiner zu sehr hervorspringt, und jeder einen gewissen Grad von Selbstständigkeit eben dadurch erhält, und in so fern wird der Vortrag einen intellectualen Karakter tragen, anderseits, werden sie, indem jeder Theil etwas weiter gehet, als nötig ist, eben dadurch jene Unzertrennlichkeit erhalten, die sonst nur den Theilen eines physischen mechanischen Verhältnisses eigen ist.

So wäre alle Religion ihrem Wesen nach poëtisch.

(Hier kann nun noch gesprochen werden über die Vereinigung mehrerer zu einer Religion, wo jeder seinen Gott und alle einen gemeinschaftlichen in dichterischen Vorstellungen ehren, wo jeder sein höheres Leben und alle ein gemeinschaftliches höheres Leben, die Feier des Lebens mythisch feiern. Ferner könnte noch gesprochen werden von Religionsstiftern, und von Priestern, was sie aus diesem Gesichtspuncte sind; jene die Religionsstifter (wenn es nicht Väter einer Familie sind, die das Geschäft und Geschik derselben forterbt, wenn sie einem

Chronologisch nicht einzuordnendes Stammbuchblatt Suzette Gontard Borckensteins. Dazu In lieblicher Bläue...: Die Himmlischen aber, die immer gut sind, wie Reiche, haben diese, Tugend und Freude...

Freude ohne Tugend, ist keine Freude.
Tugend ohne Freude ist keine Tugend.
Frankfurth den 3. Februar Suzette Gontard.

11. Februar. An Carl Gock. Druck in Chr. Th. Schwabs und Regest Schlesiers. Das Zitat Deus nobis... Ein Gott hat uns diese Ruhe geschaffen ist Vergils erster Ekloge entnommen.

Frankfurt am M., d. 11 Febr. 96.

Lieber Bruder!

Ich danke dir ganz herzlich für die brüderliche Theilnahme an meinem Schiksaale, wie auch unsrer lieben Mutter. Du hast mich in bösen Tagen gesehn und Geduld mit mir gehabt, ich wollte nun auch, du könntest die fröhlichere Periode mit mir theilen.

Es war auch Zeit, daß ich mich wieder etwas verjüngte; ich wäre in der Hälfte meiner Tage zum alten Manne geworden. Mein Wesen hat nunwenigstens ein paar überflüssige Pfunde an Schwere verloren und regt sich freier und schneller, wie ich meine.

Deus nobis haec otia fecit. Du wirst mir das gönnen, Lieber! wirst nicht gerade deßwegen denken, daß meine alte Liebe rosten werde über meinem neuen Glük. Aber Glük wirst du meine Lage auch nennen, wenn du selbst siehst und hörst, und das kann ich, wenigstens, was die Reisekosten und Logis und Kost in Frankfurt betrifft, sehr bald und sehr leicht möglich machen.

Von weiteren Planen sprech' ich mit dir, wenn ich mehr in dieser Rüksicht mich umgesehen habe. Ich war schon wieder in Homburg auf Sinklär dringendes Bitten. Er geht wahrscheinlich an den Berliner Hof, um da als Geschäftsmann von der pique auf zu dienen, betrachtet diß aber nur als eine nicht unzwekmäßige Vorübung zu besseren Tagen. Er läßt dich herzlich grüßen.

Ich bedaure dich, Lieber! daß deine zum Theil wirklich alberne Lage dir böse Launen abnöthigt. Vergiß dich in Ideen: das ist freilich ein kurzer Rath, ein kalter Trost, aber gewiß deiner und meiner würdig. Glaube, mein Karl! daß ich Alles für dich thun werde, was ich kann, und denke, daß du doch in hiesiger Gegend Menschen hast, die dich zu schäzen wissen. Werde nur nicht müde. – Ich arbeite jezt einzig an den philosophischen Briefen, deren Plan du kennst, um sie an Prof. Niethammer zu schiken, der mich an mein Versprechen mahnte und mich um Aufsäze bat in dem Briefe, den du mir überschiktest.

Weist du nichts Neues von meinem Roman? Hat Schiller noch nichts an mich geschikt?

Sei doch so gut, mir meine Flöte, sicher gepakt, zu schiken. Sie muß noch in Nürtingen liegen.

Was macht denn unser guter Fripon? Das Thier liegt mir sonderbar am Herzen, das macht, daß er mir Freude machte in Stunden, wo ich über die Menschen trauerte. Es ist ein herzlich tröstendes Gefühl, die Verwandtschaft, in der wir stehen mit der weiten frohen Natur, zu ahnden und so viel möglich, zu verstehen. Auf den Sommer werd' ich mich wohl auch einmal auf Botanik legen. Über meine Erziehungsgeschäffte und über ihre Freuden ein andermal.

Der lieben Mutter nochmal tausend Dank für ihre guten mütterlichen Äußerungen. Schreib' mir auch von ihr, ihrer Gesundheit, Ihrer Gemüthsstimmung.

Dein

Friz.

24. Februar. An Friedrich Immanuel Niethammer; mitgeteilt von J. L. Döderlein.

Frankfurt am Main. den 24. Februar 1796.

Mein verehrungswürdiger Freund!

Ich verschob es von einem Tag zum andern, dir von mir Nachricht zu geben. Ich würde wohl auch noch länger mit dem Brief, den ich dir schulde zuwarten, wenn ich von dir nicht an mein Versprechen gemahnt würde. Du thust diß so sanft, daß ich ordentlich beschämt bin. Du fragst mich, wie ich mich in meiner neuen Lage fühle, und ob ich mit den Aufsäzen, die ich dir noch in Jena zu schreiben versprach, bald zu Ende kommen werde.

Die neuen Verhältnisse, in denen ich jezt lebe, sind die denkbar besten. Ich habe viel Muße zu eigener Arbeit, und die Philosophie ist wieder einmal fast meine einzige Beschäftigung. Ich habe mir Kant und Reinhold vorgenommen und hoffe, in diesem Element meinen Geist wieder zu sammeln und zu kräftigen, der durch fruchtlose Bemühungen, bei denen du Zeuge warst, zerstreut und geschwächt wurde.

Aber der Nachhall aus Jena tönt noch zu mächtig in mir, und die Erinnerung hat noch zu große Gewalt, als daß die Gegenwart mir heilsam werden könnte. Verschiedene Linien verschlingen sich in meinem Kopf, und ich vermag sie noch nicht zu entwirren. Für ein continuirliches angestrengtes Arbeiten, wie es die gestellte philosophische Aufgabe erfordert, bin ich noch nicht gesammelt genug.

Ich vermisse deinen Umgang. Du bist auch heute noch mein philosophischer Mentor, und dein Rath, ich möge mich vor Abstractionen hüten, ist mir heute so theuer wie er mir früher war, als ich mich darein verstriken ließ, wenn ich mit mir uneins wurde. Die Philosophie ist eine Tyrannin, und ich dulde ihren Zwang mehr, als daß ich mich ihm freiwillig unterwerfe.

In den philosophischen Briefen will ich das Prinzip finden, das aber auch vermögend ist, den Widerstreit verschwinden zu machen, das mir die Trennungen, in denen wir denken und existiren, erklärt, das den Widerstreit zwischen dem Subject und dem Object, zwischen unserem Selbst und der Welt, ja auch zwischen Vernunft und Offenbarung, – theoretisch, in intellectualer Anschauung, ohne daß unsere praktische Vernunft zu Hilfe kommen müßte. Wir bedürfen dafür ästhetischen Sinn, und ich werde meine philosophischen Briefe „Neue Briefe über die ästhetische Erziehung des Menschen" nennen. Auch werde ich darin von der Philosophie auf die Poesie und Religion kommen.

Schelling, den ich vor meiner Abreise sah, ist froh, in deinem Journal mitzuarbeiten und durch dich in die gelehrte Welt eingeführt zu werden. Wir sprachen nicht immer accordierend miteinander, aber wir waren uns einig, daß neue Ideen am deutlichsten in der Briefform dargestellt werden können. Er ist mit seinen neuen Überzeugungen, wie du wissen wirst, einen besseren Weg gegangen, ehe er auf dem schlechteren ans Ziel gekommen war. Sag mir dein Urtheil über seine neuesten Sachen.

Empfiehl mich allen, bei denen ich in freundlichem Andenken bin und erhalte mir deine Freundschaft, die mir so theuer war. Es wäre der schönste Lohn für mich, wenn ich dich bald durch Früchte erfreuen könnte, von denen ich sagen werde, daß ihr Reifen durch deine Pflege und Wartung mitbefördert worden ist.

Dein

Hölderlin.

Um den 20. März. An Carl Gock. Zitate und Regest Gustav Schlesiers. cacumina rerum = Gipfel der Dinge = Hauptsachen

Frankfurt. d. März 96.

„Mir gehts noch immer gut; ich bin gesund und habe keine Sorgen und das ist ja genug, um wenigstens sein Tagwerk ungestört auszuüben.

„Du willst, schreibst du mir, mit Aesthetik dich beschäfftigen. Glaubst du nicht, daß die *Bestimmung* der Begriffe ihrer *Vereinigung* vorausgehen müsse, und daß demnach die untergeordneten *Theile* der Wissenschaft, z. B. Rechtslehre (im reinen Sinn),

Moralphilosophie p.p. müssen studirt werden, ehe man an die cacumina rerum geht? Glaubst du nicht, daß man, um die Bedürftigkeit der Wissenschaft kennen zu lernen, und so ein Höheres über ihr zu ahnden, müsse zuvor diese Bedürftigkeit eingesehn haben? Man kann freilich auch von oben hereinsteigen, man muß es in sofern immer, als das reine Ideal alles Denkens und Thuns, die undarstellbare, unerreichbare Schönheit uns überall gegenwärtig seyn muß, aber in seiner ganzen Vollständigkeit und Klarheit kann es doch nur dann erkannt werden, wenn man durchs Labyrinth der Wissenschaft hindurchgedrungen, und nun erst, nachdem man seine Heimath recht vermißt hat, im stillen Lande der Schönheit angekommen ist."

Doch wolle er ihm damit nur Stoff zum Nachdenken geben. Um alle Autorität abzulehnen, gestehe er ihm offenherzig, daß er diesen Punkt wirklich noch nicht reiflich genug überdacht habe.

Hatte einen Besuch von einem Vetter Bräunlin gehabt, der nach Wezlar ging.

Vmtl. um den 20. März. An Christian Ludwig Neuffer.

Frankfurt. im März. 96.

Lieber Bruder!

Ich wunderte mich nicht, daß du so lange nicht schriebst. Ich weiß ja, wie das geht; man möchte gern dem Freunde etwas sagen, was man nicht gerade eine Woche später zurüknehmen muß, und doch wiegt uns die ewige Ebb' und Fluth hin und her, und was in der einen Stunde wahr ist, können wir ehrlicher weise in der nächsten Stunde nicht mehr von uns sagen, und indeß der Brief ankommt, den wir schrieben, hat sich das Laid, das wir klagten, in Freude, oder die Freude, die wir mittheilten, in Laid verwandelt, und so ists mehr oder weniger mit den meisten Äußerungen unsers Gemüths und Geistes. Die Augenblike, wo wir Unvergängliches in uns finden, sind so bald zerstört, der Unvergängliche wird selbst zum Schatten, und kehrt nur, zu seiner Zeit, wie Frühling und Herbst, lebendig in uns zurük. Das ists, warum ich wenigstens nicht gerne schreibe.

Du willst Rath für dein Herz von mir, Lieber! Du mußtest beinahe voraussehn, daß ich dazu nicht der Mann war. Wär ich weise genug, um die mächtige Stimme der Natur nicht zu achten, so könnt ich dir wohl eine gutgemeinte altkluge Predigt schiken, wär ich thöricht genug, um dem unbedachtsamen Zuge des Herzens das Wort zu reden, so würd' ich dir vieleicht noch einen größern Gefallen thun. Aber ich bin, laider oder gottlob! keines von beiden.

Ich kan dir nichts sagen, als was ich dir schon einmal sagte; findest du, daß das liebliche Geschöpf für dich, und nur für dich gemacht, das heißt, unter allem was lieben kan, deinem Wesen am nächsten ist, dann lache der Klugheit ins Angesicht und wags im Nahmen der heiligen Natur, vor der das Menschenwerk, die bürgerlichen Verhältnisse, so wenig gelten, als unsre Regeln von Schiklichkeit und Anstand vor den Kindern.

Ist es aber blos ein Behelf deines verlassenen Herzens, ist es blos die Armuth des Lebens, die das Schiksaal dich fühlen ließ, daß du so hohen Werth in dieses Wesen legst, ist es mehr ein Kind der Noth, mehr von zufälligen Umständen dir abgedrungen, als die reine unvermischte Äußerung deines Innersten, dann freilich würd' ich um dich trauern, wenn du dennoch d i c h, die künftigen Blüthen und Früchte deines Geistes, deine ewig jugendliche ruhige Heiterkeit, die häuslichen Freuden, die dich vieleicht anderswo erwarteten, und vieleicht noch manches andre aufs Spiel seztest.

Laß dich das nicht irre machen, lieber alter Freund! denke, daß hierinn eigentlich keiner dem andern etwas sagen kann, daß ich also, im Grunde genommen, auch nichts gesagt habe.

Mir geht es so gut, wie möglich. Ich lebe sorgenlos, und so leben ja die seeligen Götter.

Daß Schiller den Phaëton nicht aufnahm, daran hat er nicht Unrecht gethan, und er hätte noch bessser gethan, wenn er mich gar nie mit dem albernen Probleme geplagt hätte; daß er aber das Gedicht an die Natur nicht aufnahm, daran hat er, meines Bedünkens nicht recht gethan. Übrigens ist es ziemlich unbedeutend, ob ein Gedicht mehr oder weniger von uns in Schillers Allmanache steht. Wir werden doch, was wir werden sollen, und so wird dein Unglük dich so wenig kümmern, wie meines.

Sei glüklich, Lieber! und nehm es gedultig an, wenn bei großer Freude großer Schmerz ist! –

Für die Nachricht von der Lebretin dank ich dir; ich hätt' es auch nicht um sie verdient, wenn sie nicht gut von mir gedacht hätte.

Dein

Hölderlin.

Vmtl. um den 20. März entsteht – noch unter dem Titel Athenäa – der erste Entwurf zum Lied Diotima. Notiz Gustav Schlesiers, der die ihm zugänglichen Entwurfsstufen und Drucke dieses Gedichts sichtet, vergleicht und Varianten verzeichnet.
1) Athenäa überschrieben. – 8 Verse à 8 Zeilen. – Anfang: „Da ich noch in Kinderträumen," – Im Ganzen noch sehr matt, aber schon einige der spätern Hauptstellen zeigen sich.

Ergänzend. Aus Ludwig Zeerleders Reisetagebuch in Briefen an seinen Freund Hans Jacob Hirzel. Der junge Berner Bankier hielt sich auf einer Bildungsreise, die weiter nach Hamburg und London führte, vom 18. bis 25. Juli 1793 in Frankfurt auf.

25. Juli:

Das erste und gröste Haus sind ohne Zweifel die Bethmann; aber ihre Gesellschaft ist bey weitem nicht die beste, meist emigrierte Franzosen oder dütsche Glüksritter, welche um ihr Mittag und Abendessen der abgeschmakten Dame des Hauses Cour machen; – überall Ostentation und Eitelkeit, statt vernünftigen Gebrauchs des Wohlstandes; in eben dieser art ist das Haus Heinrich Gontards und Metzlers; aber sehr verschieden die Lebensart der Familien der beiden jungen Gontard;

Daß Mme Gontard Borckenstein die erste Zierde derselben ausmacht, wirst Du, mein Hirzel, nach meinen Briefen leicht rathen können; – so wie sie hat mich noch keine Frau interessiert; ihr Bild wird auf immer mir das Ideal ihres Geschlechts bleiben, – Sanftmuth, Güte, richtiger Verstand, und die über ihre ganze Person verbreitete Grazie bezaubern, aber lassen sich nicht beschreiben. – In Gesellschaft besizt sie in hohem Grade jenen einfachen aber feinen Ton, der die Vereinigung eines gebildeten Geistes und eines ruhigen Herzens anzeigt; – in ihrem haüslichen Cirkel, mitten unter ihren Kindern, an ihrem Clavier ist sie vergnügter als in großen Gesellschaften, denen sie immer auszuweichen sucht; sie hat alsdenn etwas zutrauliches, freündschaftliches in ihrem Wesen dem auch der gröste Mismuth nicht zu wiederstehen vermögen würde. –

Là j'aime Sa grace et lá Sa majesté.

Ich würde vergebens diese Beschreibung fortsezen, Du würdest Dir doch kein Bild von ihr machen können; – meine Briefe werden sie durch Vergleichungen Dir zu schildern suchen, und wenn schon jede Vergleichung weit unter ihr zurükbleiben wird so ist es doch vielleicht die deutlichste Art Dir meine Empfindungen mitzuteilen . . . .

Lebe wohl, mein Freünd, ich kann über Frankfurt nichts mehr hinzusezen;

ich werde verwöhnt hier, und es ist vielleicht gut, daß ich wegkomme; – Willst Du doch den Abschied von Mme Gontard wissen? – Vergessen sie uns nicht, sagte sie zu mir, und kommen sie einst unverändert wieder.

3. April. Schelling, der zwei Zöglinge auf einer Bildungsreise begleitet, aus Darmstadt an seine Eltern.
Wir werden hier ungefähr noch bis zum Anfang der andern Woche bleiben. In Frankfurt, will Herr Geh. Rath von Gatzert, sollen wir einige Tage uns aufhalten. Tant mieux pour moi!

2. Mai. Samuel Thomas Sömmerings Patientenbuch. Vermis = Wurm, wie der Sekretär in Schillers *Kabale und Liebe*. Vmtl um diese Zeit Entwurf von An die klugen Rathgeber.
Hölderlin – – – – Vermes.

15. Mai. An Johann Friedrich Cotta. Abschrift Gustav Schlesiers

Frankfurt, d. 15. Mai 1796.

Ihre gütige Zuschrift hat mich bestimmt, den Hyperion noch einmal vorzunehmen, und das Ganze in Einen Band zusammenzudrängen; es war, indeß ich Ihnen das Manuscript geschikt habe, dieser Wunsch einigemal in mir entstanden; die Verzögerung des Druks und Ihre Äußerung über die Ausdehnung des Werks waren mir also keineswegs unangemessen; natürlich muß ich nun aber auch den Anfang, den Sie schon haben, abkürzen, um ein Verhältniß in die Theile zu bringen; ich muß Sie daher bitten, mir das Manuskript so bald möglich zu schicken, weil mein Concept mir zum Theil verloren gegangen ist. Ich schike es Ihnen nach einigen Wochen sicher zurück, und in ungefähr 2 Monathen auch das Übrige. Die Bogenzahl muß nun freilich nothwendig um ein Beträchtliches sich vergrößern. Ich habe aber ja mit Ihnen überhaupt nicht nach Bogen gerechnet, und kann mich bei meinen jezigen Umständen auch so mit den ausgemachten 100 Gulden begnügen. Wollen Sie mir für die neue Mühe die Freude machen und das Buch überhaupt auf Schreibpapier und mit saubern lateinischen Lettern druken lassen, so würd' ich Ihnen recht sehr danken. Ich habe die sichre Hoffnung, daß Ihnen die Sache nicht ganz liegen bleibt, wenn ich anders von den einzelnen Urtheilen, die mir über ein Fragment des Buchs, das noch in der Thalia eingerükt ist, zu Ohren gekommen sind, auf die Aufnahme des Publikums überhaupt schließen darf. Haben Sie die Güte, mir das, was ich Ihnen für die überschikten Theile des Plutarch schuldig bin, wie das vorigen Sommer empfangene Karolin vom Ganzen abzuziehen, und dieses unter der bekannten Adresse nach Nürtingen zu schiken. Ich bin mit aller Hochachtung

Ihr

ergebenster Diener

M. Hölderlin.

Vmtl. im Mai. Marie Rätzer an ihren Bruder Daniel Rätzer.

Ebel sagte lezt du wärest nicht wohl gewesen o! Lieber Lieber schone dich, ich kan dire nicht beschreiben wie mich eine peinliche Angst anwandelt, wenn mir einfält dir möchte nicht wohl seyn. Weist du was, mach dich auf den weg u komm zu uns wir wollen dich pflegen cocolieren du solst uns schon wieder gesund werden; auf unßrer schönen Pfingstweid unter den Paplen herum springen, Blumen pflücken, mit unßrem Hölderlin Duette flöten er ist sehr stark; oder willst du Grillen fangen? gut, – so hole ich sachte die Guitare stelle leise mich hinter Brüderchen, es ertönt das melodische Saytenspiel eine liebliche Stimme fällt ein u haucht ermunterende Gefühle in deine aufthauende Seele „laß die Grillen lieber Junge, sieh? die stunden fliehn".

2. Juni. An Carl Gock. Druck in Chr. Th. Schwabs Ausgabe und Auszüge Gustav Schlesiers.

Frankfurt, d. 2. Jun. 96.

Lieber Bruder!

Dein lezter Brief hat mir unendliche Freude gemacht. Göthe sagt irgendwo: Lust und Liebe sind die Fittige zu großen Thaten. – So ists auch mit der Wahrheit; wer sie liebt, wird sie finden; wessen Herz sich über den ängstlichen, egoistischen Gesichtskreis erhebt, in dem die meisten heranwachsen und den wir laider | ! auf dem Flek Erde, der uns zur Ruh und Wanderung gegeben ist, fast überall wieder finden, wessen Gemüth nicht bornirt ist, dessen Geist ist es gewiß auch nicht im eigentlichen Sinne.

Dein Streben und Ringen macht deinen Geist immer stärker und gelenker, lieber Karl! du scheinst mir tiefer zu gehen und nach mehr als *einer* Seite dich zu richten.

Diß ist denn auch die wahre Gründlichkeit, nemlich: vollständige Kenntniß der Theile, die wir begründen und in Eins zusammen begreifen müssen, und tiefe bis ans äußerste Ende des Wissens durchdringende Kenntniß des Begründenden und Begreifenden. Die Vernunft, kann man sagen, *legt den Grund*, der Verstand *begreift*. Die Vernunft legt den Grund mit ihren Grundsäzen, den *Gesezen des Handelns und Denkens*, insofern sie blos bezogen werden auf den *allgemeinen* Widerstreit im Menschen, nemlich auf den *Widerstreit des Strebens nach Absolutem* und *des Strebens nach Beschränkung*. Jene Grundsäze der Vernunft sind aber selbst wieder begründet durch die Vernunft, indem sie von dieser bezogen werden auf das Ideal, den höchsten Grund von allem; und das *Sollen*, das in den Grundsäzen der Vernunft enthalten ist, ist auf diese Art abhängig vom (idealischen) *Seyn*. Sind nun die Grundsäze der Vernunft, welche *bestimmt* gebieten, daß der Widerstreit jenes allgemeinen, sich entgegengesezten Strebens soll *vereiniget* werden (nach dem Ideal der Schönheit), sind diese Grundsätze im Allgemeinen ausgeübt an jenem Widerstreit, so muß jede Vereinigung dieses Widerstreits ein Resultat geben, und diese Resultate der allgemeinen Vereinigung des Widerstreits sind dann die allgemeinen Begriffe des Verstandes, z. B. die Begriffe von Substanz und Accidens, von Wirkung und Gegenwirkung, Pflicht und Recht etc. Diese Begriffe sind nun dem Verstande eben das, was der Vernunft das Ideal ist; so wie die Vernunft nach dem Ideale ihre Gesetze, so bildet der Verstand nach diesen Begriffen seine Maximen. Diese Maximen enthalten die Kriterien und Bedingungen, unter welchen irgend eine Handlung oder ein Gegenstand jenen allgemeinen Begriffen muß unterworfen werden. Z. B. ich habe das Recht, eine Sache, die nicht unter der Disposition eines freien Willens steht, mir zuzueignen. Allgemeiner Begriff: *Recht*. Bedingung: sie steht unter der Disposition eines freien Willens. Die dem allgemeinen Begriffe unterworfene Handlung: Zueignung einer Sache.

Ich schreibe dir dieses hin, wie man sich eine flüchtige Zeichnung oder sonst etwas in den Brief legt, zu einer viertelstündigen Unterhaltung.

Daß dir dein Schiksaal oft schwer aufliegt, das glaub' ich dir gerne, liebes Herz! Sei ein Mann und siege. Die Knechtschaft, die von allen Seiten auf unser Herz und unsern Geist in früher Jugend und im Mannesalter hineindringt, die Mißhandlung und Erstikung unserer edelsten Kräfte giebt uns auch das herrliche Selbstgefühl, wenn wir dennoch unsere besseren Zweke durchführen. Ich will auch das Meinige thun. Eine andere Stelle kann und will ich dir nicht verschaffen. Du brauchst jetzt schlechterdings Muße; du mußt dir selbst leben können, ehe du für Andere lebst. Aus dieser Rüksicht schlag' ich dir, gegen meine sonstigen Äußerungen, nach reiferer Überlegung, vor, daß du eine Universität besuchst. Wenn mich mein wankelmüthiges Schiksaal in meiner gegenwärtigen Lage erhält, kann ich zu Ende des Winters ganz gut 200 fl. entbehren; die schik ich dir und du gehst nach Jena und kannst, wie ich glaube, jedes Jahr auf dieselbe Summe, wohl auch auf etwas mehr, bei mir rechnen, und den kleinen Zuschuß, dessen du noch benöthigt seyn dürftest, wird dir unsere liebe Mutter nicht versagen. Danke mir nur nicht, meine Überzeugung gebietet es mir, und die Erfüllung eines Gebots läßt ja nicht wohl eine andere Vergeltung zu, als die, daß wir unseren Zwek erreichen. Und wie könnten wir daran zweifeln, lieber Bruder!

Von w i c h t i g e n Bekanntschaften in dem Sinne, wie du es meinst, kann ich dir laider! wenig oder gar nichts schreiben.

Laß die Welt ihren Gang gehn, wenn er nicht aufgehalten werden kann, wir gehn den unsern.

Ich hoffe diesen Sommer mehr zu thun, als bisher. Der Trieb, aus unserm Wesen etwas hervorzubringen, was zurükbleibt, wenn wir scheiden, hält uns doch eigentlich einzig an's Leben vest.

Freilich sehnen wir uns oft auch, aus diesem Mittelzustand von Leben und Tod überzugehn in's unendliche Seyn der schönen Welt, in die Arme der ewigjugendlichen Natur, wovon wir ausgegangen. Aber es geht ja alles seine stete Bahn, warum sollten wir uns zu früh dahin stürzen, wohin wir verlangen.

Die Sonne soll uns doch nicht beschämen. Sie gehet auf über Bösen und Guten; so können ja auch wir eine Weile unter Menschen und ihrem Thun und in unserer eigenen Schranke und Schwachheit verweilen. – Für deinen Freund H. will ich sorgen, wenn es möglich ist. Sinklär, den ich erst neulich wieder besuchte, läßt dich herzlich grüßen. Er trauert, wie wir.

Fichte hat ein Naturrecht herausgegeben, diesen Augenblik bekomm' ich es vom Buchhändler, kann es also noch nicht beurtheilen. Übrigens glaub' ich dir dennoch mit gutem Grunde rathen zu können, daß du es kaufst.

Tausend Grüße an unsere liebe Mutter und übrigen Verwandten und Freunde!

Leb' wohl, mein Karl!

Dein

Hölderlin.

Cotta hält mich unangenehmer weise auf. Hoffentlich wird er das Geld geschikt haben oder bald schiken, wenn gleich jezt erst mit dem Druk meines Buchs angefangen wird. –

2. Juni. Johann Gottlob Fichte an Johann Gottfried Ebel.
Haben Sie die Güte, Herrn Hölderlin inliegenden Brief zu übergeben.

Vmtl. in der ersten Junihälfte. 16strophige Fassung des Lieds Diotima. Lange todt und tiefverschlosen.... Unvollständig überliefert durch das Fragment einer Abschrift von Suzette Gontard-Borckenstein (T, v. 1-77) und Gustav Schlesiers Abschrift von v. 97-120.

Diotima.

Lange todt und tiefverschlossen,
Grüßt mein Herz die schöne Welt,
Seine Zweige blühn und sprossen,
Neu von Lebenskraft geschwellt;
O! ich kehre noch in's Leben,
Wie heraus in Luft und Licht,
Meiner Blumen seelig Streben
Aus der dürren Hülse bricht.

Die ihr meine Klage kanntet,
Die ihr liebezürnend oft
Meines Sinnes Fehle nanntet
Und geduldet und gehoft,
Eure Noth ist aus, ihr Lieben!
Und das Dornenbett ist leer,
Und ihr kennt den immertrüben
Kranken Weinenden nicht mehr.

Wie so anders ist's geworden!
Alles was ich haßt und mied,
Stimmt in freundlichen Akkorden
Nun in meines Lebens Lied,
Und mit jedem Stundenschlage
Werd ich wunderbar gemahnt
An der Kindheit goldne Tage,
Seit ich dieses Eine fand.

Diotima! seelig Wesen!
Herrliche, durch die mein Geist
Von des Lebens Angst genesen
Götterjugend sich verheißt!
Unser Himmel wird bestehen,
Unergründlich sich verwandt
Hat, noch eh' wir uns gesehen
Unser Wesen sich gekannt.

Da ich noch in Kinderträumen
Friedlich wie der blaue Tag,
Unter meines Gartens Bäumen
Auf der warmen Erde lag,
Da mein erst Gefühl sich regte,
Da zum erstenmale sich
Göttliches in mir bewegte,
Säuselte dein Geist um mich.

Ach und da mein schöner Friede
Wie ein Saitenspiel, zerriß,

Da von Haß und Liebe müde
Mich mein guter Geist verließ,
Kamst du, wie vom Himmel nieder
Und es gab mein einzig Glük
Meines Sinnes Wohllaut wieder
Mir ein Traum von dir zurük.

Da ich flehend mich vergebens
An der Wesen kleinstes hieng,
Durch den Sonnenschein des Lebens
Einsam, wie ein Blinder, gieng,
Oft vor treuem Angesichte
Stand und keine Deutung fand,
Darbend von des Himmels Lichte,
Vor der Mutter Erde stand;

Lieblich Bild mit deinem Strale
Drangst du da in meine Nacht!
Neu an meinem Ideale
Neu und stark war ich erwacht;
Dich zu finden, warf ich wieder
Warf ich meinen trägen Kahn
Von dem todten Porte nieder
In den blauen Ozean. –

Nun ich habe dich gefunden!
Schöner, als ich ahndend sah
In der Liebe Feierstunden,
Hohe, Gute! bist du da;
O der armen Phantasien!
Dieses Eine bildest nur
Du in deinen Harmonien
Frohvollendete Natur!

Wie auf schwanker Halme Bogen
Sich die trunkne Biene wiegt,
Hin und wieder angezogen
Taumelnd hin und wieder fliegt,

Wankt und weilt vor diesem Bilde

v. 78 -96 nicht überliefert.

Hab', ins tiefste Herz getroffen,
Oft um Schonung sie gefleht,
Wenn so klar und heilig offen
Mir ihr eigner Himmel steht,
Wenn die Schlaken, die mich kümmern,
Dieses Engelsauge sieht,
Wenn vor meines Friedens Trümmern
Dieser Unschuld Blume blüht.

Habe, wenn in reicher Stille
Wenn in einem Blik und Laut
Seine Ruhe, seine Fülle
Mir ihr Genius vertraut,
Wenn ihr Geist, der mich begeistert,
An der hohen Stirne tagt,
Von Bewundrung übermeistert,
Zürnend ihr mein Nichts geklagt.

Aber, wie in zarten Zweigen,
Liebend oft von mir belauscht,
Traulich durch der Haine Schweigen
Mir ein Gott vorüberrauscht,
So umfängt ihr himmlisch Wesen
Auch im Kinderspiele mich,
Und in süßem Zauber lösen
Freudig meine Bande sich

v. 121-128 nicht überliefert.

Vmtl. in der zweiten Junihälfte. Druckferne Vorstufe zu Hyperion1, Brief VII. Spätere, die Druckvorlage vorbereitende Redaktionen bleiben unberücksichtigt.

Alabanda! brüderlich Wesen!

Bei deiner herrlichen Seele, Mensch! du wirst mit mir das Vaterland erretten.

Das werd ich, oder untergehn – Und wer von uns beiden, fuhr ich fort, sich zur Zufriedenheit bekehrt und träg und feig in seinen Winkel sich verkriecht, und da verkrüppelt, den fliehe wie eine Pest, sein, Weib, und mit Füßen tret' ihn sein Sohn und wenn er stirbt, erscheine, wie ein Rachegeist, der Geist des bessern Freundes ihm, und mahn ihn, daß er heulend seinen Meineid noch bekennt, und so vergeht.

Wer von uns beiden, wiederholte Alabanda, sich zur Zufriedenheit bekehrte, und träg und feig in seinen Winkel kriecht und da verkrüppelt, den fliehe, wie eine Pest sein Weib und mit Füßen tret' ihn sein Sohn, und wenn er stirbt, erscheine wie ein Rachegeist, der Geist des bessern Freundes ihm, und mahn' ihn, daß er heulend seinen Meineid noch bekennt und so vergeht!

Von diesem Tag an wurden wir uns immer heiliger und lieber. Tiefer unbeschreiblicher Ernst war unter uns gekommen, aber wir waren um so glüklicher zusammen. Nur in den ewigen Grundtönen seines Wesens lebten jeder, und schmuklos schritten wir fort von einer großen Harmonie zur andern. Voll herrlicher Strenge und Kühnheit war unser Leben.

Wie bist du denn so wortarm gewortden? fragte mich einmal Alabanda mit Lächeln. In der heißern Zone, sagt, ich, näher der Sonne, singen ja auch die Vögel nicht.

Aber es geht alles auf und unter in der Welt, und der Mensch hält mit aller seiner Riesenkraft nichts fest. Ich sah einmal ein Kind die Hand ausgestreken, den Mond zu greifen, und ihn festzuhalten, aber der Mond gieng ruhig weiter seine Bahn, so sind wir, wenn das Schiksaal über uns vorüberzieht.

O wer auch dem so still und sinnend, wie dem Gang der Sterne, zusehn könnte!

Alabanda war natürlicher und freier als ich in seinem Thun und Lassen. Sein Schiksaal hatt ihn mehr dazu erzogen, sich auswärts umzuschauen, und klug und kühn, die gewöhnlichen Menschen zu beherrschen, die sein Auge, wie ein Bliz, durchdrang – und darum trug der Jüngling auch den alldemüthigenden Adlerskopf auf seinen kräftigen Schultern – ich war lange nur mit meinem Herzen außer mir gewesen, und das Auge hatt' ich aufwärts oder auf mich selbst gerichtet, so mußt er fröhlich weggehn über manches, was mich sties, so wie ich blind vorübergieng an manchem, was er feiner sah.

War ich schon zuvor gestimmt, es mit der Liebe nicht leicht zu nehmen, so war ichs jezt unendlich mehr. –

Aber je glüklicher du bist in ihr, um so weniger kostet es, dich zu Grunde zu richten. Die seeligen Tage, wie Alabanda und ich sie lebten, sind wie eine jähe Felsenspize, wo dein Reisgefährte nur dich anzurühren braucht, um dich umnabsehlich über die schneidenden Zacken hinab, in die dämmernde Tiefe zu stürzen.

O Bellarmin! es ist ein kühnes Wagestük des Herzens, so zu lieben, wie ich meinen Alabanda liebte!

Aber was hilft das all? Du wirst dennoch nicht begreifen, daß es kommen mußte, wie es kam.

Wir hatten eine herrliche Fahrt nach Chios gemacht, hatten tausend Freude an uns gehabt; es war ein wunderschöner Tag, da wir zurükfuhren; wie Lüftchen über der Meeresfläche, waltete über uns der freundliche Zauber der Natur. Mit freudigem Staunen sah einer den andern an, ohne ein Wort zu sprechen, aber das Auge sagte, so hab' ich dich nie gesehen! So begeisterten uns die Kräfte des Himmels und der Erde.

Wir eilten, wie wir ausgestiegen waren, allein zu seyn.
Wir hatten uns mit heitrem Feuer während der Fahrt über manches gestritten, und ich hatte wieder meine herzliche Lust daran gehabt, diesem Geist auf seiner kühnen Irrrbahn zuzusehn, wo er so regellos, so in ungebundner Fröhlichkeit, und doch so sicher zu seinem Ziele drang.

Du hast mich nicht überzeugt, sagt ich da wir auf Alabandas Zimmer waren, du überredest, du bestichst die Menschen, ehe du anfängst; man kann nicht zweifeln, wenn du sprichst, und wer nicht zweifelt, wird nicht überzeugt.

Stolzer Schmeichler! rief er dafür, du lügst! aber gerade recht, daß du mich mahnst, du bist es, der die Leute verblendet und besticht! Du machst mich manchmal unvernünftig!

Um alle Kronen möcht' ich mich nicht von dir befreien und doch ängstigt mich es oft, daß du mir so unentbehrlich seyn sollst, daß ich so gefesselt bin an dich.

Und sieh, fuhr er nach einer Weile fort, daß

Vmtl. Anfang Juli begonnen. An Carl Gock. Überliefert durch handschriftliche Zitate und den Druck Chr. Th. Schwab sowie durch Regest Gustav Schlesiers. Die Nachschrift vom 10. Juli, dem Tag der eiligen Abreise nach Kassel, trägt das Datum 10. Juni. So auch der gleichzeitig abgeschickte Brief an Neuffer.

Frankfurt.

Du bist glücklich, mein Karl, durch das, was du dir selbst bist, und ich wollte, du sähest das ein, wie ich. Du würdest weniger den Mangel empfinden, der von außen dich umgiebt. Sieh! deßwegen finden auch die meisten Menschen überall wunderschöne Dinge, wundergroße, wundererfreuliche Dinge, weil sie alles, was begegnet, an ihrer inneren Armuth und Beschränktheit messen, weil sie so gar nicht verwöhnt sind durch sich selbst. Weil sie sich selbst zum Sterben Langeweile machen, dünkt's ihnen überall so amüsant, und weil sie fühlen, es sey so eigentlich nicht so sehr der Mühe werth, daß sie das Glük begünstige, sind sie auch so äußerst dankbar gegen dieses, und nennen auch höflicher weise das weise und gerechte Schiksaal gnädig.

(Bei Gelegenheit! ich möchte doch wissen, was eigentlich Gnade wäre?) – Aber wenn du schon dir selbst sehr viel bist, so bedarfst du deßwegen auch der rechten Pflege für dein Herz und deinen Geist. Genuß der Wahrheit und der Freundschaft! Könnt' ich ihn so voll und stark und rein dir geben, als du es werth bist! Aber Einer ist nicht Alles, und ich bin ohnediß. wie ein alter Blumenstok, der schon einmal mit Grund und Scherben auf die Straße gestürzt ist, und seine Sprößlinge verloren und seine Wurzel verlezt hat, und nun mit Mühe wieder in frischen Boden gesezt und kaum durch ausgesuchte Pflege vom Verdorren gerettet, aber doch hie und da noch immer welk und krüpplig ist und bleibt. Ich werde deßwegen ganz gewiß, so lang ich lebe, allem aufbieten, um, so weit es von mir abhängt, und du meiner bedürfen magst, dein Leben auch anderwärts dir angenehm, d. h. den Bedürfnissen deines edlern Wesens angemessen zu machen.

Ich kann unmöglich glauben, daß unsere theure Mutter den soliden Gründen, die ich ihr vorlegen werde, ihren Beifall versagen und ihren Willen und Seegen dir nicht zu einer Reise nach Jena geben wird.

Du wirst die Wahrheit finden und doch wenigstens einen ganzen Freund, wie ich hoffe! Den Plan zu deinem Studium möcht' ich zuvor von dir selbst hören, um ganz in Beziehung auf deinen eigentümlichen Wunsch und Karakter meinen Vorschlag zu machen. Es läßt sich im Allgemeinen vieles plaudern, aber, um nüzlich zu seyn, müssen wir einander auch auf das, was jeder besonders ist und hat, aufmerken.

An Aussichten kann es dir zur rechten Zeit nicht fehlen. Du magst ein Fach ergreifen, welches du willst, so bin ich gewiß, daß du es darinn nicht bei der Mittelmäßigkeit wirst bewenden lassen, und Männer, die im Kameralfach oder in der Rechtspflege und Wissenschaft mehr als mittelmäßig, sind eben ihrer Seltenheit wegen jezt überall zum Lehrstuhl oder zum Geschäfftsleben äußerst gesucht.

In jedem Falle kannst du Hofmeister werden, so gut wie ich, und glüklich seyn, und all' die Lumpereien des politischen und geistlichen Wirtembergs und Deutschlands und Europas auslachen, so gut, wie ich.

d. 10. Jun.

So weit hatt' ich neulich geschrieben. Jezt bin ich auf frappante Art unterbrochen. Die Kaiserl. Armee ist jezt auf ihrer Retirade von Wezlar begriffen, und die Gegend von Frankfurt dürfte demnach zunächst einen Hauptheil des Kriegsschauplazes abgeben. Ich reise deßwegen mit der ganzen Familie noch heute nach Hamburg ab, wo sich Verwandte meines Haußes befinden. HE. Gontard bleibt allein hier. Es wird wichtige Auftritte geben. Man sagt, die Franzosen seien in Würtemberg. Ich hoffe, die Sache wird wenigstens denen, die mich da zunächst angehn, nicht sehr viel reelles Übel bringen. Sei ein Mann, Bruder! Ich fürchte mich nicht vor dem, was zu fürchten ist, ich fürchte mich nur vor der Furcht. Sage das der lieben Mutter. Beruhige sie! Wär' ich nicht auf diese Art pflichtmäßig nüzlich, ich käme zu euch. Muth und Verstand braucht Jezt jeder. Hize und Ängstlichkeit sind jezt nicht gangbare Münzen.

Lebt wohl, ihr Lieben alle!

Euer

Friz.

Vor 10. Juli. An Christian Ludwig Neuffer. Die Nachschrift vom 10. Juli unter dem verschriebenen Datum 10. Juni.

Frankfurt.

Hätt' ich dich doch bei mir, lieber Bruder! daß wir uns einmal wieder Freude machen könnten mit unsern Herzen. Die Buchstaben sind für die Freundschaft, wie der trübe Gefäße für goldnen Wein. Zur Noth schimmert etwas durch, um ihn vom Wasser zu unterscheiden, aber lieber sieht man ihn doch im kristallnen Glase.

Ich möchte wissen, wie dir's jezt gerade geht. Ich wollt', es gienge dir, wie mir. Ich bin in einer neuen Welt. Ich konnte wohl sonst glauben, ich wisse, was schön und gut sey, aber seit ich's sehe, möcht' ich lachen über all' mein Wissen. Lieber Freund! es giebt ein Wesen auf der Welt, woran mein Geist Jahrtausende verweilen kann und wird, und dann noch sehn, wie schülerhaft all unser Denken und Verstehn vor der Natur sich gegenüber findet. Lieblichkeit und Hoheit, und Ruh' und Leben, u. Geist und Gemüth und Gestalt ist Ein seeliges Eins in diesem Wesen. Du kannst mir glauben, auf mein Wort, daß selten so etwas geahndet, und schwerlich wieder gefunden wird in dieser Welt. Du weist ja, wie ich war, wie mir gewöhnliches entlaidet war, weist ja, wie ich ohne Glauben lebte, wie ich so karg geworden war mit meinem Herzen, und darum so elend; konnt' ich so werden, wie ich jezt bin, froh, wie ein Adler, wenn mir nicht diß, diß Eine erschienen wäre, und mir das Leben, das mir nichts mehr werth war, verjüngt, gestärkt, erheitert, verherrlicht hätte, mit seinem Frühlingslichte? Ich habe Augenblike, wo all' meine alten Sorgen mir so durchaus thöricht scheinen, so unbegreiflich, wie den Kindern.

Es ist auch wirklich oft unmöglich, vor ihr an etwas sterbliches zu denken und eben deßwegen läßt so wenig sich von ihr sagen.

Vieleicht gelingt mirs hie und da, den einen Theil ihres Wesens in einem glüklichen Zuge zu bezeichnen, und da soll dir keiner unbekannt bleiben. Aber es muß eine festliche durchaus ungestörte Stunde seyn, wenn ich von ihr schreiben soll. – Daß ich jezt lieber dichte, als je, kannst du dir denken. Du sollst auch bald wieder etwas von mir sehen.

Was du mir mittheiltest, hat dir herrlichen Lohn gewonnen. Sie hat es gelesen, hat sich gefreut hat geweint über deinen Klagen.

O sei glüklich, lieber Bruder! Ohne Freude kann die ewige Schönheit nicht recht in uns gedeihen. Großer Schmerz und große Lust bildet den Menschen am besten. Aber das Schusterleben, wo man Tag für Tag auf seinem Stuhle sizt, und treibt, was sich im Schlafe treiben läßt, das bringt den Geist vor der Zeit ins Grab.

Ich kann jezt nicht schreiben. Ich muß warten, bis ich weniger mich glüklich und jugendlich fühle. Leb wohl, treuer, geprüfter, ewiglieber Freund! Könt' ich ans Herz dich drüken! das wäre jezt die wahre Sprache für dich und mich!

Dein

Hölderlin.

d. 10 Jun.

Ich reise heute noch nach Hamburg ab, wegen dem Kriege.... Leb' wohl, mein Bruder! Die Zeit dringt mich. Ich schreibe, wo möglich, dir bald wieder.

Vmtl. am 9. Juli. Marie Rätzer an Sophie Dollfuß über Rüdt von Collenberg, der sich von seinem Bataillon entfernt hatte, um die Verlobte zu sehen.

Schon ehe deine nachricht kam wußte ich das Louis hier sey ich hab ihn gesehn u kan ihn nicht sprechen. Die Lorchen kam vorhin auf mein Zimmer „ach mamsel es geht hier auf der Wiese ein Ofizier schon lange auf u: ab u: sieht immer hinauf nach den Fenstren er will gewiß ihnen oder der Mme Gontard ein kompliment machen". Ich wurde so bestürzt, daß mir die arbeit aus den Händen fiel die Mägde sizen den ganzen Tag vor der thüre u: sind aufmerksam drauf geworden; die Kinder fahren beständig im Garten herum; ich wollte mit F: G: auf die Wiese sah ihn an einen Baum gelehnt meine unruhe beschreiben wäre vergeblich ich ließ Sie allein u gieng zurück Sömmering die schon zimmlich überzeugt einige worte wegen ihm mir hingeworfen hat geth mit Janor da gerum u er ist noch da! Ich wünschte so sehnlich ihn zu sehn den guten Louis er ist hier mir so nah den ganzen tag u ich kan und darf ihn nicht sprechen o! wenn er es glaubt daß ich ihm gut bin so wird er fühlen wie mir dabey zu muthe seyn mag ich sehe keine möglichkeit ihm näher zu kommen den tag über gewiß nicht den ganzen morgen ist F: G: mit Höl: oben ihn der Laube u ihm Cabinet die Kinder verlassen diese Gegend Bedient u Mägde immer ums Haus herum wenn er morgen wieder käme u bemerkt würde es wäre nicht gut

18. Juli. Caspar Heinrich von Sierstorpff aus Driburg an seine Frau.

Hier erwartet man noch einige Fremde, die sich aus den Gegenden von Franckfurth hier in Ruhe begeben wollen, auch Madame Gontard samt Kindern.

21. Juli. Wilhelmine von Tessin an Christian Ludwig Neuffer.

Ich habe eine herzliche freude über das glük Ihres freundes gehabt, ob ich ihn gleich nicht viel Persönlich kenne, so schäze ich ihn als ein freund von Ihnen und nehme theil an seinem glük; ich mus Ihnen gestehen daß mir schon einigemal bang um ihn war weil ich glaubte er wäre in Frankfurt.

Vor dem 24. Juli wird das schon im Frühjahr mit der Athenäa-Fassung begonnene, jetzt 16strophige Lied Diotima. Lange todt und tiefverschlossen... ins reine geschrieben. Chr. Th. Schwab zerteilte das aus Neuffers Besitz an ihn gelangte Manuskript und überließ es Sammlern. Seither ist das dritte Blatt mit v. 65-96 verschollen, doch ist die Lücke durch einen Druck Neuffers zu ergänzen. Vmtl. vor Herstellung der an Schiller gesandten Druckvorlage wurde die 13. Strophe – mit ihren überhöhenden Hyperbeln und der intimen Anrede du Theure! – eingeklammert.

Diotima.

Lange todt und tiefverschlossen,
Grüßt mein Herz die schöne Welt;
Seine Zweige blühn und sprossen,
Neu von Lebenskraft geschwellt;
O! ich kehre noch in's Leben,
Wie heraus in Luft und Licht
Meiner Blumen seelig Streben
Aus der dürren Hülse bricht.

Wie so anders ists geworden,
Alles, was ich haßt' und mied,
Stimmt in freundlichen Akkorden
Nun in meines Lebens Lied,
Und mit jedem Stundenschlage
Werd' ich wunderbar gemahnt
An der Kindheit goldne Tage,
Seit ich diese Eine fand.

Diotima! seelig Wesen!
Herrliche, durch die mein Geist
Von des Lebens Angst genesen
Götterjugend sich verheißt!
Unser Himmel wird bestehen,
Unergründlich sich verwandt
Hat sich, eh wir uns gesehen
Unser Innerstes gekannt.

Da ich noch in Kinderträumen
Friedlich, wie der blaue Tag,
Unter meines Gartens Bäumen
Auf der warmen Erde lag,
Und in leiser Lust und Schöne
Meines Herzens Mai begann,
Säuselte, wie Zephirstöne,
Diotimas Geist mich an.

Ach! und da, wie eine Sage,
Mir des Lebens Schöne schwand,
Da ich vor des Himmels Tage
Darbend, wie ein Blinder, stand,
Da die Last der Zeit mich beugte,
Und mein Leben, kalt und blaich,
Sehnend schon hinab sich neigte
In der Schatten stummes Reich;

Da, da kam vo'm Ideale,
Wie vo'm Himmel, Muth und Macht,
Du erscheinst mit deinem Strahle,
Götterbild! in meiner Nacht;
Dich zu finden, warf ich wieder,
Warf ich den entschlafnen Kahn
Von dem todten Porte nieder
In den blauen Ocean. –

Nun! ich habe dich gefunden!
Schöner, als ich ahndend sah
In der Liebe Feierstunden,
Hohe, Gute! bist du da;
O der armen Phantasien!
Dieses Eine bildest nur
Du, in deinen Harmonien
Frohvollendete Natur!

Wie die Seeligen dort oben,
Wo hinauf die Freude flieht,
Wo, des Daseyns überhoben,
Wandellose Schöne blüht,
Wo melodisch bei des alten
Chaos Zwist Urania,
Steht sie, göttlich rein erhalten,
Im Ruin der Zeiten da.

Unter tausend Huldigungen
Hat mein Geist, beschämt, besiegt,
Sie zu fassen schon gerungen,
Die sein Kühnstes überfliegt.
Sonnengluth und Frühlingsmilde,
Streit und Frieden wechselt hier
Vor dem stillen Engelsbilde
In des Busens Tiefe mir.

Viel der heil'gen Herzensthränen
Hab ich schon vor ihr geweint,
Hab' in allen Lebenstönen
Mit der Holden mich vereint,
Hab', ins tiefste Herz getroffen,
Oft um Schonung sie gefleht,
Wenn so klar und heilig offen
Mir ihr eigner Himmel steht;

Habe, wenn in reicher Stille,
Wenn in einem Blik und Laut
Seine Ruhe, seine Fülle
Mir ihr Genius vertraut,
Wenn der Gott, der mich begeistert,
Mir an ihrer Stirne tagt,
Von Bewundrung übermeistert,
Zürnend ihr mein Nichts geklagt;

Dann umfängt ihr himmlisch Wesen
Süß im Kinderspiele mich,
Und in ihrem Zauber lösen
Freudig meine Bande sich;
Hin ist dann mein dürftig Streben,
Hin des Kampfes lezte Spur,
Und ins volle Götterleben
Tritt die sterbliche Natur.

Schöners. denn in jeder Zone
Unsers Himmels Licht erzeugt,
Größers, denn wovor die Krone
Willig ein Jahrhundert beugt,
Freude, die kein Aug ergründet,
Die in Lethes frommem Hain
Nur die freie Seele findet,
Ist, du Theure! dein und mein.

Ha! wo keine Macht auf Erden,
Keines Gottes Wink uns trennt,
Wo wir Eins und Alles werden,
Das ist nur mein Element;
Wo wir Noth und Zeit vergessen,
Und den kärglichen Gewinn
Nimmer mit der Spanne messen,
Da, da sag' ich, daß ich bin.

Wie der Stern der Tyndariden
Der in leichter Majestät
Seine Bahn, wie wir, zufrieden
Dort in dunkler Höhe geht,
Nun in heitre Meereswoogen,
Wo die schöne Ruhe winkt,
Von des Himmels steilem Bogen
Klar und groß hinuntersinkt;

O Begeisterung! so finden
Wir in dir ein seelig Grab;
Tief in deine Wooge schwinden
Stillfrolokkend wir hinab,
Bis der Hore Ruf wir hören
Und mit neuem Stolz erwacht,
Wie die Sterne, wiederkehren
In des Lebens kurze Nacht.

Druckvorlage zu der vmtl. schon Ende April oder im Mai entworfenen Replik auf Schillers *Einem jungen Freunde / als er sich der Weltweisheit widmete* und dessen im April erschienenen Aufsatz *Über den moralischen Nutzen ästhetischer Sitten.*

An die klugen Rathgeber.

Ich sollte nicht i'm Lebensfelde ringen,
So lang mein Herz nach höchster Schöne strebt,
Ich soll mein Schwanenlied am Grabe singen,
Wo ihr so gern lebendig uns begräbt?
O! schonet mein und laßt das rege Streben,
Bis seine Fluth in's fernste Meer sich stürzt,
Laßt immerhin, ihr Ärzte, laßt mich leben,
So lang die Parze nicht die Bahn verkürzt.

Des Weins Gewächs verschmäht die kühlen Thale,
Hesperiens beglükter Garten bringt
Die goldnen Früchte nur im heißen Strahle,

Der, wie ein Pfeil, in's Herz der Erde dringt;
Was warnt ihr dann, wenn stolz und ungeschändet
Des Menschen Herz von kühnem Zorn entbrennt,
Was nimmt ihr ihm, der nur im Kampf vollendet,
Ihr Weichlinge, sein glühend Element?

Er hat das Schwerdt zum Spiele nicht genommen,
Der Richter, der die alte Nacht verdammt,
Er ist zum Schlafe nicht herabgekommen,
Der reine Geist, der aus dem Aether stammt;
Er strahlt heran, er schrökt, wie Meteore,
Befreit und bändigt, ohne Ruh' und Sold,
Bis, wiederkehrend durch des Himmels Thore,
Sein Kämpferwagen im Triumphe rollt.

Und ihr, ihr wollt des Rächers Arme lähmen,
Dem Geiste, der mit Götterrecht gebeut,
Bedeutet ihr, sich knechtisch zu bequemen,
Nach eures Pöbels Unerbittlichkeit?
Das Irrhaus wählt ihr euch zum Tribunale,
Dem soll der Herrliche sich unterzieh'n,
Den Gott in uns, den macht ihr zum Scandale,
Und sezt den Wurm zum König über ihn. –

Sonst ward der Schwärmer doch an's Kreuz geschlagen,
Und oft in edlem Löwengrimme rang
Der Mensch an donnernden Entscheidungstagen,
Bis Glük und Wuth das kühne Recht bezwang;
Ach! wie die Sonne, sank zur Ruhe nieder
Wer unter Kampf ein herrlich Werk begann,
Er sank und morgenröthlich hub er wieder
In seinen Lieblingen zu leuchten an.

Jezt blüht die neue Kunst, das Herz zu morden,
Zum Todesdolch in meuchlerischer Hand
Ist nun der Rath des klugen Manns geworden,

Und furchtbar, wie ein Scherge, der Verstand;
Bekehrt von euch zu feiger Ruhe, findet
Der Geist der Jünglinge sein schmählich Grab,
Ach! ruhmlos in die Nebelnächte schwindet
Aus heitrer Luft manch schöner Stern hinab.

Umsonst, wenn auch der Geister Erste fallen,
Die starken Tugenden, wie Wachs, vergehn,
Das Schöne muß aus diesen Kämpfen allen,
Aus dieser Nacht der Tage Tag entstehn;
Begräbt sie nur, ihr Todten! eure Todten!
Indeß ihr noch die Leichenfakel hält,
Geschiehet schon, wie unser Herz geboten,
Bricht schon herein, die neue beßre Welt.

Zwischen datierten Einträgen vom 20. und 27.Juli tragen sich Suzette-Gontard Borckenstein, ihre Gesellschafterin Marie Räzer (zugleich Betreuerin ihrer kleinen Töchter Jette, Male und Lene) und Hölderlin in das Besucherbuch der Gemäldegalerie Kassel ein. Von Hölderlins Hand auch die unverfänglich den oberen mit dem unteren Eintrag verbindende Klammer sowie die Herkunftsangabe s[ämtlich] Frankfurt. Der kunstsinnige Wilhelm Heinse traf erst am 25. Juli in Kassel ein.

Mad. Gontard.)
Dem. Rezer.) s. Frankfurt.
M. Hoelderlin.)

24. Juli. An Friedrich Schiller. Als Beilage die nicht überlieferte 15strophige Druckvorlage des Lieds Diotima und das im Redaktionsnachlaß Schillers – vmtl. wegen der redaktionellen Eingriffe Schillers aufbewahrte polemische Gedicht *An die klugen Rathgeber*.

Kassel. d. 24 Jul. 96.

Ich bin so frei, verehrungswürdiger Herr Hofrath, Ihnen einen kleinen Beitrag zur künftigen Blumenlese zu schiken. Lieber hätt' ich ihn gebracht, und mich wieder Ihrer Nähe gefreut. Sie sind gesünder, wie man mir sagt, und das ist ein Trieb mehr für mich, zu Ihnen zu wallfahrten und Sie zu sehn. Aber bis dahin muß ich wenigstens noch einige Monathe geduldig seyn. Ich bin jezt auf der Flucht mit der Familie, bei der ich seit vorigen Winter in Frankfurt sehr glüklich lebe. Es sind wirklich seltne Menschen, unter denen ich bin, und um so schäzbarer für mich, weil ich sie so zu rechter Zeit fand, weil einige bittEre Erfahrungen mich wirklich gegen Verhältnisse aller Art hatten mistrauisch gemacht.

Ich wollte Ihnen einmal wieder in meiner ganzen Bedürftigkeit erscheinen, wollte Sie um Ihre Meinung fragen über manches, was mich jezt beschäfftigt, und wollte durch allerhand Umwege ein paar freundliche Worte mir von Ihnen erbeuten, aber ich bin genöthigt, abzubrechen.

Wollen Sie die Güte haben, mich der Frau Hofräthin zu empfehlen?

Ganz der
Ihrige
M. Hölderlin.

29. Juli. Schillers *Calender*.
Von
Coadjutor, Hölderlin, Gedicht.
Madam. Mereau.

30. Juli. Capar Heinrich von Sierstorpff an seine Frau.
Die Gontards wovon ich geschrieben habe, sind noch in Cassel, und werden so, wie viele andere, wieder nach Franckfurth zurückgehen, wo die Franzosen sich sehr gut betragen sollen

6. August. An Carl Gock. Chr. Th. Schwab 1866 und Regest Gustav Schlesiers.

Kassel. d. 6. Aug. 96.

Ich hoffe, mein Karl, daß es wegen der Posten jezt möglich ist, dir einmal wieder Nachricht zu geben und dann auch solche wieder von dir zu erhalten; denn du kannst dir leicht denken, daß es in mancher Rüksicht für mich großes Bedürfniß ist, die besondern Umstände von den großen Begebenheiten, die sich bei euch zugetragen haben, und besonders alles, was meine theure Familie dabei betrift, genau zu wissen.

Ich würde mich wohl mehr mit beunruhigenden Wahrscheinlichkeiten plagen, wenn nicht die Phantasie auch in den Rheingegenden mit dem Kriege vertrauter würde.

Unsere gute Mutter bedaur' ich herzlich, und bin besorgt für sie, weil ich weiß, wie viel sie unter solchen Umständen durch ihren Sinn und ihre Demuth leidet.

Dir, mein Karl, kann die Nähe eines so ungeheuern Schauspiels, wie die Riesenschritte der Republikaner gewähren, die Seele innigst stärken.

Es ist doch was ganz leichters, von den griechischen Donnerkeulen zu hören, welche vor Jahrtausenden die Perser aus Attika schleuderten über den Hellespont hinweg bis hinunter in das barbarische Susa, als so ein unerbittlich Donnerwetter über das eigne Haus hinziehen zu sehen.

Freilich seht ihr auch nicht unentgeltlich dem neuen Drama zu. Doch, mein' ich, seid ihr noch so ziemlich gut hinweggekommen. Eben heute las ich in der Zeitung, daß General St. Cyr über Tübingen, Reutlingen und Blaubeuren den Oesterreichern nachgeeilt sey, und bin dadurch in Unruhe gesezt wegen unserer lieben Schwester und ihrem Hauße; auch bin ich bange wegen der Condéischen Unthiere, die noch die Erde verunreinigen und so häßlich unter euch haußen. Schreibe doch nach Empfang des Briefs auf der Stelle, lieber Karl. Meiner Lage fehlt nichts, als Ruhe über die Meinigen. Ich lebe seit drei Wochen und drei Tagen sehr glüklich hier in Kassel; wir reisten über Hanau und Fuld – ziemlich nahe bei dem französischen Kanonendonner, doch noch immer sicher genug, vorbei. Ich schrieb dir an dem Tage meiner Abreise, daß wir nach Hamburg giengen, aber der hiesige Ort ist in so mancher Rüksicht für Mad. Gontard, daß sie beschloß, sich einige Zeit hier aufzuhalten, da wir hier angekommen waren. (Sie läßt die l. Mutter und dich grüßen, und räth euch, eure Lage so heiter als möglich anzusehen.) Auch Herr Heinze, der berühmte Verfasser des Ardinghello, lebt mit uns hier. Es ist wirklich ein durch und durch treflicher Mensch. Es ist nichts schöners, als so ein heiteres Alter, wie dieser Mann hat.

Wir haben auch hier seit einiger Zeit unsere Schauspiele, nur daß sie friedlicher waren als die eure. Der König von Preußen war bei dem hiesigen Landgrafen auf Besuch, und wurde ziemlich feierlich bewirthet.

Die Natur, die einen hier umgiebt, ist groß und reizend. Auch die Kunst macht einem Freude; der hiesige Augarten und der weißen Stein haben Anlagen, die unter die ersten in Deutschland gehören. Auch haben wir Bekanntschaft mit braven Künstlern gemacht.

Die Gemähldegallerie und einige Statuen im Museum machten mir wahrhaft glükliche Tage. Nächste Woche reisen wir ins Westphälische, nach Driburg (ein Bad in der Nähe von Paderborn) ab. Ich lege dir die Adresse bei, unter der ich deinen Brief sicher erhalte. Wird es Friede, so sind wir mit Anfang des Winters in Frankfurt.

Leb' wohl, mein Karl! Gieb keine deiner rechtmäßigen Hoffnungen auf! schreibe mir bald und viel und genau und ja auch dabei aus deinem Herzen.

Grüße unsere gute Mutter und all die lieben Unsrigen tausendmal und versichere sie meiner herzlichen Theilnahme.

Dein

Friz.

Im August. Ob Hegel das im Konzept vorliegende Gedicht Eleusis an Hölderlin schickte, ist nicht bekannt. Eine Überlegung wert dagegen ist die Frage, ob Hegels *Eleusis* nicht auch als berichtigende Antwort auf Schillers Hölderlin meinende *An einen jungen Freund...* zu lesen ist. Dort: *Schwere Prüfungen mußte der griechische Jüngling bestehen, / Eh das Eleusische Haus nun den Bewährten empfieng...* Der hier wiedergegebene Passus *Der Sinn verliert sich...* bis *...vermählt es mit Gestalt* – wurde bei einer nachträglichen Durchsicht aufgegeben.

Eleusis
An Hölderlin. August. 1796.

Um mich, in mir wohnt Ruhe, – der geschäftgen Menschen
nie müde Sorge schläft, sie geben Freiheit
und Muse mir – Dank dir, du meine

Befreierin o Nacht! – mit weißem Nebelflor
umzieht der Mond die ungewissen Gränzen
der fernen Hügel; freundl. blinkt.
der helle Streif des Sees herüber,
des Tags langweil'gen Lermen fernt Erinnerung
als lägen Jahre zwischen ihm und izt;
Dein Bild, Geliebter, tritt vor mich,
und der entfloh'nen Tage Lust; doch bald weicht sie
des Wiedersehens süßern Hofnungen –
Schon mahlt sich mir der langersehnten, feurigen
Umarmung Scene, dan der Fragen des geheimern
des wechselseitigen Ausspähens Scene,
was hier an Haltung, Ausdruk, Sinnesart am Freund
sich seit der Zeit geändert, – der Gewisheit Wonne,
des alten Bundes Treue, fester, reifer noch zu finden,
des Bundes, den kein Eid besiegelte,
der freyen Wahrheit nur zu leben, Frieden mit der Sazung
die Meinung und Empfindung regelt, nie nie einzugehn.
Nun unterhandelt mit der trägern Wirklichkeit der Wunsch,
der über Berge Flüsse leicht mich zu dir trug,
– doch ihren Zwist verkündet bald ein Seufzer, und mit ihm
entflieht der süßen Phantasien Traum.
Mein Aug erhebt sich zu des ew'gen Himmels Wölbung,
zu dir, o glänzendes Gestirn der Nacht!
und aller Wünsche, aller Hofnungen
Vergessen strömt aus deiner Ewigkeit herab;
der Sinn verliert sich in dem Anschaun,
was mein ich nannte schwindet,
ich gebe mich dem unermeslichen dahin,
ich bin in ihm bin alles, bin nur es.
Dem wiederkehrenden Gedanken fremdet,
ihm graut vor dem unendlichen, und staunend
er dieses Anschauns Tiefe nicht.
Dem Sinne nähert Phantasie das Ewige
vermählt es mit Gestalt – Willkommen, ihr
erhabne Geister, hohe Geister Schatten,
von deren Stirnen die Vollendung strahlt,!
er schrekket nicht, – ich fühl' es ist auch meiner Heimath Aether,

der Ernst, der Glanz, der euch umfliest.
Ha! sprängen, izt die Pforten deines Heiligthumes selbst,
O Ceres, die du in Eleusis throntest! Von
Begeistrung trunken fühlt' ich izt,
die Schauer deiner Nähe,
Verstünde deiner Offenbahrungen,
ich deutete der Bilder hohen Sinn, vernähme
die Hymnen bei der Götter Mahlen,
die hohen Sprüche ihres Raths. –
Doch deine Hallen sind verstummt, o Göttin!
Geflohen ist der Götter Krais zurük in den Olymp
von den entheiligten Altären,
Geflohn von der entweihten Menschheit Grab,
der Unschuld Genius, der her sie zauberte! –
Die Weisheit deiner Priester schweigt, kein Ton der heil'gen Weihen
hat sich zu uns gerettet – und vergebens sucht
des Forschers Neugier – mehr, als die Liebe
zur Weisheit (sie besizen die Sucher, und
verachten dich – um sie zu meistern graben sie nach Worten,
in die dein hoher Sinn gepräget wär!
Vergebens! etwa Staub und Asche nur erhaschen sie,
worein dein Leben ihnen nimmer wiederkehrt.
Doch unter Moder und entseeltem auch gefielen sich
die ewigtodten! – die genügsame! – umsonst – es blieb
kein Zeichen deiner Feste, keines Bildes Spur!
Dem Sohn der Weihe war der hohen Lehren Fülle
des unaussprechlichen Gefühles Tiefe viel zu heilig,
als daß er trokne Zeichen ihrer würdigte,.
Schon der Gedanke fast die Seele nicht,
die außer Zeit und Raum in Ahndung der Unendlichkeit
versunken sich vergist, und wieder zum Bewusteyn nun
erwacht. Wer gar davon zu andern sprechen wollte,
Spräch er mit Engelzungen, fühlt der Worte Armuth
ihm graut das heilige so klein gedacht,
durch sie so klein so gemacht zu haben, daß die Red' ihm Sünde deucht,
und daß er bebend sich den Mund verschliest.

Was der Geweihte sich so selbst verbot, verbot ein weises
Gesez den ärmern Geistern, das nicht kund zu thun,
was er in heil'ger Nacht gesehn, gehört, gefühlt –
daß nicht den bessern selbst, auch ihres Unfugs Lerm
in seiner Andacht stört', ihr hohler Wörterkram
ihn auf das heil'ge selbst erzürnen machte, daß es nicht
so in den Koth getretten würde, daß man dem
Gedächtnis gar es anvertraute, – daß es nicht
zum Spielzeug und zur Waare des Sophisten
die er obolenweiß verkaufte,
zu des beredten Heuchlers Mantel, oder gar
zur Ruthe schon des frohen Knaben, und so leer
am Ende würde, daß es nur im Widerhall
von fremden Zungen seines Lebens Wurzel hätte.
Es trugen geizig deine Söhne, Göttin,
nicht deine Ehr' auf Gaß' u. Markt, verwahrten sie
im innern Heiligthum der Brust –
drum lebtest du auf ihrem Munde nicht,
ihr Leben ehrte dich, in ihren Thaten lebst du noch,.
Auch diese Nacht, vernahm ich, heilige Gottheit dich,
dich offenbahrt oft mir auch deiner Kinder Leben,
dich ahnd' ich oft als Seele ihrer Thaten!
du bist der hohe Sinn, der treue Glauben
der, eine Gottheit, wenn auch alles untergeht, nicht wankt.

9. August. Wilhelm Heinses Tagebuch.

Den. 9. August von Cassel nach Driburg abgereist. Den 11 Vormittags angekommen. Der schlimmste aller Wege von Karlshafen nach Brakel. Karlshafen hat eine pittoreske Lage zwischen Bergen; die Weser strömt schön aus einem Thal dabey hervor, längst einem Gebirg dann eine halbe Stunde weiter fort.

Driburg ist ein romantisches quellenreiches Thal von einem Amphitheater waldichter Höhen umgeben, die die Rheingegenden von den Wesergegenden scheiden. Auf dem sogenannten Knochenberge übersieht man den ganzen Strich Hügel und Gebirge gen Osten bis an Brocken, welcher pyramidenförmig in grauer und blauer Ferne 14 Meilen weit einige tausend Fuß hoch über den Horizont groß und hehr hervorragt; wild und prächtig. Am Fuß des Knochenbergs ist das Thal, wo Herrmann die Legionen des Varus schlug; darin entspringt der Bullerborn, dessen Bach in die Pader fällt. Gleich an Driburg steigt ein kleiner runder Berg empor, worauf noch ein Stück Mauer von der Feste Iburg steht, in welcher sich die Sachsen gegen Karl den Großen einige Wochen lang hielten. Am Fuße desselben stehen viele alte Eichen zerstreut; die vom Brunnenhause aus sehr pittoresk anzusehen sind. Nach vier Mühlen zu sind angenehme Spaziergänge nah und eine Stunde fern. Nach einer Glashütte im Gebirge gegen Süden ist der schönste.

Das kleine Thal ist sehr fruchtbar. Die Wiesengründe sind sanfte Pfade.

25. August. Caspar Heinrich von Sierstorpff an seine Frau.
Hier ist alles vorbey, und die Paar Leute, die hier sind, werden in den nächsten Tagen abgehen. nur die Gontardsche Familie wird hier auf unbestimmte Zeit bleiben, man sieht sie fast gar nicht sie bleiben immer auf ihren Zimmern, eine Anecdote davon mündlich.

Vmtl. Spätsommer oder Frühherbst. Drucknahe Vorstufe zu Hyperion 1, mit den Schlußzeilen des XV. bis zum Beginn XXVI. Briefs. Es bedurfte nur weniger Veränderungen, um Szenerie und Begebenheit von Brief XVI – von dem freien Plaze, wie es noch im ersten Ansatz heißt – am Fuße des nach Osten blickenden Herkules nach Kalaurea zu versetzen. Wiedergabe auch hier ohne die bei Anfertigung der Druckvorlage eingetragenen Redaktionen.

So sprachen wir. Ich gebe dir den Geist davon, aber was ist er ohne das Leben?

Es dämmerte, und wir mußten gehn. Gute Nacht, ihr Engelsaugen! dacht ich im Herzen, und erscheine du bald mir wieder, schöner, göttlicher Geist, mit deiner Ruhe und Fülle!

Hyperion an Bellarmin.

Ein paar Tage drauf kamen sie herauf zu uns. Wir giengen zusammen im Garten herum. Diotima und ich geriethen voraus, mir traten trunkne Thränen oft ins Auge, über das Heilige, das so einfältig zur Seite mir gieng.

Vorn am Rande des Berggipfels standen wir nun und sahn hinaus in den unendlichen Osten. Diotima's Auge öffnete sich weit, und unmerklich wie eine Knospe sich aufschließt, schloß das ganze liebe Gesicht sich auf und bot die Loken der Luft entgegen, und lauter Sprache und Seele ward die Stille, worinn mein Herz das alles hatte geahndet, und die ganze Gestalt dehnte sich aufwärts und stand wie ein Kranich da, wenn er den Flug beginnt, und mir schien, als hübe das eine Füßchen sich und berührte nur mit der Zehe den Boden.

O unter den Armen hätt' ich sie fassen mögen, und hinfliegen mit ihr über das Meer und seine Inseln.

Nun trat sie weiter vor, und sah die schroffe Felsenwand hinab. Sie hatte ihre Lust daran, die schrökende Tiefe zu messen, und sich hinab zu verlieren in die Nacht der Wälder, die unten aus Felsenstüken und schäumenden Wasserbächen herauf die lichten Gipfel strekten.

Das Geländer, worauf sie sich stüzte, war etwas niedrig. So durft' ich wohl es ein wenig halten, das Reizende indeß es sich vorwärts beugte.

Heiße zitternde Wonne durchlief mein Wesen und Taumel und Toben war in allen Sinnen, und die Hände brannten mir, wie Kohlen, indeß ich so sie berührte.

Und dann, nach dem ersten brennenden Schlage, der heilige Schreken, als hätt ich eine Sünde begangen, und dann die Herzenslust, so traulich neben ihr zu stehn, und die zärtliche kindische Sorge, daß sie fallen möchte, und die Götterfreude an der Begeisterung des herrlichen Mädchens!

O was ist alles unsterbliche, was in Jahrtausenden die Menschen dachten und thaten, gegen einen Augenblik der Liebe! – Es ist aber auch das gelungenste göttlichschönste in der Natur! dahin führen alle Stufen auf der Schwelle Lebens. Daher kommen wir, dahin gehen wir.

Hyperion an Bellarmin.

Nur ihren Gesang sollt' ich vergessen, nur diese Seelenöne sollten nimmer wiederkehren in meinen unaufhörlichen Träumen.

Man kennt den stolzhinschiffenden Schwan nicht, so lang er schlummernd am Ufer sizt.

Nur wenn sie sang, erkannte man sie, die liebe Schweigende, die so ungern zur Sprache sich verstand.

Da da gieng erst dieHimmlischungefällige in ihrer Majestät und Lieblichkeit hervor. Da weht es oft so bittend und so schmeichelnd, oft, wie ein Göttergebot von den zarten blühenden Lippen.

Wie das Herz sich regt' in dieser göttlichen Stimme! wie alle Größe und Demuth, alle Trauer und Freude des Lebens verschönert im Adel dieser Töne erschien!

Wie im Fluge die Schwalbe die Bienen hascht, ergriff sie immer uns alle. Es kam nicht Lust und nicht Bewunderung, es kam der Friede des Himmels unter uns.

Tausendmal hab' ich ihr und mir gesagt: das schönstte ist auch das heiligste. Und so war alles an ihr; wie ihr Gesang so auch ihr Leben.

Hyperion an Bellarmin.

Unter den Blumen war ihr Herz zu Hause, als wär' es eine von ihnen.

Sie nannte sie alle mit Nahmen, schuff ihnen aus Liebe neue, schönere, und wußte genau die fröhlichste Lebenszeit von jeder.

Wie eine Schwester Auge, wenn aus jeder Eke ein Geliebtes ihr entgegentönt, und jedes gern zuerst gegrüßt seyn möchte, so war das stille Wesen oft mit Aug und Hand beschäftigt, seelig zerstreut, wenn auf der Wiese wir giengen, oder im Walde.

Und das war so ganz nicht angenommen, angebildet, das war so mit ihr aufgewachsen.

Es ist doch ewig gewiß, und zeigt sich überall, je unschuldiger, schöner eine Seele, desto vertrauter mit den andern süßen Leben, die man seelenlos nennt.

Hyperion an Bellarmin.

Tausendmal hab' ich in meiner Herzensfreude gelacht über die Menschen, die sich einbilden, ein erhabner Geist könne unmöglich wissen, wie man ein Gemüße bereitet. Diotima konnte wohl zur rechten Zeit recht herzhaft von dem Feuerheerde sprechen, und es ist gewiß nichts edler, als ein edles Mädchen, daß die allwohlthätige Flamme besorgt, und, ähnlich der Natur, die herzerfreuende Speise bereitet.

Hyperion an Bellarmin.

So bedürfnißlos, so göttlichgenügsam hab ich nichts gekannt.

Wie die Wooge des Oceans das Gestande seeliger Inseln, umfluthete mein ruheloses Herz den Frieden dieses himmlischen Mädchens.

Es steigt und fällt in unsrer Brust, es überhebt sich und ermattet unser Geist, und unaufhaltsam wie der Pfeil vom Bogen, jauchzen unsre Freudentöne in die Luft, verhallen, und wir sizen stum und traurig, wie zuvor, und suchen reuig das vergeudete Leben; wir sind verschwenderisch mit allen guten Gaaben, und darum immer arm.

Sie aber lebt' in ewiger Fülle; hielt Haus mit sich, wie die Natur, gab viel mit Wenigem, und hatt an Wenigem genug.

Ach! Ich hatt' ihr nichts zu geben, als ein Gemüth voll wilder Widersprüche, voll blutender Erinnerungen, nichts hatt' ich ihr zu geben, als meine gränzenlose Liebe, mit ihren tausend Sorgen, ihren tausend tobenden Hoffnungen, sie aber stand vor mir in wandelloser Schönheit, mühelos in lächelnder Vollendung da, und alles Sehnen, alles Träumen der Sterblichkeit – ach! alles, was in seiner goldnen Morgenstunde von höheren Regionen der Genius weissagt, es war alles in dieser Einen stillen Seele erfüllt –

Man sagt sonst, über den Sternen verhalle der Kampf, und künftig erst, verspricht man uns, wenn unsre Hefe gesunken sei, verwandle sich in edeln Freudenwein das gährende Leben, die Herzensruhe der Seeligen sucht sonst auf diesem entwürdigten Boden niemand mehr – Ich weiß es anders – ich bin den nähern Weg gekommen, ich stand vor ihr, und hört und sah den Frieden des Himmels, und mitten im seufzenden Chaos erschien mir Urania.

Ach! wie oft hab' ich meine Klagen vor diesem friedlichen Bilde gestillt! wie oft hat sich das übermüthige Leben und der zweifelnde Geist besänftigt, wenn ich, in seelige Betrachtungen versunken, ihr ins Herz sah, wie in die Quelle, wenn sie still erbebt von den Berührungen des Himmels, der in Silbertropfen auf sie niederträufelt!

Sie war mein Lethe, diese Seele, mein heiliger Lethe, woraus ich die Vergessenheit des Daseyns trank, daß ich vor ihr stand, wie ein Unsterblicher, und freudig mich schalt, und wie nach schweren Träumen, lächeln mußte über alle Ketten, die mich gedrükt!

O ich wär ein glüklicher, ein treflicher Mensch mit ihr geworden!

Mit ihr! aber das sollte nicht so seyn, und nun irr' ich herum in dem, was vor und in mir ist, und drüber hinaus, und weiß nicht, was ich machen soll aus mir und andern Dingen.

Das arme Wesen ist aus seinem Elemente auf den Ufersand geworfen, und windet sich und wirft sich umher, bis es vertroknet an der Mittagshizze.

Ach! gäb es nur noch etwas in der Welt für mich zu thun! gäb' es eine Arbeit, einen Krieg für mich! das sollte mich erquiken!

Knäblein, die man von der Mutterbrust gerissen, und in die Wüste geworfen, hat einst, so sagt man, eine Wölfin gesäugt. Aber mein Herz ist nicht so glüklich.

Hyperion an Bellarmin

Was ist alles künstliche Wissen in der Welt, was ist die ganze stolze Mündigkeit der menschlichen Gedanken gegen die ungesuchten kindlichen Töne dieses Geistes, der nicht wußte, was er wußte, was er war?

Wer will die Traube nicht lieber voll und frisch, so wie sie aus der Wurzel quoll, als die getrokneten gepflükten Beere, die der Kaufmann in die Kiste preßt und in die Welt schikt?

Sie schien immer so wenig zu sagen und sagte so viel.

Ich geleitete sie einst in später Dämmerung nach Hauße, wie Träume beschlichen thauende Wölkchen die Wiese, wie lauschende Genien, sahn die seeligen Sterne durch die Zweige.

Man hörte selten ein „wie schön!" aus ihrem Munde, wenn schon das fromme Herz kein lispelnd Blatt, kein Summen einer Biene unbehorcht ließ.

Dißmal sprach sie es denn doch mir aus – wie schön!

Es ist wohl uns zu liebe so! sagt ich, ungefähr wie Kinder etwas sagen, weder im Scherze noch im Ernste.

Ich kann mir denken, was du sagst, erwiederte sie; ich denke mir die Welt am liebsten, wie ein häuslich einig Leben, wo jedes, ohne drann zu denken, für das andre, ist, wo alles, Vater und Mutter, und die Geschwister alle, groß und klein, und jedes unter ihnen wie für alles da ist, ohne daß man drüber sinnt und predigt.

Froher erhabner Glaube! rief ich.

Sie schwieg und ließ mir Zeit, den tiefen, vielumfassenden Sinn in ihren Worten zu erschöpfen.

Auch wir sind also Kinder des Hauses, begann ich endlich wieder, sind es und werden es seyn?

Werden ewig es seyn, erwiederte sie.

„Werden wir das?" fragt' ich.

Ich vertraue, fuhr sie fort, hierinnen der Natur, so wie ich täglich ihr vertraue.

O! ich hätte mögen Diotima seyn, da sie diß sagte! Aber du weist nicht, was sie sagte, lieber Bellarmin! du hast es nicht gesehn und nicht gehört.

Du hast Recht, rief ich ihr zu, Natur, die ewige Schönheit leidet keinen Verlust in sich, so wie sie keinen Zusaz leidet. Ihr Schmuk ist morgen anders, als er heute war. Aber unser Bestes, uns kann sie nicht entbehren und dich am wenigsten. Du glaubest, daß wir ewig sind, denn deine Seele fühlt die Schönheit der Natur. Sie ist ein Stükwerk, ist die göttliche, die Vollendete nicht, wenn jemals du in ihr vermißt wirst. Sie verdient dein Herz nicht, wenn sie erröthen muß vor deinen Hoffnungen.

Aber sie verdient es, Diotima, sie verdient es! Sie allein.

Hyperion an Bellarmin.

Ich kann nur hie und da ein Wort von ihr sprechen.

Ich muß vergessen, was sie ganz ist, wenn ich von ihr sprechen soll.

Ich muß mich täuschen, als hätte sie vor alten Zeiten gelebt, als wüßt' ich durch Erzählung einiges von ihr, wenn ihre lebendige Gegenwart mich nicht ergreiffen soll, daß ich vergehe im Entzüken, und im Schmerz, wenn ich den Tod der Freude über sie, und den Tod der Trauer um sie nicht sterben soll.

Hyperion an Bellarmin.

Es ist umsonst; ich kanns mir nicht verbergen.

Wohin ich auch entfliehe mit meinen Gedanken, in die Himmel hinauf und in den Abgrund, zum Anfang und ans Ende der Zeiten, selbst wenn ich ihm, der meine lezte Zuflucht war, der sonst noch jede Sorge in mir verzehrte, der alle Lust und Schmerz des Lebens sonst mit der Feuerflamme, worinn er sich offenbahrte, in mir versengte, selbst wenn ich ihm mich in die Arme werfe, dem herrlichen geheimen Geiste der Welt, in seine Tiefe mich tauche, wie in den bodenlosen Ozean hinab, auch da, auch da finden die süßen Schreken mich aus, die süßen verwirrenden Schreken, daß Diotimas Grab mir nah ist.

Hörst du? hörst du? Diotimas Grab!

Mein Herz war doch so stille geworden, und meine Liebe war begraben mit der Todten, die ich liebte.

Du weist, mein Bellarmin, ich schrieb dir lange nicht von ihr, und als ich schrieb, so schrieb ich dir gelassen, wie ich meine.

Was ists denn nun?

Ich gehe ans Ufer hinaus, und sehe nach Kalaurea hinüber, das ists.

O! daß ja keiner den Kahn mir leihe! daß ja sich keiner erbarme, und mir sein Ruder biete und mir hinüberhelfe zu ihr!

Daß ja das gute Meer nicht ruhig bleibe, damit ich nicht ein Holz mir zimmre, und hinüber schwimme zu ihr!

Aber in die tobende See will ich mich mich werfen, und ihre Wooge bitten, daß sie an Diotimas Gestade mich wirft.

Dann kommt sie wohl von ungefähr des Weges, beugt sich über mich und forscht nach Leben, und ich erwärme von dem süßen Othem, der mich wie einst anweht, lebe und erkenne und werd' erkannt –

O es ist kindisch, was ich träume, aber mir genügt daran.

Genügen? ach! das wäre gut! Da wäre ja geholfen, wo kein Gott nicht helfen kan!

Ich habe, was ich konnte, gethan. Vom Schiksaal fodr' ich meine Seele.

Hyperion an Bellarmin.

Ist sie nicht mein?

Todtenrichter, ist sie nicht mein?

Die reinen Quellen fodr ich auf zu Zeugen, die unschuldigen Bäume, die uns belauschten, und das Tagslicht und den heiligen Aether, wohin zu tausendmalen mein Herz sich wandte, wenn ich zu unaussprechlich glüklich war an ihrer Seite! Ist sie nicht mein? vereint mit mir in allen Tönen des Lebens? –

Mir ward ein Geist, zu richten, zu gebieten. Der übte früh sein Schwerd, der streifte bald, wie Staub, der Knechtschaft Ketten ab, und der, der Gott in mir führt meine Sache.

Wem hab' ich sie gestohlen? wem? wo ist das Wesen, das, wie meines, sie erkannte? wo sammelten sich wie in meinem Spiegel, die Strahlen dieses Lichts? erschrak sie freudig nicht vor ihrer eignen Herrlichkeit, da sie zuerst in meiner Freude sich erkannte?

Ach! wo ist das Herz, das so, wie meines, überall ihr nah ist! so, so wie meines, sie erfüllt, von ihr erfüllt ist, das, wie meines, einzig da ist, ihres zu umfangen, für sie da ist, wie die Wimper für das Auge?

Wir waren Eine Blume nur und unsre Seelen lebten umeinander, wie die Blume wenn sie liebt, und ihre zarten Freuden im verschloßnen Knospenblatte birgt. Was die Natur zusammengab, gehört sich ewig an, ihr ungereimten Kläger!

Hyperion an Bellarmin.

Ach! eh' es Eines von uns beeden wußte, war sie mein.

Wenn ich so mit allen Huldigungen des Herzens, seelig überwunden vor ihr stand und schwieg, und wie die Sterne, meinen Geist, mein Leben ihr hingab, in den Strahlen des Augs, das sie nur sah, nur sie umfaßte, und sie dann zärtlichzweifelnd mich betrachtete, und nicht wußte, wo ich war ach! wenn ich begraben oft in Lust und Schönheit, bei einem reizenden Geschäffte sie belauschte, und um die leiseste Bewegung, wie die Biene um die schwanken Zweige, meine Seele schweift' und flog, und merkte, wie die Blume, die an ihrer Brust sich freute, auf und nieder wankt' und wenn sie nun in friedlichen Gedanken gegen mich sich wandt'; und überrascht von meiner Freude, meine Freude sich verbergen mußt', und bei der lieben Arbeit ihre Ruhe wieder sucht' und fand, wenn sie oft allerlei Rath und freundlichen Ermahnungen, versucht' ein ordentlich und fröhlich Wesen noch aus mir zu machen, wenn sie die düstern Loken und das alternde Gewand, und die zernagten Finger mir verwies, wenn sie, wunderbar allwissend, jeden Wohlklang, jeden Mislaut meines Wesens, im Momente, da er entstand, noch eh' ich selbst ihn wahrnahm, m i r verkündete, wenn sie jeden Schatten eines Wölkchens auf der Stirne, jeden Schatten einer Wehmuth, eines Stolzes auf der Lippe, jeden Funken mir im Auge sah, wenn sie die Ebb' und Fluth des Herzens mir behorcht' und kundig weissagt, ob die fröhliche Wooge bald mir wiederkehren würde, wenn sie sorgsam trübe Stunden ahndete, wenn oft mein Geist, zu unenthaltsam, zu verschwenderisch, im üppigen Gespräche sich verzehrte, wenn das liebe Wesen treuer, wie ein Spiegel, jeden Wechsel meiner Wange mir verrieth, und oft in freundlichen Bekümmernissen über mein unstet Wesen, mich ermahnt und strafte, wie ein theures Kind, und ach! da sie im fernen Walde mich sah, im Dunkel eines Eingangs verschwinden in die grünen Gewölbe der Zweige, wo es Nacht wird für ein gewöhnlich, für ein sterblich Auge, da das Unschuldige an den Fingern die Treppen zählte, von unsrem Berge herab, zu ihrem Hauße, da sie ihre Spaziergänge mir wies, die Pläze wo sie sonst gesessen, – und mir erzähltet, wie die Zeit ihr da vergangen, und mir am Ende sagte, es sei ihr jezt, als wär' ich auch von jeher da gewesen, da meine Diotima! du die Blumen vor allen die mit uns waren wegwarfst und da in freudigem plözlichem Ungestümme zum erstenmale die Hand mir reichtest –

Hyperion an Bellarmin.

Ich baue meinem Herzen ein Grab, damit es ruhen möge; ich spinne mich ein, dieweil es Winter ist; in seeligen Erinnerungen hüll' ich vor dem Sturme mich ein.

Wir saßen einst mit Notara und einigen andern, die wie wir zu den Sonderlingen in Kalaurea gehörten, in Diotimas Garten, unter den Akatiabäumen, und sprachen unter anderem über die Freundschaft.

Ich hatte wenig darauf Acht gegeben, ich hütete mich seit einiger Zeit, viel Worte zu machen von Dingen, die das Herz zunächst angehn, meine Diotima hatte mich so einsylbig gemacht –

Da Harmodius und Aristogiton lebten,

13. Oktober. An Carl Gock. Zitate und Druck Chr. Th. Schwabs und Regest Gustav Schlesiers.

Frankfurt, d. 13. Oct. 96.

Ich bin dir nun wieder um ein gut Theil näher als vor einiger Zeit, und fühl' es. Meinen lezten Brief erhieltst du noch aus Kassel. Von da reisten wir in das deutsche Böotien, nach Westphalen, durch wildschöne Gegenden, über die Weser, über kahle Berge, schmuzige, unbeschreiblich ärmliche Dörfer und noch schmuzigere, ärmlichere holperige Wege. Diß ist meine kurze und getreue Reisebeschreibung.

In unserem Bade lebten wir sehr still, machten weiters keine Bekanntschaften, brauchten auch keine, denn wir wohnten unter herrlichen Bergen und Wäldern und machten unter uns selbst den besten Cirkel aus. Heinze reiste und blieb mit uns. Ich brauchte das Bad ein wenig und trank das köstliche stärkende und reinigende Mineralwasser und befand und befinde mich ungewöhnlich gut davon. Was dich besonders freuen wird, ist, daß ich sagen kann, daß wir wahrscheinlich nur eine halbe Stunde von dem Thale wohnten, wo H e r m a n n die Legionen des Varus schlug. Ich dachte, wie ich auf dieser Stelle stand, an den schönen Maitagnachmittag, wo wir im Walde bei Hahrd bei einem Kruge Obstwein auf den Felsen die Hermannsschlacht zusammen lasen. Das waren doch immer goldne Spaziergänge, Lieber, Treuer! Sie sollen, wie ich hoffe, noch schöner seyn, wenn wir einmal wieder beisammen sind. Ich wünschte der lieben Mutter ernstliche Meinung zu vernehmen über meinen Vorschlag, den ich diesen Sommer zur Verbesserung deiner Lage that.

Wir wollen sie nicht bestürmen; sie wird uns genau die ökonomischen Gründe sagen, die sie bestimmen, wenn sie gegen unsere Meinung ist.

Philosophie mußt du studiren, und wenn du nicht mehr Geld hättest, als nöthig ist, um eine Lampe und Oel zu kaufen, und nicht mehr Zeit, als von Mitternacht bis zum Hahnenschrei. Das ist es, was ich in jedem Fall wiederhohle, und das ist auch deine Meinung.

Professoren und Universitäten kannst du freilich im Nothfall entbehren, aber ich möchte dir denn doch gönnen, lieber Junge! daß du weniger leiden müßtest, um dein edelstes Bedürfniß zu befriedigen.

Es sollte mich so herzlich freuen, einmal in dir den Denker und Geschäfftsmann, wie es sich gehört, vereint zu sehen.

Geht es nicht nach Jena, so soll es wenigstens nach Frankfurt gehn. Du sollst dich einmal tüchtig mit mir freun. Ich schike dir vor den Weihnachtfeiertagen (denn gerade um diese Zeit wird's völlig ruhig auf den Straßen seyn); also vor den Weihnachtsfeiertagen schik' ich dir das Reisegeld, du kaufst dir einen warmen Mantel, sezest dich auf die Post, bleibst einige Tage hier, besuchst den lieben Sinklair in Homburg, und dann geht's rüstig wieder in die Amtsstube, ohne irgend einen Aufwand.

Das, im Falle du nicht nach Jena gehst!

Mir geht es gut. Du wirst mich weniger im revolutionären Zustand finden, wenn du mich wieder siehst; ich bin auch sehr gesund. Ich schike dir hier ein Stükchen Kasimir zu einer Weste. Unsere Messe ist dißmal sehr leer. Wenn nur Wirtemberg und meine theure Familie auch jezt vor neuen Ungelegenheiten gesichert ist! Ich mag nicht viel über den politischen Jammer sprechen. Ich bin seit geraumer Zeit sehr stille über alles, was unter uns vorgeht.

Grüße Alles! die theure Mutter und Schwestern und Grosmamma, und alle Andern in Löchgau und Blaubeuren besonders.

Wenn's der lieben Mutter nicht unbequem ist, bitt' ich sie, auch ein wenig das Nächstemal an mich zu schreiben. Mich verlangt, auch einmal etwas von ihr zu sehen; sie ist doch wohl und ist mir noch gut?

Dein

Friz.

18. Oktober. Suzette Gontard-Borckenstein an Jakob Friedrich Gontard.
Lieber Cobus, die vorige Woche habe ich eine große Freude gehabt, die Soemmering, hat ein kleines Mädchen bekommen, [...] ich habe sie aus der Taufe gehoben und sie hat den Nahmen Suzette bekommen [...] Vorgestern kam auch unser alter Heinze hier an, er hat gestern Mittag und Abend bei uns gegessen, den Nachmittag waren wir bey Brevillier im Herbst, Gogel und seine Frau waren auch da, und waren beyde sehr freundschafftlich gegen mich, sie haben sich nächstens einen Thee bey mir ausgebeten [...] Die Kinder sind alle wohl und ziemlich artig, mit den französischen Meister bin ich recht gut zufrieden, besonders gut lernt Henry bey ihm, mit Henry wirst du am besten zufrieden seyn, er hat sich nach aller Leute Urtheil zu seinem Vortheil verändert, und ich hoffe es soll ein recht braver Junge werden.

Vmtl. im Oktober entsteht für Marie Rätzer, Braut Rüdt von Collenbergs, eine alkäische Ode, von welcher noch Eduard Mörike eine verschollene Kopie von der Hand der Braut vorlag. Dieser fertigte zwei Abschriften, unter dem Titel *An eine Verlobte*, und veranlaßte zwei Drucke. Dem Erstdruck in *Deutscher Musenalmanach* 1853 hat Mörike den folgenden Bericht beigefügt. Über den gegen Ende seiner Vorbemerkung vermuteten *persönlich wichtigen Umstand*, der Marie Rätzer veranlaßte, den Wortlaut der Ode zu änderm, gibt ihr Brief vom 9. Juli Auskunft.

Vorstehendes Gedicht, welches bis jezt nicht veröffentlicht war, verdanke ich der Güte einer vor wenigen Jahren zu Nürtingen verstorbenen Schwester Friedrich Hölderlins, der Frau Professor Bräunlin. Es ist, ohne Überschrift, von einer klaren weiblichen Hand, augenscheinlich von der Braut, der es gewidmet war, für irgend Jemanden copirt; denn bei der schmeichelhaften Stelle: „Zwar – bist du schön“ steht ein Sternchen mit der Bemerkung am unteren Rande: „Dieß selbst schreiben zu müssen!“ Die Abschrift kam später, vielleicht auf Verlangen des Dichters, dem etwa kein Conzept davon geblieben, an Hölderlin zurück, wie verschiedene Aufzeichnungen von seiner Hand auf dem- selben Blatte, besonders Verse aus der ersten Periode seiner Geisteskrankheit, beweisen. Die Herausgeber der ersten Sammlung legten das Stück, als zweifelhaften Ursprungs bei Seite, vermuthlich durch Verstöße gegen das Versmaas beirrt, die jedoch nur auf Rechnung der Schreiberin kommen. Namentlich hatte sie, weniger vertraut mit den antiken Metren, in der dritten Strophe statt eines zweisylbigen Worts ein viersylbiges gesezt, um einen ihr persönlich wichtigen Umstand nicht unberührt zu lassen. Sie schrieb statt „an des Jünglings (oder des Liebsten) Blicke“, wie es wohl geheißen haben mag, „an des Neugefundnen“. Möglicherweise hatte sie den ersten Entwurf des Verf. vor sich, wo etwa der Ausdruck jenes Nebenbegriffs wirklich versucht und wieder fallen gelassen war, so daß sie ohne Unbescheidenheit nach ihrem Sinne wählen zu können meinte. Die andern Fehler sind zufällig und der Art, daß in Wörtern wie „Wiedersehen, Wiedersehn“ ein Vokal bald zuviel, bald zu wenig steht.

Des Wiedersehens Thränen, des Wiedersehns
Umfangen, und dein Auge bei Seinem Gruß, –
Weissagend möcht' ich diß und all' der
Zaubrischen Liebe Geschik dir singen.

Zwar jezt auch, junger Genius! bist du schön,
Auch einsam, und es freuet sich in sich selbst,
Es blüht von eignem Geist und liebem
Herzensgesange die Musentochter.

Doch anders ist's in seeliger Gegenwart,
Wenn an des Theuren Blike dein Geist sich kennt,
Wenn friedlich du vor Seinem Anschaun
Wieder in goldener Wolke wandelst.

Indessen denk', ihm leuchte das Sonnenlicht,
Ihn tröst' und mahne, wenn er im Felde schläft,
Der Liebe Stern, und heitre Tage
Spare zum Ende das Herz sich nimmer.

Und wenn Er da ist, und die geflügelten,
Die Liebesstunden schneller und schneller sind,
Dann sich dein Brauttag neigt und trunkner
Schon die beglückenden Sterne leuchten –

Nein, ihr Geliebten! nein, ich beneid' euch nicht!
Unschädlich, wie vom Lichte die Blume lebt,
So leben, gern vom schönen Bilde
Träumend, und seelig und arm, die Dichter.

24. Oktober. An Georg Wilhelm Friedrich Hegel.

Frankfurt. d. 24 Oct. 96.

Liebster Hegel!

Endlich geht es denn doch einmal.

Du erinnerst dich, daß ich zu Anfang des Sommers von einer äusserst vorteilhaften Stelle schrieb, und daß es mein ganzer Wunsch um deinet und meinetwillen wäre, daß du hieher kämst, zu den braven Leuten, von denen die Rede war.

Kriegsunruhen waren wohl die Hauptursache warum ich so lange keine Antwort bekam. Ich war auch den ganzen Sommer über in Kassel und Westphalen, also vollends außer Stande, dir einige Nachricht hierüber zu geben.

Vorgestern kömmt HE. Gogel ganz unvermuthet zu uns und sagt mir, wann du noch frei seiest, und Lust zu diesem Verhältniß hättest, würd' es ihm lieb seyn. Du würdest zwei gute Jungen zunächst zu bilden haben, von 9 – 10 Jahren, würdest durchgängig ungenirt in s. Hauße leben können, würdest, was nicht unwichtig ist, ein eignes Zimmer bewohnen, wo du deine Buben nebenan hättest, würdest mit den ökonomischen Bedingungen sehr zufrieden seyn, von ihm und seiner Familie soll ich übrigens nicht zu viel gutes schreiben, weil gespannte Erwartung immer schlecht befriedigt würde, wolltest du aber kommen, so stehe sein Haus dir alle Tage offen.

Nun der Commentar! weniger als 400 fl. bekömmst du schwerlich. Das Reisegeld wird dir bezahlt werden, wie mir, und du kanst wohl auf 10 Karoline rechnen. Alle Messe wirst du ein sehr beträchtlich Geschenk bekommen. Und alles wirst du frei haben, etwa Friseur Barbier u. was sonst Kleinigkeiten sind, ausgenommen. Du wirst sehr guten Rheinwein oder französischen Wein über Tisch trinken. Du wirst ein einem Hauße wohnen, das eines der schönsten in Frankf. ist, und auf einem der schönsten Pläze in Frankf. steht.

Du wirst an HE. u. Fr. Gogel anspruchlose unbefangne, vernünftige Menschen finden, die, so viel sie Beruf zum geselligen Leben haben, durch ihre Jovialität und ihren Reichtum, doch gröstentheils sich selbst leben, weil sie und besonders die Frau, mit den Frankfurter Gesellschaftsmenschen und ihrer Steifigkeit, und Geist- und Herzensarmuth nicht sich befassen und verunreinigen und ihre häusliche Freude verderben mögen.

Glaube, mir, durch das leztere ist alles gesagt! Endlich, Lieber, laß mich auch das dir ans Herz legen. – Ein Mensch, der unter ziemlich bunten Verwandlungen seiner Lage und seines Karakters, dennoch mit Herz und Gedächtniß und Geist dir treu geblieben ist, und gründlicher und wärmer, als je, dein Freund seyn wird, und jedes Interesse deines Wesens, und jede Angelegenheit des Lebens willig und freudig mit dir theilen, und dem zu seiner schönen Lage nichts fehlt, als du, dieser Mensch wohnte gar nicht weit von dir, wenn du hieher kömmst.

Wirklich, Lieber, ich bedarf deiner, und glaube, daß du auch mich wirst brauchen können.

Wenn wir einmal auf dem Sprunge sind, Holz zu spalten, oder mit Stiefelwachs und Pomade zu handeln, dann laß uns fragen, ob es nicht etwa noch besser wäre, Repetent in Tübingen zu werden. Das Stipendium riecht durch ganz Würtemberg und die Pfalz herunter mich an, wie eine Bahre, worinn schon allerlei Gewürm sich regt. Im Ernste Lieber, du darfst deinen Geist nicht so muthwillig auf eine so unleidliche Probe sezen.

Daß du dich auf das, was ich dir über das ökonomische gesagt habe, verlassen kannst, muß dadurch dir bewiesen werden, daß alle hiesigen Kaufleute in dieser Rüksicht beinahe durchaus dasselbe beobachten. Von der Hauptsumme kannst du ganz sicher seyn. Das weiß ich aus sichern Händen. Ich habe HE. Gogel gesagt, ich werde dich bitten, du möchtest, in einem Briefe an mich, deine Gedanken über dieses Verhältniß und deine Wünsche, so weit du es für nötig findest, äußern, und das woll' ich ihm zu lesen geben. Du kannst also auf diese Art noch alles berichtigen, oder, wenn du lieber willst, ohne alles weitere hieher kommen. Laß uns nur jezt machen, daß die Sache so schnell, als möglich vor sich geht.

Dein
Hölderlin.

Übrigens sagt mir HE. Gogel, daß er auch im Nothfalle noch ein paar Monathe warten könne. Ich hätte noch manches dir zu sagen, aber deine Hieherkunft muß die Vorrede zu einem langen langen interessanten ungelehrten Buche von dir und mir seyn.

27. Oktober. Suzette Borckenstein-Gontard an Jakob Friedrich Gontard.
Der Docktor Ebel hat dem Hoelderlin einen sehr kläglichen Brief von Paris geschrieben, welchen er dir mittheilen wird, er ist äußerst unzufrieden und in allen seinen Erwartungen betrogen worden, und würklich zu bedauren. Heinze hat mir aufgetragen dich von ihm zu grüßen, er ist wieder nach Aschaffenburg. Die Soemmering ist recht wohl, beyde lassen dich grüßen.

3. November. Suzette Borckenstein-Gontard an Jakob Friedrich Gontard.
Bei uns geht alles gut, wie leben sehr häuslich, und es giebt hier wenig Veranlassung zum ausgehen, ich bringe fast alle Abende bei Sömmerings zu.

Anfang November. Von Georg Wilhelm Friedrich Hegel. Zur Weitergabe an den Weinhändler Johann Noe Gogel und seine Frau Margaretha Sibylla bestimmt. Druck bei Chr. Th. Schwab. Schlesier notiert: *(abgerissen ist das Monatsdatum)*

Tschugg bei Erlach, 1796.

Liebster Hölderlin!

So wird mir doch einmal die Freude, wieder etwas von Dir zu vernehmen; aus jeder Zeile Deines Briefs spricht Deine unwandelbare Freundschaft zu mir; ich kann Dir nicht sagen, wie viel Freude er mir gemacht hat, und noch mehr die Hoffnung, Dich bald selbst zu sehen und zu umarmen.

Ohne länger bei dieser angenehmen Vorstellung zu verweilen, laß mich gerade von der Hauptsache sprechen. Dein Wunsch allein, mich in der Lage zu sehen, von der Du mir schreibst, bürgt mir dafür, daß dieses Verhältniß nicht anders, als vorteilhaft für mich seyn kann; ich folge also ohne Bedenken Deinem Rufe, und entsage andern Aussichten, die sich mir darboten. Mit Vergnügen trete ich in die vortreffliche Familie ein, in der ich hoffen kann, daß der Antheil, den ich an der Bildung meiner zukünftigen Zöglinge nehmen werde, von glücklichem Erfolge seyn wird; den Kopf derselben mit Worten und Begriffen zu füllen, gelingt zwar gewöhnlich, aber auf das Wesentlichere der Charakterbildung wird ein Hofmeister nur wenig Einfluß haben können, wenn der Geist der Eltern micht mit seinen Bemühungen harmonirt. – In Ansehung der ökonomischen und anderer Verhältnisse im Haus ist es zwar oft der Klugheit gemäß, sich im Voraus genau darüber zu erklären; ich glaube aber hier dieser Vorsicht entbehren zu können und überlasse es Dir, mein Interesse zu besorgen, da Du auch am besten wissen wirst, was in Frankfurt in dieser Rücksicht gewöhnlich ist, und in welchem Verhältnisse die Bedürfnisse des Lebens und das Geld gegen einander stehen.

Bedienung im Hause und freie Wäsche werde ich auch erwarten können.

Ich enthalte mich, dich um Erläuterungen in Ansehung der Wünsche des Herrn Gogel über den Unterricht und die specielle Aufsicht über seine Kinder zu bitten; der Unterricht wird in diesem Alter noch in solchen Kenntnissen bestehen, die für alle gebildeten Menschen gehören – in Ansehung der äußeren Sitten werde ich über den größeren oder geringeren Spielraum, den Herr Gogel der jugendlichen Lebhaftigkeit lassen will, an Ort und Stelle seine Wünsche am besten kennen lernen und mich mit ihm darüber selbst vollständiger verständigen können, als es durch Briefe geschehen kann.

Was die Reise betrifft, so sehe ich voraus, daß die Kosten derselben nicht über 10 Karolins kommen werden, und wünschte, daß Du mit Herrn Gogel vorläufig davon sprächest und, wie Du es dann für schicklich findest, ihn ersuchtest, mir durch Dich einen Wechsel zu überschicken, – oder mir, wenn ich nach Frankfurt komme, die Kosten zu vergüten.

So leid es mir thut, nicht sogleich mich auf den Weg machen zu können, so ist es mir doch unmöglich, eher, als gegen das Ende des Jahrs das Haus, in dem ich mich wirklich befinde, zu verlassen; – und vor der Mitte des Jenners in Frankfurt einzutreffen. Da Du nun einmal angefangen hast, Dich für mich in dieser Sache zu interessiren, so muß ich es Dir schon noch zumuthen, das Wesentliche meines Briefs Herrn Gogel mitzutheilen und ihn dabei meiner Hochachtung zu versichern; er wird zwar selbst einsehen, daß ein Theil dessen, was Du ihm von mir magst gesagt haben, um ihm das Zutrauen einzuflößen, dessen er mich würdigt, mehr auf Rechnung Deiner Freundschaft für mich zu setzen seyn werde, oder daß sich ein Freund nicht immer nach dem andern sicher beurtheilen lasse; versichre ihn indeß, daß ich mir alle Mühe geben werde, um Deine Empfehlung zu verdienen.

Wie viel Antheil an meiner geschwinden Entschließung die Sehnsucht nach Dir habe, wie mir das Bild unsers Wiedersehens, der frohen Zukunft, mit Dir zu seyn, diese Zwischenzeit vor Augen schweben wird – davon nichts – lebe wohl –

dein

Hegel

20. November. An Georg Wilhelm Friedrich Hegel.

Frankfurt. d. 20 Nov. 96.

Liebster Hegel!

Die ganze Sache ist in's Reine gebracht. Du bekommst, wie ich vorauswußte, 400 fl., hast freie Wäsche und Bedienung im Hauße und die Reisekosten will HE. Gogel, vergüten, wenn du hieher kömmst, oder, wenn du es für nötig finden solltest, dir den Wechsel nach Bern schiken. Ich schreibe dir seine eignen Worte, die ich in diesem Augenblik von ihm erfahre.

Solltest du den Wechsel nach Bern haben, um anderweitige mögliche Inkonvenienzen zu vermeiden, so schreib' es mir mit nächstem, ich will sehen, daß ich es mit Schiklichkeit besorge und ohne dich im mindesten zu exponiren.

Daß du erst in der Mitte des Jenners kommst, erträgt HE. Gogel geduldiger, als ich; ich wollte, wir hätten heute Neujahrsabend.

HE. Gogel hat deinen Brief gelesen, und war, wie ich wohl denken konnte, sehr vergnügt darüber. Wenn du noch der Alte bist, so wirst du in seinem Karakter und seiner Art, sich zu äußern sehr viel Beziehung mit deiner Eigentümlichkeit finden.

Die Materie und Form des Unterrichts wird, wie natürlich deiner Einsicht überlassen. Deine Gewandtheit in der französischen Sprache nimmt HE. G. wie ein seltnes und bedeutendes Geschenk.

Seine Jungen, 2 an der Zahl, seien gut, sagt er, eines seiner 2 Mädchen, denen du aber nur gelegentlich hie und da was beibringst ist etwas hartköpfig. Das kann dich aber nicht sehr verdrießen. Daß Deutschland in Europa liegt, behält dir wohl jede. Wer unterhält sich nicht gerne mit so einem guten Ding eine Viertelstunde?

Mit den Jungen wirst du, so sehr der erste Unterricht unsern Geist oft drüken muß, dich dennoch lieber beschäfftigen, als mit Staat und Kirche, wie sie gegenwärtig sind. Auch werden gewöhnlich zum Unterricht im Schönschreiben, Rechnen, Zeichnen, Tanzen, Fechten, oder was sonst Dinge sind, die nicht gerade von uns erwartet werden können, Meister genommen, denen man das Kind ganz wohl anvertrauen kan, so daß du hinlänglich wirst ausruhn können.

Wir wollen brüderlich Müh' und Freude theilen, alter Herzensfreund! Es ist recht gut, daß mich die Höllengeister, die ich aus Franken mitnahm, und die Luftgeister, mit den metaphysischen Flügeln, die mich aus Jena geleiteten, seitdem ich in Frankfurt bin, verlassen haben.

So bin ich dir noch etwas brauchbar. Ich sehe, daß deine Lage dich auch ein wenig um den wohlbekanntern immerheitern Sinn gebracht hat. Siehe nur zu! du wirst bis nächsten Frühling wieder der Alte seyn. Was du von leiten und führen sprichst, Lieber, Theurer! das hat mir wehe gethan. Du bist so manchmal mein Mentor gewesen, wenn mein Gemüth zum dummen Jungen mich machte, und wirst's noch manchmal seyn müssen.

Du wirst Freunde finden, wie man sie nicht überall findet.

Vorige Woche hab' ich Sinklair in Homburg besucht. Er freut sich auch unendlich, daß du komst. Ich sage dir, Lieber! du brauchst nichts, als dein und mein Haus, um recht glükliche Tage zu haben. Der Tag des Wiedersehens wird uns ziemlich verjüngen. Ich komme dir bis Darmstadt entgegen, wenn sichs nur immer einrichten läßt. Dann nehm' ich dich erst zu mir, und freue mich satt an dir und dann bring' ich dich dem guten Gogel ins Haus.

Ich habe vorgestern von dir geträumt, du machtest noch allerlei weitläufige Reisen in der Schweiz herum, und ich wollte mich todtärgern. Nachher hatt' ich herzliche Freude an dem Traum.

Leb wohl, lieber Hegel! Schreibe mir bald wieder. Wärst du nur schon aus dem Bernerbiet weg!

Dein

Hölderlin.

20. November. An Friedrich Schiller. Chr. Th. Schwab, 1846.

Frankfurt. d. 20 Nov. 1796.

Verehrungswürdigster!

Es macht mich oft traurig, daß ich Ihnen nimmer, wie ich sonst wohl durfte, ein Wort aus meiner Seele sagen kann, aber Ihr gänzlich Verstummen gegen mich macht mich wirklich blöde, und ich muß immer wenigstens irgend eine Kleinigkeit vorschützen können, wenn ich mich dazu bringen soll, meinen Nahmen Ihnen wieder zu nennen.

Diese Kleinigkeit ist dißmal die Bitte, daß Sie die unglüklichen Verse, die keinen Plaz finden konnten in Ihrem dißjährigen Allmanache, mir wieder zur Durchsicht geben möchten, denn das Manuscript, daß ich Ihnen im August von Kassel aus zuschikte, war das einzige, das ich hatte.

Möchten Sie es doch nicht für verlorne Mühe halten, Ihr Urtheil beizusezen, denn auch hierinn kann ich alles leichter ertragen, als Ihr Stillschweigen.

Ich erinnere mich noch sehr gut jedes kleinsten Zeichens Ihrer Theilnahme an mir. Sie haben mir auch, da ich noch in Franken lebte, einmal ein paar Worte geschrieben, die ich immer wiederhohle, so oft ich verkannt bin.

Haben Sie Ihre Meinung von mir geändert? Haben Sie mich aufgegeben?

Verzeihen Sie mir diese Fragen. Eine Anhänglichkeit an Sie, gegen welche ich oft vergebens angieng, wenn sie Leidenschaft war, eine Anhänglichkeit, die noch immer mich nicht verlassen hat, nöthigt solche Fragen mir ab.

Ich würde mich darüber tadeln, wenn Sie nicht der einzige Mann wären, an den ich meine Freiheit so verloren habe.

Ich weiß, daß ich nicht ruhen werde, bis ich durch irgend etwas Errungenes und Gelungenes wieder einmal ein Zeichen Ihrer Zufriedenheit erbeute.

Glauben Sie nicht, daß ich feire, wenn ich nicht von meinen Beschäfftigungen spreche. Aber es ist schwer gegen die Niedergeschlagenheit auszuhalten, die einem der Verlust einer Gewogenheit giebt, wie diejenige war, die ich besaß oder mir träumte.

Ich bin verlegen, scrupulös über jedes Wort, das ich Ihnen sage, und doch bin ich sonst so ziemlich, wenn ich andern Menschen gegenüber mich finde, über jugendliche Ängstlichkeit weg.

Sagen Sie mir ein freundlich Wort, und Sie sollen sehen, wie ich verwandelt bin.

Ihr wahrer Verehrer
Hölderlin.

20. November. An Johanna Christiana Gock. Ein Teil des Datums abgerissen.

Frankf. d. 20

Liebste Mutter!

Ich schreibe dißmal an Sie, weil ich Ihnen zunächst von dem Entschlusse, zu dem ich mich durch wohlgeprüfte Gründe bestimmt, habe, wegen der Präceptoratstelle, Rechenschaft zu geben schuldig bin. Seyn Sie versichert, daß es mich nicht weniger Verläugnung kostet, als Sie und meinen Karl, Ihre tägliche Gegenwart, und Ihren herzlichen Umgang entbehren zu müssen. Meine Lage ist sehr glüklich, aber wo in der Welt vermißt man gerne seine Mutter und solch einen Bruder und solch seine Familie? Sie können also wohl glauben, daß es mir nicht so leicht wird, den günstigen ehrenhaften Ruf meiner guten Mitbürger unbenüzt zu lassen. Aber einmal wär es doch nicht dankbar, ein Haus, dem ich bisher nicht einen Zehendtheil der schönen Freundschaft, die ich täglich erfahre, vergelten konnte, und meinen hofnungsvollen Zögling zu verlassen, gerade in einem Zeitpuncte, wo er anfängt, mein Herz und meinen Unterricht eigentlicher zu verstehen. Denn ob ein andrer ihm gerade das seyn würde, was ich ihm seyn kann, ist ungewiß. Das Kind ist von der Natur beinahe ganz so gemacht, wie ich, so viel ich weiß, aus Ihren Händen gieng. Ich finde mich tausendmal mit meinen ursprünglichen Eigenheiten in ihm, auch das Kind ahndet in mir ein gleichgeschaffen Gemüth und das gerade erleichtert mir meine Erziehung so sehr, das gerade scheint mir immer mehr die unumgängliche Bedingung jeder glüklichen Erziehung zu seyn.

Ferner müßt' ich fürchten, daß meine Gesundheit, von der ich meinen Geist und meinen Karakter so sehr oft abhängig fühlen mußte, leicht wieder ihre gewonnennes Gleichgewicht verlieren könnte in einer Lage, wie die angebotene seyn würde. Sie wissen, liebste Mutter, wie ich körperlich, und gröstentheils darum auch am Gemüthe litt, den Sommer über, den ich in Nürtingen zubrachte. Ich bin jezt völlig hergestellt. Aber würd' es wohl so bleiben können bei einem so unruhigen Amte, und würd' ich es lange mit dem gehörigen Aufwande von Kräften versehen können? Schulmeistern könnt' ich unmöglich, und 40 Knaben nach reinen Grundsäzen und mit anhaltendem belebendem Eifer zu erziehen, ist wahrhaftig eine Riesenarbeit, besonders wo häusliche Erziehung und anderweitige Anstalten so sehr oft entgegenwirken.

Ferner würden die Beschäfftigungen, die, durch Natur und Gewohnheit, mir unentbehrliches Bedürfniß geworden sind, und ohne welche für mich kein Glük der Erde genießbar ist, diese frohen, wenigstens unschuldigen Beschäfftigungen würden beinahe ganz unterbleiben müssen, wenn ich nicht jede Mitternacht zum Tage machen wollte, und das darf und kann ich nicht, wenn ich nicht in Einem Jahre fertig seyn will.

Das sind, wie ich glaube, drei solide Gründe. Ich könnte noch manches hinzusezen, aber ich halt' es nicht für nötig, da ich weiß, wie sehr Sie alles, was ich bisher gesagt, selbst empfinden.

Wir wollen uns durch Besuche und fröhliche Nachrichten, so viel es möglich ist, für den versagten näheren Umgang schadlos halten. Sie haben, wie ich noch wohl weiß, selbst sehr oft geäußert, daß Sie mir nie entschieden zu einer solchen Lage rathen würden.

Danken Sie in meinem Nahmen, überall, wo meiner in sofern gedacht wird, recht herzlich! Sagen Sie, daß ich das Andenken meiner Mitbürger zu schäzen wisse und zu verdienen suche.

Dem lieben Karl will ich, wenn es möglich, noch morgen den ersten seiner zwei lieben Briefe besonders beantworten.

Ihnen, liebste Mutter, dank ich innigst für Ihren langen gütigen Brief. Was Sie mir über unsre ökonomischen Verhältnisse sagen, nehm' ich mit Bescheidenheit und Überzeugung an. Ich weiß gewiß, Sie werden für unsern Karl, der uns und und dem Vaterlande so viel verspricht, in der Folge thun, was Sie können, was auch ich gewissenhaft verspreche. Freuen wird Sie die Nachricht, daß einer meiner schäzbarsten Universitätsfreunde, M. Hegel aus Stutgard, durch meine Vermittlung wahrscheinlich zur Anfang des nächsten Jahrs als Hofmeister hieher in Eine der glüklichsten hiesigen Familien kommen wird. Könt' ich doch meinem Karl auch in die Nähe bringen, auf einige Zeit. Aber das darf ich vor Ihnen nicht laut sagen.

Bleiben Sie nur immer recht gesund und genießen Sie Ihr und Ihrer Kinder Glük mit ungestörtem Herzen.

Grüßen Sie alles von mir! Was macht die liebe Schwester und ihre Familie. Es hat mich unendlich gefreut, daß all' die lieben Meinigen in dem rasenden Kriege so unbeschädigt geblieben sind. Leben Sie wohl, liebste Mutter!

Ihr

Friz.

Am oder nach dem 21. November. An Carl Gock. In der Ausgabe Chr. Th. Schwabs von 1846 sowie durch Auszüge und Regest Gustav Schlesiers.

Frankfurt, den Nov. 96.

Lieber Karl!

Ich kann dißmal nur das Echo deines ersten lieben Briefes machen, nur vorerst mein herzlich Ja! sagen zu allem, was du gesagt, und muß es auf ein andermal ersparen, umständlicher mich über die nöthige Geistesbildung und eine zwekmäßige Lage, die jene unterstüzen, und die Richtung, die jene nehmen soll, gegen dich zu erklären.

Du hast äußerst richtig und schön in deinen geäußerten Gesinnungen das Feuer jugendlicher Thätigkeit, die in's Unendliche geht, mit der Einschränkung derselben auf ein freies häusliches Leben gepaart. Darinn bestehet alle Lebensweisheit, daß wir uns nicht zu sehr ausdehnen und nicht zu sehr konzentriren, und ein Mensch, der bei ausgebreitetem Geiste, doch mit einfachem Herzen seinen eignen Boden pflanzt und seine Kinder erzieht, also der Mensch, der du sehr leicht werden wirst, scheint mir nach allem, was ich gedacht und erfahren, der glüklichste und der menschlichste, also der vollkommenste Mensch zu seyn. Du wirst sicher bald eine Lage finden, wo du doch ein paar Stunden des Tages wirst deinen Geist aus der ermüdenden Unthätigkeit, in der er freilich durch die meisten bürgerlichen Geschäffte erhalten wird, erheben können.

Wir wollen uns also trösten, bis auf bessere Zeit, die du dann doppelt kräftig und glüklich benüzen wirst, weil du sie durch Entbehren schäzen gelernt hast. Es ist auch noch etwas, das dich trösten muß, nemlich die unläugbare Wahrheit, daß jeder nicht gemeine Kopf die Sphäre, wo er sich findet, sie sey auch welche sie wolle, zuweilen zu enge finden muß. Ich sage zuweilen! denn er besinnt sich auch wieder und sagt sich, daß ein unendlicher Spielraum die Entwiklung des Geistes wohl noch weniger dürfte begünstigen, als ein beschränkter.

Du hast bisher mit deiner Lage wie ein edler Kämpfer gerungen. Thue es noch eine Weile und die schlimmste Periode wird überstanden seyn.

Über die vorgeschlagene Reise nach Frankfurt sagst du mir gar nichts.

Über Fichte's Naturrecht will ich dir das nächstemal schreiben. Ich möchte dir gerne etwas Gründliches und Vollständiges sagen und habe jetzt nicht die Zeit dazu.

Mein Hyperion wird wohl bis nächste Ostern auf einmal ganz erscheinen. Zufälle haben seine Erscheinung verzögert.

Sei doch so gut, Lieber! und schike mir die zwei schwäbischen Allmanache, worinn meine früheren Gedichte gedrukt sind, ich möchte sie gerne durchfeilen und habe kein Manuscript davon.

Lebe wohl, mein Karl! Nimm vorlieb für dißmal.

Dein

Friz.

23. November. Zusatz von Hegels Schwester Christiane in Stuttgart, die Hölderlins Brief vom 20. November weiterleitet.

d. 23. 9br.

Heute erhielt ich diesen Brief von Höld. Es freut mich über die Maasen daß alles so gut geht. Meinen Brief mit den Kupfern wirst du erhalten haben? Komm jezt nur bald, aber schreibe mir nur auch noch vorher.

Christiane.

Schon einmal vergaß ich dir zu sagen daß der HE. Amtschreiber Glaser in Tübingen gestorben ist.

24. November. Von Friedrich Schiller. Chr. Th. Schwab,1846. Hölderlins Brief vom 20. wurde umgehend beantwortet. Schillers Kalender vermerkt den Eingang mit dem Postausgang am 25. November.

Jena, 24. Nov. 96.

Ich habe Sie keineswegs vergessen, lieber Freund, wie Sie denken: bloß Zerstreuungen und Geschäfte, neben meiner gewöhnlichen Briefscheu haben die Antwort auf Ihre freundschaftlichen Briefe so lange verzögert.

Ihre neuesten Gedichte kamen für den Almanach um mehrere Wochen zu spät, sonst würde ich von dem einen oder dem andern gewiß Gebrauch gemacht haben. Dafür, hoffe ich, sollen Sie an dem künftigen desto größern Antheil haben. Da es mir heute an Muße fehlt, diese letzt übersandten Stücke durchzugehen, so behalte ich sie vor der Hand noch da, um meine Bemerkungen beyzuschreiben.

Große Freude machte mirs, wenn ich in dem nächsten Almanach einige reife und bleibende Früchte Ihres Talents aufstellen könnte. Nehmen Sie, ich bitte Sie, Ihre ganze Kraft und Ihre ganze Wachsamkeit zusammen, wählen Sie einen glücklichen poetischen Stoff, tragen ihn bildend und sorgfältig pflegend im Herzen, und lassen ihn in den schönsten Momenten des Daseyns ruhig der Vollendung zureifen. Fliehen Sie wo möglich die philosophischen Stoffe, sie sind die undankbarsten, und in fruchtlosem Ringen mit denselben verzehrt sich oft die beßte Kraft, bleiben Sie der Sinnenwelt näher, so werden Sie weniger in Gefahr seyn, die Nüchternheit in der Begeisterung zu verlieren, oder in einen gekünstelten Ausdruck zu verirren.

Auch vor einem Erbfehler deutscher Dichter möchte ich Sie noch warnen, der Weitschweifigkeit nehmlich, die in einer endlosen Ausführung und unter einer Fluth von Strophen oft den glücklichsten Gedanken erdrückt. Dieses thut Ihrem Gedicht an Diotima nicht wenig Schaden. Wenige bedeutende Züge in ein einfaches Ganzes verbunden, würden es zu einem schönen Gedichte gemacht haben. Daher empfehle ich Ihnen vor allem eine weise Sparsamkeit, eine sorgfältige Wahl des Bedeutenden und einen klaren einfachen Ausdruck desselben. Doch wie kann ich alles das specificiren, was ich wünschte? Sie haben Mosen und die Propheten; halten Sie sich an die schönsten Muster und bilden sich daraus die Regeln selbst, die ohne das nur Worte seyn würden.

Verzeyhen Sie mir diese Aufforderungen, diese Warnungen. Theilnehmende Freundschaft hat beyde eingegeben.

Leben Sie recht wohl und lassen mich fleißig von sich hören.

Ihr aufrichtig ergebener

Schiller.

Vmtl. unterzog Schiller das siebenstrophige Gedicht An die klugen Rathgeber unmittelbar nach Hölderlins Anfrage einer nicht beendeten redaktionellen Durchsicht und kürzte es auf fünf Strophen (mglw. erst am 28. August 1797). Da sich die redigierte Reinschrift in seinem Nachlaß vorfand, andererseits in Der Jüngling an die klugen Rathgeber vom Sommer 1797 alle redigierten oder getilgten Passagen entfallen oder ersetzt sind, muß Schiller die Resultate seiner Durchsicht mitgeteilt – oder das redigierte Manuskript im August 1797 nach Frankfurt gesandt und Hölderlin das redigierte Exemplar mit seiner sechsstrophigen Version nach Jena zurückgeschickt haben. Schillers Änderungen erscheinen hier in kursiver Type, mißfallend unterstrichene Stellen sind gesperrt, ersatzlose Tilgungen durch eckige Klammern bezeichnet.

An die klugen Rathgeber.

Ich sollte nicht i'm ~~Lebensfelde~~ *mit allen Kräften* ringen
So lang mein Herz nach *das höchste*~~r~~ Schöne ~~strebt,~~ *liebt*,
Ich soll mein Schwanenlied a'm Grabe singen,
Wo ihr so gern lebendig uns *begrübt*?
O! schonet mein und laßt das rege Streben,
Bis seine Fluth in's fernste Meer sich stürzt,
Laßt immerhin, ihr Ärzte, laßt mich leben,
So lang die Parze nicht die Bahn verkürzt,

Des Weins Gewächs verschmäht die kühlen Thale,
Hesperiens beglükter Garten bringt

Die goldnen Früchte nur i'm heißen Strale,
Der, wie ein Pfeil, in's Herz der Erde dringt;
Was warnt ihr dann, wenn stolz und ungeschändet
Das ~~Menschen~~ Herz von kühne~~m~~*r* ~~Zorn~~ entbrennt,
Was nimmt ihr ihm, der nur im Kampf vollendet,
Ihr Weichlinge, sein glühend Element?

Er hat das Schwerdt zum Spiele nicht genommen,
Der Richter, der die alte Nacht *verdammt*,
Er ist zum Schlafe nicht herabgekommen,
Der reine Geist, der aus dem Aether stammt;
~~Er strahlt heran, er schrökt wie Meteore,~~
~~Befreit und bändigt, ohne Ruh' und Sold,~~
~~Bis, wiederkehrend durch des Himmels Thore,~~
~~Sein Kämpferwagen im Triumphe rollt.~~

Und ihr, ihr wollt des ~~Rächers~~ *Schöpfers* Arme lähmen
Dem Geiste, der mit Götterrecht *zerstreut*,
Bedeutet ihr, sich knechtisch zu bequemen,
Nach eures Pöbels Unerbittlichkeit? *Dürftigkeit*?

Die redigierte Halbstrophe wird durch einen vertikalen Strich am Rand getilgt. Nach Streichung von Strophe 5 schließt sich die stehen gebliebene zweite Strophenhälfte an die erste Hälfte von Strophe 6. Ein Ansatz zur Änderung der Irrhaus-Zeile (eine direkte Anspielung auf Schillers Aufsatz *Die Schaubühne als moralische Anstalt betrachtet*) bricht ab.

Das Irrhaus wählt ihr ~~euch~~*u* zu'm Tribunale,
Dem soll der Herrliche sich unterzieh'n,
Den Gott in uns, den macht ihr zu'm Scandale,
Und sezt den Wurm zu'm König über ihn. –

~~Sonst ward der Schwärmer doch an's Kreuz geschlagen,~~
~~Und oft in edlem Löwengrimme rang~~
~~Der Mensch an donnernden Entscheidungstagen,~~
~~Bis Glük und Wuth das kühne Recht bezwang;~~
~~Ach! wie die Sonne, sank zur Ruhe nieder~~
~~Wer unter Kampf ein herrlich Werk begann,~~
~~Er sank und morgenröthlich hub er wieder~~

~~In seinen Lieblingen zu leuchten an.~~

Jezt blüht *Ihr lehrt* die neue Kunst, das Herz zu morden,
Zu'm Todesdolch in meuchlerischer Hand
Ist nun der Rath des klugen Manns geworden,
Und ~~furchtbar, wie ein Scherge,~~ *mit Vernunft entzweiht sich* der Verstand;
~~Bekehrt von euch zu feiger Ruhe, findet~~
~~Der Geist der Jünglinge sein schmählich Grab,~~
~~Ach! ruhmlos in die Nebelnächte schwindet~~
~~Aus heitrer Luft manch schöner Stern hinab.~~

Umsonst, wenn auch der Geister Erste fallen,
Die starken Tugenden, wie Wachs, vergehn,
Das Schöne mußaus diesen Kämpfen allen,
Aus dieser Nacht der Tage Tag entstehn;
Begräbt sie nur, ihr Todten, eure Todten!
Indeß ihr noch die Leichenfakel hält *schwingt*,
Geschiehet schon, wie unser Herz geboten,
Bricht schon herein *Wird schon* die neue beßre Welt *verjüngt*.

1797

Vor 10. Januar, vmtl. nach Fertigstellung der Druckvorlage zum ersten Band des Hyperion. An Johann Gottfried Ebel. Das Datum nach Hegels Ankunft nachgetragen. Ebels nicht überlieferter Brief war vmtl. schon Ende Oktober eingetroffen. Wiederum öffnet dieser den Umschlag, ohne das Siegel zu verletzen. Es ist der Abdruck einer antiken Gemme – wohl aus der kleinen Sammlung Suzette Gontard-Borckensteins: Herakles – den nemeischen Löwen bezwingend. Erinnerung an den Tag unter dem Kasseler Herkules und am Lac.

Frankfurt.
d. 10 Jan. 97.

Mein Theurer!

Ich zögerte blos deswegen so lange mit einer Antwort auf Ihren ersten Brief, weil ich fühlte, wie viel darauf zu antworten war, und weil mir kein Moment, wo ich Muße hatte, Ihnen zu schreiben, reich genug war, um Ihnen alles zu sagen, was ich wünschte.

Es ist herrlich, lieber Ebel! so getäuscht und so gekränkt zu seyn, wie Sie es sind. Es ist nicht jedermanns Sache, für Wahrheit und Gerechtigkeit sich so zu interessiren, daß man auch da sie siehet, wo sie nicht ist, und wenn der beobachtende Verstand vom Herzen so bestochen wird, so darf man wohl sich sagen, daß das Herz zu edel sei für sein Jahrhundert. Es ist fast nicht möglich, unverhüllt die schmuzige Wirklichkeit zu sehen, ohne selbst darüber zu erkranken; das Auge thut wohl, so lang es kann, dem Splitter sich zu verschließen, und dem Rauch und Staube, der sich ihm aufdringt, und so ists auch ein schöner Instinkt des Menschen, manches, was nicht unmittelbar sein Stoff ist, fröhlicher anzusehen. Aber Sie halten denn doch es aus, und ich schäze Sie eben so sehr darum, daß Sie jezt noch sehen mögen, als darum, daß Sie zuvor nicht ganz so sahn.

Ich weiß, es schmerzt unendlich, Abschied zu nehmen, von einer Stelle, wo man alle Früchte und Blumen der Menschheit in seinen Hoffnungen wieder aufblühn sah. Aber man hat sich selbst, und wenige Einzelne, und es ist auch schön, in sich selbst und wenigen Einzelnen eine Welt zu finden.

Und was das Allgemeine betrift, so hab ich Einen Trost, daß nemlich jede Gährung und Auflösung entweder zur Vernichtung oder zu neuer Organisation nothwendig führen muß. Aber Vernichtung giebts nicht, also muß die Jugend der Welt aus unserer Verwesung wieder kehren. Man kann wohl mit Gewißheit sagen, daß die Welt noch nie so bunt aussah, wie jezt. Sie ist eine ungeheure Mannigfaltigkeit von Widersprüchen und Kontrasten. Altes und Neues! Kultur und Rohheit! Bosheit und Leidenschaft! Egoismus im Schaafspelz, Egoismus in der Wolfshaut! Aberglauben und Unglauben! Knechtschaft und Despotism! unvernünftige Klugheit, unkluge Vernunft! geistlose Empfindung, empfindungsloser Geist! Geschichte, Erfahrung, Herkommen ohne Philosophie, Philosophie ohne Erfahrung! Energie ohne Grundsäze, Grundsäze ohne Energie! Strenge ohne Menschlichkeit, Menschlichkeit ohne Strenge! heuchlerische Gefälligkeit, schaamlose Unverschämtheit! altkluge Jungen, läppische Männer! – Man könnte die Litanei von Sonnenaufgang bis um Mitternacht fortsezen und hätte kaum ein Tausendtheil des menschlichen Chaos genannt. Aber so soll es seyn! Dieser Charakter des bekannteren Theils des Menschengeschlechts ist gewiß ein Vorbote außerordentlicher Dinge. Ich glaube an eine künftige Revolution der Gesinnungen und Vorstellungsarten, die alles bisherige schaamroth machen wird. Und dazu kann Deutschland vieleicht sehr viel beitragen. Je stiller ein Staat aufwächst, um so herrlicher wird er, wenn er zur Reife kömmt. Deutschland ist still, bescheiden, es wird viel gedacht, viel gearbeitet, und große Bewegungen sind in den Herzen der Jugend, ohne daß sie in Phrasen übergehen wie sonstwo. Viel Bildung, und noch unendlich mehr! bildsamer Stoff! – Gutmütigkeit und Fleiß, Kindheit des Herzens und Männlichkeit des Geistes sind die Elemente, woraus ein vortrefliches Volk sich bildet. Wo findet man das mehr, als unter den Deutschen? Freilich hat die infame Nachahmerei viel Unheil unter sie gebracht, aber je philosophischer sie werden, um so selbstständiger. Sie sagen es selbst, Lieber! man solle von nun an dem Vaterlande leben. Werden Sie es bald thun? Kommen Sie! Kommen Sie hieher! Ich begreife Sie nicht, wenn Sie nicht hieher kommen. Sie sind ein armer Mann in Paris. Hier ist Ihr Herz sehr, sehr reich, reicher, als Sie vieleicht selbst einsahn, und

Ihr Geist darbt, wie ich meine doch auch nicht. Sie haben Freunde hier, haben noch mehr. Ich wußte nicht, böser Mensch, wie ungenügsam Sie waren. Jezt weiß ichs. Ich messe die Menschen mit keinem kleinen Maasstaab und kenne gewiß Ihr Innerstes, lieber Ebel! und so muß ich sagen, ich begreife nicht, wie Sie unzufrieden seyn konnten mit Menschen, oder vielmehr mit Einer Seele, – das gute Mädchen sagte mir neulich, sie wisse keinen vollkommneren Menschen, als Ebel, und die Thränen standen ihr in den Augen; aber das sollt' ich wohl eigentlich nicht verrathen. – Auch sonst werden Sie ganz sich wieder finden in unserem Cirkel. Hegel ist, seit ich den Brief anfieng, hiehergekommen. Sie werden ihn gewiß liebgewinnen.

HE. u. Fr. Gontard läßt sich durch mich grüßen. Auch Henry! Leben Sie wohl! Kommen Sie bald.

Hölderlin.

Hegel war mit Gogel von hier in ein Verhältniß getreten, eh' Ihr lezter Brief ankam. Ich suche aber einen anderen, der Ihnen konveniren könnte.

10. Januar. An Carl Gock. Chr. Th. Schwab, 1846, und Regest Gustav Schlesiers.

Frankfurt a. M., den 10. Januar 1797.

Lieber Karl!

Die Briefe von unserer lieben Mutter und dir waren des langen Harrens wohl werth. Es freute mich jede Sylbe darinn.

Daß deine Lage sich so günstig verändert hat, freut mich besonders. Ich glaube wirklich, daß Blum der Mann ist, dich zu schäzen und von dir geschäzt zu werden. Du kennst ihn auch so weit, daß du hoffen kannst, mit ihm in vernünftigen Gesprächen deinen Geist, wo nicht zu bereichern, doch zu beleben. Er ist Mathematiker, und es wird dir sehr wohl thun, nach Vollendung des naturrechtlichen Studiums, an die Mathematik zu gehen, die, wie du finden wirst, die einzige Wissenschaft ist, die der möglichen wissenschaftlichen Vollkommenheit des Naturrechts an die Seite gesezt werden kann. Ich beschäfftige mich jezt häufig mit dieser herrlichen Wissenschaft und finde, um es noch einmal zu sagen, daß diese – und die Rechtlehre, wie sie werden kann und muß, die einzigen in diesem Grade vollkommenen reinen Wissenschaften sind im ganzen Gebiete des menschlichen Geistes. Ich will besonders mündlich mich sehr viel gegen dich über das Naturrecht, und dann auch über die Parallele, in die ich es gesezt habe, erklären. Aber was mir jezt eigentlich am Herzen liegt, ist die Hoffnung, dich wieder zu sehen. Ich danke dir recht sehr, lieber Karl, daß du mir so meinen Willen thust und kommst. Es soll dich nicht reuen. Es wird dein Wesen unendlich befreien, dich einmal außer den Gränzen von Gesellschaft und Land, worinn du bisher gelebt, zu sehen. Für einen, der so eingezogen lebte, wie du, ist eine Reise nach Frankfurt ein eben so reichhaltiger Genuß, als vieleicht für manchen andern eine durch halb Europa. All' meine Freuden, alles, was in meinem Herzen Jugendliches ist, will ich an dein Herz drüken. Du wirst mich gesundern, ordentlichern Sinnes finden. Für Dein Logis ist gesorgt. Wie gedenkst du deine Reise zu machen? Für jeden Fall schik' ich Dir vier Caroline. Ist's nicht genug, so sag' es gerade heraus. Für die Rükreise will ich dann auch schon wieder sorgen, wenn es noth thut.

Sage der lieben Mutter tausend Dank für ihren gütigen Brief. Ich will das nächstemal an sie schreiben, und auch an die liebe Schwester. Jezt hab' ich noch beinahe ein halb Dutzend Briefe zu expediren. Über meine Arbeiten noch immer kein Wort! Laß mir den Eigensinn, lieber Karl! Ich denke am Ende denn doch deine brüderliche Theilnahme zu befriedigen.

Sei so gut, Lieber! schreib' mir dißmal recht bald wieder, wenn ich schon dißmal so kurz weg schreibe, so geschieht es aus Nothwendigkeit.

Dein

Fritz.

Beginn der wechselweise im Stuttgarter und Homburger Quartheft eingetragenen Übersetzungen und Entwürfe. Mit ihnen befolgt Hölderlin den Rat Schillers, sich an die schönsten Muster zu halten und der *Sinnenwelt* nähere Stoffe zu wählen. Doch geht es bei diesem, ihn ein halbes Jahr beschäftigenden Projekt weniger um reife bleibende Früchte für dessen Almanach, als um umfassende Erweiterung der künstlerischen Mittel. Am Schluß des hier vorangestellten Briefs an den Bruder wird schon auf diese neuen Arbeiten hingewiesen. Mit Dejanira an Herkules, Ovid *Heroiden* XI, v. 3-6, 11-48, dient hier der Einübun gin das elegische Versmaß.

Dejanira an Herkules.

Schnell vernahmen ein schwarzes Gerücht die Pelasgischen Städte,
Mache du mit der That wieder zur Fabel es mir!
Den nicht Juno bezwang, und die unermeßliche Arbeit,
Dem hat Iolens Joch, sagt man, den Naken gebeugt.
Mehr als Juno schadete dir Cythere, denn Junons
Druk erhub dich, und die tritt dir zu Boden den Hals.
Siehe zurük! du gabst mit rächenden Kräften der Erde
Frieden, so weit sie nur bläulich der Meersgott umfleußt.
Seine Ruhe dankt dir das Land und das ganze Gewässer,
Voll sind des Sonnengotts Wohnungen beede von dir.
Der dich einst trägt, den Olymp, den hast du selber getragen,
So die Sterne trägt, ruhet der Atlas auf dir.
Aber nur, dich erbärmlich zu schämen erringst du den Ruhm dir,
Wenn du mit buhlenden Lüsten die Thaten beflekst.
Bist es du derselbe, der einst die beeden Schlangen so kräftig
Pakte, des Donnerers schon in der Wiege so werth?
Besser fiengest du an, als du endest, das Lezte verkriecht sich
Hinter das Erste, der Mann gleichet dem Knaben nicht mehr.
Den der Bestien Heer und der Steneleische Feind nicht,
Den nicht Juno bezwang, Amor bezwingt ihn zulezt.
Bin ich nicht glüklich vermählt? ich heiße Herkules Ehweib
Und mit dem schnellen Gespann donnert am Himmel mein Schwähr
Aber wie an den Pflug ungleiche Stiere nicht taugen
Ist dem geringeren Weib drükend der große Gemahl.
Eine Gestalt, worinn wir uns ängstigen, ehrt nicht, sie lastet,
Willst du geziemend frein, freie, was ähnlich dir ist.

Unterbrechung der Übersetzung durch den ersten Ansatz zur überschriftlosen, schwerlich zur Veröffentlichung bestimmten Hymne *An Herkules.*

Und mir brechen, stark und groß
Wie die Wetterflamme, Thaten

Aus der Jugend Wolke los.

Wie der Adler seine Jungen,
Wenn ihr funkelnd Auge tagt
Auf die kühnen Wanderungen
aus dem Neste jagt,
Treibst du aus der Kinderwiege,
Von des Vaters Tisch' und Haus
In die Flamme deiner Kriege,
Hoher Halbgott mich hinaus.

Höre was ich nun beginne!
Wie der Pfeil im Köcher, liegt
Mir ein stolzer Rath im Sinne,
Der mich tödtet oder siegt,
Was du, glüklicher geschaffen,
Als der Göttersohn vollbracht,
Führ' ich aus mit eignen Waffen,
Mit des Menschen Muth und Macht.

Bin ich gleich, wie du, in Freude
Nicht von Jupiter erzeugt,
Dennoch krönt ein Sinn uns beide,
Den kein Atlas niederbeugt.

Mit gleicher Feder Fortsetzung und Abbruch von Dejanira an Herkules.

Fern ist er, ferne von mir, bekannter als Gast, wie als Gatte,
Ungeheuer verfolgt, furchtbare Thiere mein Mann.
Mich die Witwe quälen zu Hauß' erröthende Wünsche
Und die Sorge, daß ihn fälle der häßliche Feind.
Unter den Schlangen treib ich umher, und den Schweinen
und gierigen
Löwen und Hunden, wo ihn dreifach der Rachen bedräut.
An den Fibern der Thier' und des Schlummers nichtigen Bildern,
Häng ich, in heimlicher Nacht seh ich nach Zeichen mich um.
Trauernd fang ich es auf, der schwankenden Sage Gemurmel,

Zweifelnde Hoffnung und Furcht steigen und sinken in mir.
Fern ist die Mutter und klagt, daß sie der gewaltige Gott liebt',
Hyllus, Amphitryon, Vater und Sohn ist mir fern.
Ihn, der Junons grausamen Zorn ausübt den Eurystheus,
Sie die Göttin, die nichts sänftiget, fühl' ich an mir.
Diß zu tragen, acht ich für nichts, du plagst mit verirrter
Liebe und Mutter kann jegliche werden von dir.

Bald nach Dejanira an Herkules drei Ansätze zur Elegie Der Wanderer im Homburger Quartheft.

Der Wanderer.

Süd und Nord ist in mir. Mich erhizte der Sommer Aegyptens
Und der Winter des Pols hauchte versteinernd mich
Glühend stand ich und sah in die Afrikanischen dürren
Ebnen hinaus; vom Olymp reegnete Feuer herab.

Zweiter Ansatz.

Süden kenn ich und Nord. Mich erhizte der Sommer Aegyptens
Und der Winter des Pols hauchte versteinernd mich

Dritte Formulierung des ersten Distichons. Fortsetzung mit anderer Feder.

Der Wanderer.

Glühend stand ich und sah in die Afrikanischen dürren
Ebnen hinaus; vom Olymp reegnete Feuer herab.
Und ich hört aus der Tiefe herauf das Seufzen der Erde,
Und ihr Angesicht barg unter die Wolke sie gern,
Nicht wie der Liebesgott mit lieblich schmerzlichem Pfeile,
Hart, wie ein Zepterschlag, traf sie der brennende Stral.
Fernhin schlich das hagre Gebirg, wie ein wandelnd Gerippe
Hohl u. einsam u. kahl blikt aus der Höhe seinHaupt.
Ach! hier sprang, wie sprudelnder Quell. der unendliche Wald
nicht
In die tönende Luft üppig und herrlich empor.
Hier frolokten die Jünglinge nicht, die stürzenden Bäche,

Ins jungfräuliche Thale hoffend und liebend hinab,
Freundlich blikte kein Dach aus der Blüthe geselliger Bäume,
Wie aus dem lieblichen Silbergewölke der Mond.
Keiner Heerde vergieng am plätschernden Brunnen der Mittag
Und dem Hirten entlief nirgend das lustige Roß.
Unter dem Strauche saß, der scheue Vogel gesanglos,
Angstig und eilend flohn wandernde Störche vorbei.
Wilder Scherz der Natur sind hier die Pflanzen und Thiere

Mit ähnlicher Feder und Tinte beginnt – jetzt wieder im Stuttgarter Quartheft – die Übertragung der schon von Neuffer übersetzten und in Conzens *Museum* veröffentlichten Episode Nisus und Euryalus aus Vergils *Aeneis*. Das mehrfach unterbrochene Segment beginnt mit IX 176 und endet mit v. 318. Während Aeneas Bundesgenossen im Kampf gegen Latiner und Rutuler anwirbt, hat Turnus mit den Rutulern das befestigte Lager der in Latium gelandeten Trojaner eingeschlossen.

Nisus und Euryalus.

Nisus bewachte das Thor, der ungeduldigste Streiter,
Hytrtacus Sohn; zu Aeneas gesandt von der Jägerin Ida
Als Gehülfe, schnell mit der Lanz' und den flüchtigen Pfeilen.
Bei ihm stand sein Gefährt', Euryalus; schöner als der, war
Kein Aeneade, keiner gehüllt in Trojische Rüstung
Und noch war dem Jünglinge nicht die Wange geschoren,
Und es zeigten an ihr sich die ersten Keime der Jugend.
Eine Liebe vereinigte die, sie stürzten zusammen
In die Schlachten; theilten auch izt am Thore den Posten.
Füllen die Götter mein Herz mit dieser Flamme, begann izt
Nisus, oder ist jedem sein Gott die wilde Begierde,
Längst, Euryalus, treibt ins Treffen oder zu sonst was
Großem die Seele mich an, und verschmäht gefällige Ruhe.

Ergänzung des Entwurfs *An Herkules*. Auf die Vorfügung des Beginns folgt die Überarbeitung des schon entworfenenen Mittelteils der Abschluß dieser letzten, titellos bleibenden Reimhymne.

In der Kindheit Schlaf begraben
Lag ich, wie das Erz im Schacht;

Dank, mein Herkules! den Knaben
Hast zum Manne du gemacht,
Reif bin ich zum Königssize
Und mir brechen stark und groß
Thaten, wie Kronions Blize
Aus der Jugend Wolke los.

Wie der Adler seine Jungen,
Wenn der Funk im Auge klimmt,
Auf die kühnen Wanderungen
In den frohen Aether nimmt,
Nimmst du aus der Kinderwiege,
Von der Mutter Tisch' und Haus
In die Flamme deiner Kriege,
Hoher Halbgott mich hinaus.

Wähntest du, dein Kämpferwagen
Rolle mir umsonst ins Ohr?
Jede Last, die du getragen,
Hub die Seele mir empor,
Zwar der Schüler mußte zahlen,;
Schmerzlich brannten, stolzes Licht
Mir im Busen deine Stralen,
Aber sie verzehrten nicht.

Wenn für deines Schiksaals Woogen
Hohe Götterkräfte dich,
Kühner Schwimmer! auferzogen,
Was erzog dem Siege mich?
Was berief den Vaterlosen,
der in dunkler Halle saß,
Zu dem Göttlichen und Großen,
Daß er kühn an dir sich maß?

Was ergriff und zog vom Schwarme
Der Gespielen mich hervor?

Was bewog des Bäumchens Arme
Nach des Aethers Tag empor,
Freundlich nahm des jungen Lebens
Keines Gärtners Hand sich an,
Aber kraft des eignen Strebens
Blikt und wuchs ich himmelan.

Sohn Kronions! an die Seite
Tret' ich nun erröthend dir,
Der Olymp ist deine Beute;
Komm und theile sie mit mir!
Sterblich bin ich zwar geboren,
Dennoch hat Unsterblichkeit
Meine Seele sich geschworen
Und sie hält, was sie gebeut.

Darunter mit gleicher Feder und Tinte Beginn des hexametrischen Gedichts Die Eichbäume. Zunächst unter dem lapidaren Titel Die Eichen. Die endgültige Überschrift wird mit der hexametrisch fließenden Diktion des zweiten Ansatzes notiert.

Die Eichbäume.

Aus den Dörfern komm ich zu euch, ihr Söhne des Berges.
Von den Wiesen, da lebt die Natur gefällig und häuslich,
Pflegend und wieder gepflegt, mit den fleißigen Menschen
zusammen,

Fortsetzung von Nisus und Euryalus mit blasser Tinte und sich abnutzender Feder In dem einfachen, den unwiderruflichen Entschluß des Nisus einleitenden ...nun höre mich weiter greift Hölderlin zum seltenen Kunstmittel des versus spondiacus (ohne die obligatorische Doppelsenkung vor dem letzten Trochäus) und verstärkt damit das tragisch Unwiderrufliche des beschlossenen, für beide – im Unterschied zur Tat des Odysseus und Diomedes (vgl. Mai 1792 *An Kallias*) – tödlich endenden Wagestüks.

Wie die Rutuler sich dem Geschike vertrauen, das siehst du.
Selten schimmert ein Licht; begraben vom Wein und vom Schlafe
Liegen sie da, und überall schweigts; nun höre weiter

Was ich erwäg', und welcher Entschluß in der Seele mir aufgeht.
All verlangt, das Volk und die Väter, man soll den Aeneas
Hohlen, und Männer dahin verschiken, die sichere Botschaft
Wiederbrächten, versprechen sie dir nur, was ich bedinge,
Denn mir genügt die Ehre der That; so mein ich es wäre
Möglich, unter dem Hügel dort hinweg zu den Mauren,
Und den Wällen des Pallas den Pfad hinüber zu finden.
Tief betroffen, erstaunt Euryalus über der großen
Liebe zum Ruhm, und sprach zu dem glühenden Freunde die Worte:
Magst du also mich nicht, mein Nisus, in herrlichen Dingen
Zum Genossen? und soll ich allein in solcher Gefahr dich
Lassen; zu diesem bin ich vom kriegrischen Vater Opheltes
Nicht erzogen, da unter dem Schreken von Argos und Ilions Arbeit
Ich heranwuchs; nimmer betrug sich auch einer von uns so,
Seit ich Aeneas großem Gemüth ins äußerste Schiksaal
Folge; hier ist ein Herz, das achtet der Sonn' nicht und meint auch,
Es erkaufe sich wohl mit dem Leben die Ehre, die du suchst.
Nisus erwiedert ihm; so etwas dacht' ich von dir nicht,
Nein! das wäre nicht recht, so wahr mich frolo

Mit der abgenutzten Feder und blasser Tinte Überarbeitung und Fortsetzung des von der Vergil-Übertragung übersprungenen hexametrischen Entwurfs.

Die Eichbäume.

Aus den Gärten komm ich zu euch, ihr Söhne des Berges.
Von den Wiesen, da lebt die Natur geduldig und häuslich
Pflegend und wieder gepflegt mit den fleißigen Menschen zusammen,
Aber ihr, ihr Herrlichen, steht, wie ein Volk von Titanen
In der zahmeren Welt und gehört nur euch und dem Himmel
Der euch nährt' und erzog und der Erde, die euch geboren.
Keiner von euch ist noch in die Schule der Menschen gegangen,
Und noch drängt ihr euch muthig und frei aus der kräftigen Wurzel

Untereinander herauf, und des Gärtners Linie scheidet
Und gesellet euch nicht in den allzufriedlichen Reihen.
Eine Welt ist jeder von euch,

Mit eben dieser kaum noch brauchbaren Feder und Tinte wird – jetzt wieder im Homburger Quartheft, nach zehn für die Vollendung des Wanderer-Entwurfs ausgesparten Seiten – der erste noch überschriftlose Ansatz zum hexametrischen Hymnus An den Aether notiert.

und überall noch geleitest
Hoher Gespiele des Gottes in uns, des mächtigen Geistes
Stolz und Freude der fröhlichen Welt, unsterblicher Aether

Die anscheinend unmittelbar anschließende Fortsetzung des Entwurfs Der Wanderer mit fast unlesbarer Tinte wird schon in der zweiten Zeile abgebochen.

Nicht um Wasser rief ich dich an, Natur! in der Wüste,
Wasser fand ich im Bauch meiner Kameele

30. Januar. An Johanna Christiana Gock.

d. 30 Jan. 97.

Liebste Mutter!

Ich bin glüklich und unglüklich durch Ihre Güte. Ich sollte Sie erwiedern, durch völlige Befriedigung Ihrer mütterlichen Wünsche, und ich könnte doch diß nur auf eine Art, die Ihnen selbst über kurz oder lange unangenehm seyn müßte. Wenn Sie meinen Karakter beurtheilten, wie ich ihn selber beurtheilen muß, so würden Sie ziemlich resignirt seyn, wenn ich zwar die Ehre, die mir durch das bewußte Anerbieten geschiehet, mit ungeheucheltem Dank annehme, aber das Glük, das ich bei jeder andern Art zu denken und zu empfinden gewiß ergriffen haben würde, nicht benüze.

Liebe Mutter! man begehrt einen tauglichen Menschen. Bin ich denn das, wenn ich ehrlich seyn will?

Ist das Alter und die Stimmung, worinn ich lebe tauglich zu irgend einem festen häuslichen Verhältniß? Wie viele Bedürfnisse, mich zu bilden und zu wirken, hab' ich noch, die in einer Lage, wie meine künftige seyn würde, unmöglich sich befriedigen lassen würden? Wie viele Foderungen mach' ich an den Menschen überhaupt, wie unendlich viele würd' ich machen, an das Wesen, das ausschliessend und daurend mich interessiren sollte? Man muß älter, muß durch mancherlei Versuche und Erfahrungen genügsamer geworden seyn, um sich zu sagen: hier will ich stehen bleiben und ruhn.

Ich bitte, halten Sie diß für keine Grillen, keine Phantasien, wie man gewöhnlich unter meinen Landsleuten derlei Äußerungen zu nehmen pflegt. Es ist kein Unverstand, daß ich hierinn der Natur folge, und, in jener Rüksicht, mich frei erhalte, so lang ich kann; gerade weil ich mich und jeden, der mir hierinn gleicht, besser, als gewöhnlich ist, verstehe, gerade darum folg' ich der Natur.

Es wird schon einmal anders werden. Ein ruhiger Ehemann ist eine schöne Sache, nur muß man einem nicht sagen, daß er in den Hafen einlaufen soll, wenn er von seiner Fahrt die Hälfte kaum zurükgelegt hat.

Und dann fühlt ich auch mich tüchtiger zum Erzieher als zum Predigtamt. Ich würde schwerlich in den Vortrag, der bei unsern Gemeinden eingeführt und unumgänglich ist, so gut einstimmen, und so leicht, als nötig wäre, da ich hingegen ein Amt, wie mein gegenwärtiges ist, würd' es auch ausgebreiteter, so ziemlich erfüllen zu können glaube. Das Lehramt ist auch überhaupt, so viel ich sehe, bei den jezigen Zeiten wirksamer, als das Predigtamt. Ich glaube, ich habe Ihnen diß schon in dem lezten Briefe geäußert, auch mündlich, so viel ich mich erinnere.

Auch werden Sie mir nicht verdenken, wenn ich gestehe, daß ich für mein Wesen, und seine Bedürfnisse, meine gegenwärtige Lage für die angemessenste halte. Der l. Bruder soll Ihnen bei seiner Zurükkunft sagen, ob es leicht sei, edle Menschen zu verlassen, wie diese bei denen ich lebe, und einen gebildeten Umgang aufzugeben, wie der ist, den ich täglich genieße. HE. u. Fr. Gontard fühlen ganz mit mir, wie sehr es Ihrem mütterlichen Herzen angelegen seyn muß, mich nahe zu haben. Wir haben mit herzlichem Antheil über Ihren lieben Brief zusammen gesprochen. Wir haben Sie gewiß verstanden, liebste Mutter!

Aber Sie verlieren ja gar nichts, wenn ich hier bleibe. Ich hätt' in der Entfernung, die Sie mir bestimmten, Sie jährlich einmal besucht. Das kann und will ich auch von hier aus.

Ich hätt' Ihnen alle Wochen Nachricht gegeben. Das kann und will ich auch von diesem Tage an von hier aus.

Sie hätten an meinem ökonomischen Zustand Freude gehabt. Das können Sie auch jezt und mehr!

Ich bin auch so gesund seit langer Zeit noch keinen Winter gewesen, und ich bin gewarnt genug, in dieser Rüksicht ohne Zwang die Lage nicht zu wechseln. Die Eile verbietet mir, alles mögliche auszuführen, was Sie über meinen Entschluß beruhigen und erheitern kann. Geben Sie deswegen Ihre Theilname an meinem Wohlseyn nicht auf, theuerste Mutter! Machen Sie sich alle guten Hofnungen von meiner und Ihrer Zukunft! denn ich denke, sie sollen sich erfüllen.

Der lieben Schwester und dem Karl schreib ich morgen und schik' ihm zugleich das kleine Reisegeld. Ewig

Ihr

treuer Sohn

Hölderlin.

Ausführung der Elegie Der Wanderer in mehreren Arbeitsphasen. Zunächst mit jener wässrigen, nach zwei Zeilen kaum noch lesbaren, dann mit erneuerter Tinte. In Zeile 5 dieses Entwurfabschnitts wurde – mit Blick auf das vergebliche Werben um Schiller – zu Freundschaft statt Schönheit angesetzt, im zugehörigen Pentameter zu kaltes Entfernen statt Entsezen. Die Tropen Tyger und Affen im folgenden Distichon meinen zu offensichtlich die polemischen *Xenien* und frivolen *Venezianischen Epigramme* des *Musen-Almanachs* 1797 und werden durch einen weniger verfänglichen Übergang von der wüstenähnlichen Weimarer Szene zum andren Extrem, zur frostigen Nacht der spekulativen Systeme ersetzt. Die beiden noch in ihrer verallgemeinerten Form das beschädigte Mutter-Sohn-Verhältnis reflektieren. Den Distichen Mutter Erde! rief ich... wurden vmtl. vor Herstellung der Druckvorlage eingeklammert. Von dem mit stark verdünnter Tinte geschriebenen Pentameter Wasser fand ich im Bauch meiner Kameele war nur noch der Schluß zu ergänzen.

zur Noth.

Um der Haine Gesang, um Gestalten und Farben des Lebens
Bat ich, vom freundlichen Vaterlandsboden verwöhnt;
Schönheit wollt' ich, du gabst mir wilde Scherze zur Antwort,
Schönheit – aber du gabst kaltes Entsezen dafür.

Zürnend schied ich von dir und schiffte weiter und schiffte
Bis in des äußersten Nords frostiges Dunkel hinauf.
Und mir warf in den Weg sich des Eismeers starrendes Chaos,
Und, wie Wälder von Erz thürmten die Gletscher sich auf.
Todt in der Hülse von Schnee schlief hier das gefesselte Leben,
Und der eiserne Schlaf harrte des Tages umsonst.
Ach! hier schlang um die Erde den wärmenden Arm der Olymp nicht,
Wie Pygmalions Arm um die Geliebte sich schlang.
Hier bewegt er ihr nicht mit dem Sonnenblike den Busen
Und in Reegen und Thau sprach er nicht freundlich zu ihr.
Mutter Erde! rief ich, du bist zur Witwe geworden,
Dürftig und kinderlos lebst du in langsamer Zeit.
Sonstwo neidetest du das herrliche Licht des Olymps nicht,
Dem der feurige Geist nie um den Abend entschläft
Dem kein Herbst in den Staub die Krone der Jugend herabweht,
Dem das gewaltige Streben der Winter nicht wehrt.
Nichts zu erzeugen und nichts zu pflegen in sorgender Liebe,
Alternd im Kinde sich nicht wiederzusehn ist der Tod.
Aber vieleicht erwärmst du dereinst am Strale des Himmels
Aus dem dürftigen Schlaf schmeichelt sein Othem dich auf.
Und wie ein Saamenkorn durchbrichst du die eherne Hülse
Und die knospende Welt windet sich schüchtern heraus.
Deine gesparte Kraft flammt auf in üppigem Frühling,
Rosen und glühen und Wein sprudelt im kärglichen Nord.
Aber die Erde schwieg zur Freude so ich verheißen
Und vergebens gesagt war das belebende Wort.
Darum kehr ich zurük, an den Rhein, in die glükliche Heimath,
Und es wehen, wie einst, zärtliche Lüfte mich an.
Und das strebende Herz besänftigen mir die vertrauten
Friedlichen Bäume, die einst mich in den Armen gewiegt,
Und das heilige Grün, der Zeuge des ewigen schönen
Lebens der Welt, es erfrischt, wandelt zum Jüngling mich um.
Alt bin ich geworden indeß, mich blaichte der Eispol
Und im Feuer des Süds fielen die Loken mir aus,
Doch wie Aurora den Thiton, umfängst du in lächelnder Blüthe

Warm und fröhlich, wie einst, Vaterlandserde, den Sohn.
Seeliges Land! kein Hügel in dir lebt ohne den Weinstok,
    Nieder ins schwellende Gras reegnet im Herbste das Obst.
Fröhlich baden im Strom den Fuß die glühenden Berge
    Kränze von Zweigen und Moos kühlen ihr sonniges Haupt.
Und wie die Kinder hinauf zur Schulter des herrlichen Ahnherrn
    Steigen am blauen Gebirg Vesten und Hütten hinauf.
Friedsam geht aus dem Walde der Hirsch ans freundliche Tagslicht,
    Hoch in der heiligen heiterer Luft siehet der Falke sich um.
Aber unten im Thal, wo die Blume sich nährt von der Quelle
    Strekt das Dörfchen vergnügt über die Wiese sich aus.
Still ists hier: kaum rauschent von fern die geschäfftige Mühle,
    Und vom Berge herab knarrt das gefesselte Rad.
Lieblich tönt die gehämmerte Sens' und die Stimme des Landmanns,
    Der am Pfluge dem Stier lenkend die Schritte gebeut,
Lieblich der Mutter Gesang, die im Grase sizt mit dem Söhnlein,
    Das die Sonne des Mais schmeichelt in lächlenden Schlaf. –
Aber drüben am See, wo die Ulme das alternde Hofthor
    Übergrünt und den Zaun wilder Holunder umblüht,
Da empfängt mich das Haus und des Gartens heimliches Dunkel,
    Wo mit den Pflanzen mich einst liebend mein Vater erzog,
Wo ich froh, wie das Eichhorn spielt' auf den lispelnden Ästen,
    Oder im duftenden Heu mich, wie im Neste, begrub.
Heimatliche Natur! wie bist du treu mir geblieben!
    Zärtlichpflegend, wie einst, nimmst du den Flüchtling noch auf.
Noch gedeihn die Pfirsiche mir, noch wachsen gefällig
    Mir ans Fenster, wie sonst, köstliche Trauben herauf.
Lokend röthen sich noch die süßen Früchte des Kirschbaums
    Und der pflükenden Hand reichen die Zweige sich selbst.
Schmeichelnd zieht mich, wie sonst in des Walds unendliche Laube
    Aus dem Garten der Pfad, oder hinab an den Bach,
Wo ich einst im kühlen Gebüsch, in der Stille des Mittags,
    Von Otahitis Gestad', oder von Tinian las.
Und die Pfade röthest du mir, es wärmt mich und spielt mir

Um das Auge, wie sonst, Vaterlandssonne, dein Licht,
Feuer trink ich und Geist, aus deinem freudigen Kelche,
Schläfrig lässest du nicht werden mein alterndes Haupt.
O, die einst mir die Brust erwekte vom Schlafe der Kindheit,
Und mit sanfter Gewalt höher und weiter mich trieb,
Mildere Sonne! zu dir kehr' ich getreuer und weiser,
Friedlich zu werden und froh unter den Blumen zu ruhn.

An Carl Gock. Auszüge und Regest Gustav Schlesiers.

Frankfurt. d. 4. Febr. 97.

„Es bekümmert mich jezt manchmal, wenn ich denke, daß ich der lieben Mutter und dir die schönen Plane so verrüke. Aber das muß dich ohne weiteres vermuthen lassen, das mein Innerstes mich dringt, der angebotnen Lage dißmal auszuweichen, weil ich alle die immertreue Anhänglichkeit an euch, ihr Lieben! zu bekämpfen habe, und nicht von dieser überwunden werde.

„Ich mochte den Punct, über den du besonders mich zu beruhigen suchtest, in meinem lezten Briefe nicht berühren, weil ich vermuthen konnte, daß der Brief in fremde Hände vieleicht gehen müßte. Du siehest aber selber, lieber Bruder! wie das dein und mein Herz drüken müßte, wenn wir uns in eine solche innige Verbindung mit einem Wesen wagten, das wir, ohne eine vakante Pfarrstelle oder dergleichen, im Leben vieleicht mit keinem Auge gesehn, oder auch bei gelegentlicher Ansicht wahrscheinlich doch wohl nicht als das Einzige betrachtet hätten, womit wir einen Bund aufs ganze Leben schließen möchten. Ein solch Verhältniß muß, nach meiner Meinung, nicht einmal veranlaßt seyn durch eine andre Rücksicht. Es darf in beeden Theilen nicht der leise Wunsch sich regen, daß man sich gefallen möchte, weil es so gerade recht sich schikte. Da ferner schon die Erklärung gegeben ist, daß nur ein solcher, der das Mädchen heurathete, den Dienst bekommen sollte, so wär' es ungereimt, noch um die Erklärung zu bitten, daß einzig um der eignen Tauglichkeit willen und sonst aus keiner andern Rücksicht einem die Stelle wäre zuerkannt worden. Und nur bei einer solchen Erklärung könnt' ich mich entschließen, einen solchen Dienst zu nehmen, wenn nicht andere Gründe mich bestimmten, überhaupt noch jezt nicht einen solchen Dienst zu nehmen. Diese andern Gründe hab' ich in meinem lezten Briefe genannt."

Schickt ihm das Reisegeld für die Reise nach Frankfurt.

Von den zehn bis zum vornotierten Beginn von An den Aether ausgesparten Seiten sind drei noch übrig. Auf ihnen werden drei kürzere Gedichte in Distichen entworfen. Die beiden ersten dürften zum Geburtstag Suzette Borckenstein-Gontards am 9. Februar entstanden sein.

An Diotima.

Schönes Leben! du lebst, wie die zarten Blüthen im Winter,
In der gealterten Welt blühst du verschlossen, allein.
Liebend strebst du hinaus, dich zu sonnen am Lichte des Frühlings,
Zu erwarmen an ihr suchst du die Jugend der Welt.
Deine Sonne, die schönere Zeit, ist untergegangen
Und in frostiger Nacht zanken Orkane sich nun

Nach der ersatzlosen Tilgung des Worts Jugend in An Diotima folgt unmittelbar darunter der mit dem Mysterienruf der späteren Elegien Komm beginnende zweite Entwurf.

Diotima.

Komm und besänftige mir, wie du einst Elemente versöhntest
Wonne der himmlischen Muse das Chaos der Zeit,
Ordne den tobenden Kampf mit Friedenstönen des Himmels
Bis in der sterblichen Brust sich das entzweite vereint,
Bis des Menschen alte Natur die ruhige große,
Aus der gährenden Zeit, mächtig und heiter sich hebt.
Kehr' in die dürftigen Herzen des Volks, lebendige Schönheit!
Kehr an den gastlichen Tisch, kehr in die Tempel zurük!
Denn Diotima lebt, wie die zarten Blüthen im Winter,
Reich an eigenem Geist sucht sie die Sonne doch auch.
Aber die Sonne des Geists, die schönere Welt ist hinunter
Und in frostiger Nacht zanken Orkane sich nur.

In gleichem Duktus werden die an Ludwig Neuffer gerichteten Distichen begonnen. Das dann mit anderer Feder, wahrscheinlich kurz vor dem folgenden Brief fortgesetzte Gedicht bleibt unvollendet.

An Neuffer.

Brüderlich Herz! ich komme zu dir, wie der thauende Morgen
Schließe du, wie der Kelch zärtlicher Blumen dich auf
Einen Himmel empfängst du, der Freude goldene Wolke
Rieselt in eilenden freundlichen Tönen herab.
Freund! ich kenne mich nicht, ich kenne nimmer den Menschen,
Und es schämet der Geist aller Gedanken sich nun.
Fassen wollt' er auch sie, wie er faßt die Dinge der Erde
Fassen
Aber ein Schwindel ergriff ihn süß, und die ewige Veste
Seiner Gedanken stürzt'

16. Februar. An Christian Ludwig Neuffer. Mit dem Lied Diotima.

Frankfurt. d. 16 Febr. 97.

Mein Theuerer!

Ich habe eine Welt von Freude umschifft, seit wir uns nicht mehr schrieben. Ich hätte dir gerne indeß von mir erzählt, wenn ich jemals stille gestanden wäre und zurükgesehen hätte. Die Wooge trug mich fort; mein ganzes Wesen war immer zu sehr im Leben, um über sich nachzudenken.

Und noch ist es so! noch bin ich immer glüklich, wie im ersten Moment. Es ist eine ewige fröhliche heilige Freundschaft mit einem Wesen, das sich recht in diß arme geistund ordnungslose Jahrhundert verirrt hat! Mein Schönheitssinn ist nun vor Störung sicher. Er orientirt sich ewig an diesem Madonnenkopfe. Mein Verstand geht in die Schule bei ihr, und mein uneinig Gemüth besänftiget, erheitert sich täglich in ihrem genügsamen Frieden. Ich sage dir, lieber Neuffer! ich bin auf dem Wege, ein recht guter Knabe zu werden. Und was mich sonst betrift, so bin ich auch ein wenig mit mir zufriedner. Ich dichte wenig und philosophire beinahe gar nicht mehr. Aber was ich dichte, hat mehr Leben und Form; meine Phantasie ist williger, die Gestalten der Welt in sich aufzunehmen, mein Herz ist voll von Lust; und wenn das heilige Schiksaal mir mein glüklich Leben erhält, so hoff' ich künftig mehr zu thun, als bisher.

Ich denke mir wohl, lieber Bruder! daß du begierig seyn wirst, umständlicher von meinem Glüke mich sprechen zu hören. Aber ich darf nicht! Ich habe schon oft genug geweint und gezürnt über unsere Welt, wo das Beste nicht einmal in einem Papiere, das man einem Freunde schikt, sich nennen darf. Ich lege dir ein Gedicht an Sie bei, das ich zu Ende des vorigen Winters machte.

Den Sommer über hab' ich in Kassel und in einem Westphälischen Bade, in der Gegend der alten Hermannschlacht, gelebt, gröstentheils in Gesellschaft von Heinze, den du als Verf. des Ardinghello kennst. Er ist ein herrlicher alter Mann. Ich habe noch nie so eine gränzenlose Geistesbildung bei so viel Kindereinfalt gefunden.

Von meinem Hyperion wird der erste Band bis nächste Ostern erscheinen. Zufällige Umstände verzögerten die Herausgabe so lange.

Meine Auswanderung aus Frankfurt und die Zerstreuungen der Reise waren Schuld, daß ich nicht zu rechter Zeit in den Schillerschen Allmanach etwas schiken konnte. Nächstes Jahr hoff' ich auch wieder an deiner Seite zu erscheinen, lieber! Das Lied, das ich von dir darinn fand, ist sehr ausgearbeitet. Schreibe mir recht viel von deinen Arbeiten, deinem Geschmak, deiner Stimmung! Wir wollen wieder schneller die Briefe wechseln. Hegels Umgang ist sehr wohlthätig für mich. Ich liebe die ruhigen Verstandesmenschen, weil man sich so gut bei ihnen orientiren kann, wenn man nicht recht weiß, in welchem Falle man mit sich und der Welt begriffen ist.

Ich wollte dir so viel schreiben, bester Neuffer! aber die armen Momente, die ich habe dazu, sind so sehr wenig, um das dir mitzutheilen, was in mir waltet und lebt! Es ist auch immer ein Tod für unsre stille Seeligkeit, wenn sie zur Sprache werden muß. Ich gehe lieber so hin in fröhlichem schönem Frieden, wie ein Kind, ohne zu überrechnen, was ich habe und bin, denn was ich habe, faßt ja doch kein Gedanke nicht ganz. Nur ihr Bild möcht' ich dir zeigen und so braucht' es keiner Worte mehr! Sie ist schön, wie Engel. Ein zartes geistiges himmlischreizendes Gesicht! Ach! ich könnte ein Jahrtausend lang in seeliger Betrachtung mich und alles vergessen, bei ihr, so unerschöpflich reich ist diese anspruchlose stille Seele in diesem Bilde! Majestät und Zärtlichkeit, und Fröhlichkeit und Ernst, und süßes Spiel und hohe Trauer und Leben und Geist alles ist in und an ihr zu Einem göttlichen Ganzen vereint. Gute Nacht, mein Theurer! „Wen die Götter lieben, dem wird große Freude, großes Laid zu Theil." Auf dem Bache zu schiffen, ist keine Kunst. Aber wenn unser Herz und unser Schiksaal in den Meeresgrund hinab und an den Himmel hinauf uns wirft, das bildet den Steuermann.

Dein

Hölderlin.

17. Februar. An Heinrike Breunlin.

Frankf. a. M. d. 17 Febr. 97.

Beste Schwester!

Du hast mir große Freude gemacht mit deinem Brief. Ich finde es nicht übel, den schönen Genuß, den er mir gab mir so oft, als möglich zu vervielfältigen und verspreche dir deswegen, mit strengster Gewissenhaftigkeit jeden deiner Briefe zu beantworten und wenn alle Tage einer käme. Diß wird nun nicht der Fall seyn, aber ich rechne doch von nun an auf 2 des Monats. Deine Neuigkeiten waren mir alle interessant. Daß Camerer sich meiner noch oft erinnert, freut mich äußerst. Er ist einer von den wenigen Menschen, die mich eigentlich kennen; und das ist ihm sehr leicht geworden, denn er sah mich in Jena fast alle Tage, an Leib und Seele i'm höchsten Negligee. Mir ist er durch diesen Umgang aufs ganze Leben lieb geworden, und ich freue mich deswegen recht sehr, daß er in Blaubeuren und in deiner Gesellschaft lebt. Ich glaube, deine Freundin hat an ihm den Mann gewählt, der ihr einzig angemessen ist. Eine Frau von lebendigem Geist ist am besten berathen durch einen ruhigen gesezten Mann, wie Kammerer ist.

Ich wünschte jezt manchmal deine Felsen und Wälder und Berge und dein Blauthal, statt meiner Promenaden um mich zu haben; natürlich müßtest du auch dabei seyn.

Du würdest deine große Freude haben, wenn du sähest, wie gut mirs geht, und wie ich anfange, immer mehr nach deinem Sinne zu werden, zufriedner zu seyn, mehr Gleichgewicht in mir zu haben.

Wär' es nicht möglich gewesen, daß unser Karl in Gesellschaft deines lieben Mannes hätte zu mir kommen können? Du solltest doch einmal deine Überredungskunst an ihm versuchen. Ist es jezt nicht möglich, daß er die freundschaftliche, gesunde Reise macht, so findet sich vieleicht doch noch ein günstigerer Zeitpunct. Ich darf es ja doch so schnell nicht wagen, zu Euch zu kommen, wenn ich nicht des Heimwehs will verdächtig werden.

Ich glaube, du wirst es unter den Gründen, die ich genannt, nicht unvernünftig finden, daß ich den bekannten Vorschlag wegen der Pfarrstelle so und nicht anders beantwortet habe. Es sollte mir äusserst laid thun, wenn meine Familie es nicht billigte, daß ich für jezt, wohl auch für künftig, auf einem solchen Wege mein Glük nicht suche.

Deine lieben Kinder grüße von mir. Sie sollen nur gesund bleiben. Ich glaube, Christian wird dir immer mehr Freude machen, je mehr es Zeit seyn wird, wo sein guter Kopf sich entwikeln muß. Der kleinen Puppenkönigin möcht' ich einmal zusehn!

Schreibe mir bald wieder, beste Schwester!

Dein

treuer Bruder

Friz.

Vmtl.Ende Februar und im März. Fortsetzung der Übertragung von Nisus und Euryalus.

mich frolokkend der große
Jupiter oder wer sonst diß sieht mit billigem Auge,
Wiederbringe zu dir. Doch wenn ein Gott mich ins Unglük
Oder der Zufall wirft, (denn viele Dinge sind möglich,
Wie du siehst, bei solchem Versuch,) so wünscht' ich, du bliebest
Übrig, nöthiger ists in deinem Alter, zu leben.
Einer müßte mich doch, der Schlacht entrissen, mit Schäzen
Wieder zurükgekaufft der sicheren Erde vertrauen.
Oder verbietet diß ein Geschik, so mag er dem Fernen
Seine Leichenfeier begehn, und die Zierde des Hügels
Ihm gewähren. Auch möcht' ich nicht so mächtigen Kummer

Machen der armen Mutter, die kühn, wie keine der Mütter
Dich geleitet, und nicht die Mauern des großen Acestes
Achtet. Aber der andere sprach: du spinnest vergebens
Leere Gründe zusammen, es weicht dir nicht von der Stelle
Mein unwandelbarer Entschluß. Kom laß uns geschwind seyn!
Sprachs und wekte die Wachen zugleich; die traten für ihn ein,
Fortzuführen den wechselnden Dienst, sie verlassen den Posten,
Und Euryalus geht mit Nisus, den König zu suchen.
Überall lösten sonst die Sorgen der lebenden Wesen
Izt im Schlafe sich auf und der Mühe vergaßen die Herzen,
Aber die Obersten der Teukrer, lauter erlesne
Jugend, erwägten im Rath des Reichs bedeutendste Dinge,
Was zu machen und wer zu senden sei an Äneas.
Und so stehn sie gelehnt auf die langen Lanzen, die Schilde
In den Händen mitten im Feld und Laager und plözlich
Bittet mit Hast Euryalus hier und Nisus um Zutritt,
Ihre Sache sei groß, und theuer die Zeit. Die Beeilten
Grüßt Iulus zuerst und befiehlt dem Nisus zu sprechen.
Und der Hyrtacide begann: vernimmt, Aeneaden!
Was ich sage mit billigem Sinn, und was wir euch bringen
Nimmt nach unsern Jahren es nicht. Die Rutuler liegen
Hingestrekt, begraben in Wein und Schlummer. Wir selbst sahn
Aus dem Hinterhalte den Plaz, der offen liegt auf dem Kreuzweg
An dem Thore, welches zunächst am Meere gebaut ist.
Feuer lodert noch hie und da, und ein finsterer Rauch steigt
Zu Sternen hinauf, erlaubt ihr, das Glük zu benuzen
Und zu Aeneas hinüber zu gehn zu den Mauren des Pallas,
Werdet ihr bald uns, wenn wir noch erst die Feinde gewaltig
Niedergemacht, hier wieder uns sehn mit Beute beladen.
Gehn wir, so täuschet uns nicht der Pfad, wir sehn in den dunklen
Thälern vorne die Stadt, und wir machten auf häufiger Jagd uns
Mit dem ganzen Strome bekannt. – Jezt redet' Aletes
Wichtig durch sein Alter und und reif im Gemüthe geworden:
Die ihr allzeit Trojas gedenkt, o Vaterlandsgötter,
Ihr beschlosset doch nicht die Teukrer ganz zu vernichten,
Da ihr Jünglingsseelen uns gebt, wie diese, so sichre

Herzen. So sprach er und hielt die Schulter und Rechte der beiden
Und der Blik und der Mund ward ihm von Thränen befeuchtet.
Welcher Dank, ihr Männer, vergilt solch rühmlich Beginnen
Welchen find' ich genügend für euch? euch werden vor allem
Mit dem schönsten erfreun die Götter, und eigenen Thaten,
Aber das übrige wird Aeneas geben, der Fromme
Ohne Verzug, und Askanius, der volljährig nun auch ist,
Dem so großes Verdienst niemals in der Seele vergehn wird.
Ja! versezt Ascanius, bei den großen Penaten, o Nisus,
Bei Assaracus, meinem Familiengott, beim Tempel der grauen
Vesta beschwör' ich euch, ich der nur lebt, wenn der Vater,
Wiederkehrt, ich lege mein Glük, mein ganzes Vertrauen
Nieder in euren Schoos und beschwör euch, hohlt mir den Vater!
Giebt mir ihn wiederzusehn. Nichts leidet, wenn er zurük ist.
Zwei Pokale von Silber, woran Gestalten hervorgehn,
Geb' ich euch, sie empfieng von Arisba mein siegender Vater,
Geb' ein Paar Dreifüß', und von Gold zwei große Talente.
Gebe den alten Kelch, das Geschenk der Sidonischen Dido.
Glükt es aber Italien wegzunehmen dem Sieger,
Mächtig zu werden des Zepters, das Loos um die Beute zu ziehen –
Was für ein Roß er ritt und die goldenen Waffen des Turnus
Sahest du, das Roß und den Schild und den röthlichen Helmbusch
Will ich gewinnen im Loos und dein Lohn sei dieses o Nisus.
Dann soll auch mein Vater dazu zwölf Mütter noch geben
Von erlesner Gestalt und Gefangne, mit völliger Rüstung.
Über dieses das Land, so der König Latinus allein hat.
Aber dich, dem minder entfernt mein Alter sich nähert,
Theurer Knabe! dich nehm' ich mit ganzem Herzen schon izt auf,
Fass' und schließe dich an als Gefährten in jegliches Schiksaal.
Ohne dich streb' ich nie in meinen Sachen nach Ehre,
Seis im Frieden, im Krieg; und deinen Thaten und Worten
Sei mein höchster Glaube geschenkt. Euryalus aber
Giebt ihm zurük: nie soll ein Tag mich verklagen, mir gleiche
Dieses tapfere Wagstük nicht, verwandelt sich anders
Nicht in Misgeschik unser Glük. Dich geh' ich um Eines
Mehr, wie um alle Geschenke, noch an. Ich hab' eine Mutter,

Stammend aus Priamus altem Geschlecht. Es hatte die Arme,
Da sie ausgegangen mit mir, das Trojische Land nicht
Aufgehalten und nicht die Mauern des Königs Acestes.
Diese lass' ich zurük, verhehl' ihr, was ich auch wage,
Nehme nicht Abschied von ihr, es zeuge die Nacht mir und deine
Rechte! ich halte nicht aus die Thränen der Mutter.
Tröste die Arme du! das bitt' ich! hilf der Verlaßnen,
Laß mich dieses hoffen von dir: so geh ich in jedes
Schiksaal muthiger fort. Mit betroffnem Sinne vergossen
Thränen die Dardaniden, doch mehr der schöne Iulus,
Seinen Geist umstreifte das Bild des zärtlichen Vaters
Und er sprach: das all, was deines großen Beginnens
Werth ist, gelob' ich dir. Sie will ich achten als Mutter.
Nur der Nahmen allein soll von Kreusen ihr fehlen,
Hohen Dankes bedarf, die diesen Sohn uns geboren.
Was auch für ein Geschik diß Unternehmen geleite,
Bei dem Haupte schwör' ich, bei dem der Vater geschworen,
Was ich dir verspreche, so fern du glüklich zurükkehrst,
Bleibt auch deiner Mutter zutheil und deinem Geschlechte.
Thränend sprach ers, und nahm von der Schulter den goldenen Degen
Wunderkünstlich gemacht von dem Gnosischen Manne Lycaon
Und geläufig gefügt in die elfenbeinerne Scheide.

Vmtl. ab Ende März. Mit der Übertragung eines Segments aus der *Hekuba* des Euripides (im Stuttgarter Quartheft von hinten nach vorn) tritt zu den lyrischen Übertragungen die erste Annäherung an die Diktion der dramatischen Gattung. Bis zur Eintragung mit Blei werden die Verse 736-768 übersetzt.

Hek. Unglükliche! so nennt sich Hekuba!
Was thu' ich? sink' ich hier dem Agamemnon
Zu seinen Knien, oder trag ich still mein Unglük?
Ag. Was kehrst du meinem Angesicht den Rüken
Und jammerst, sagst nicht, was geschehn? wer ist der?
Hek. Wenn er, wie als eine Sclavin, eine Feindin mich
Von seinen Knien triebe, wärs ein Kummer mehr.
Ag. Ich bin kein Seher, kan, wenn ich nicht höre,

Die Gänge deines Herzens mir nicht deuten.
Hek. Laß ich noch länger meinen Sinn zur Ungedult
Ihn deuten? noch ist er nicht ungeduldig.
Ag. Ist dirs darum zu thun, daß ich nicht weiß,
So gehst du sicher, denn ich höre nicht.
Hek. Ich kann die Kinder ohne ihn nicht rächen.
Wie wend' ich diß? Ich muß es wagen,
Es mag gelingen oder nicht –. Ich flehe dir,
Um deine Knie, Agamemnon, um dein Kinn,
Ich fasse bittend deine gute Rechte.
Ag. Was flehst du? willst du, daß ich frei dein Leben
Dir gebe, dieses ist ein leichtes dir.
Hek. Nicht also. Kann ich an den Schlechten nur
Mich rächen, dien' ich gern mein Lebenlang.
Ag. Wer ist es, gegen den du Hülfe forderst?
Hek. Was du vermuthest, König, ist es nicht.
Siehst du den Todten, welchen ich mit Thränen neze?
Ag. Ich seh' ihn. Doch das übrige versteh ich nicht.
Hek. Ich bin's, die ihn gebahr, und unterm Gürtel trug.
Ag. Du Arme, ist er eines deiner Kinder?
Von denen, die bei Troja starben, keines,.
Ag. Gebahrst du Frau, noch eines außer jenen?
Hek. Vergebens, denn so ist es ja gebräuchlich,
Gebahr ich diesen, den du vor dir siehst.
Ag. Wo war er, als die Stadt, zu Grunde gieng?
Hek. Der Vater fürchtet den Tod und schikt' ihn weg.

2. April. Ernst Schwendler an Hofrätin Heim in Meiningen. Das Conzert fand vmtl. am 14. März im Hofferingischen Saal auf dem Liebfrauenberg statt.

Hölderlein habe ich vor 14 Tagen in einem Conzert gefunden, (er geht selten aus) angeredet und lange mit ihm gesprochen, nur nicht von der Kirms. Ich glaube ohnedies, daß er mich vielleicht, wenn er vermuthet, daß ich etwas davon weiß, lieber 10 Meilen weiter gewünscht hat. Ein hübscher Mann ist es. Ich wünschte selbst zu wissen, wie er jetzt gegen der Kirms gestimmt ist, möchte aber nicht gerade zu ihm sagen, daß ich davon weiß.

April. Anzeige Cottas in *Europäische Annalen* Bd 4, Tübingen 1797.

Hyperion oder der Eremit in Griechenland, von Hölderlin, 1s Bändchen. 8. 10 gr. oder 45 kr.

Vmtl. im April. Die Entwürfe zum zweiten Band des Hyperion waren nach Mitteilung an den Bruder schon im November weit gediehen. Zur Fortsetzung mit Band 2, XIV dient Henrys Schulheft. Das Quartfaszikel enthält vorn den Versuch des Zehnjährigen – unter Aufsicht schreibend – den Beweis des zweiten euklidischen Lehrsatzes zu verstehen. Editorische Ergänzungen in eckigen Klammern.

1. DerLehrsatz heißt 2 gleichen Seiten, liegen gleiche Winkel gegenübe[r.] Den verlängere ca (fig. I) c b nach f, und g, und c f = c g, und mache von a eine linie nach g, und von b eine Linie nach f, und sage, wenn 2 gleichnamich[te] Seiten c g, c a [d]es Dreiecks g c a gleich sind, den 2 gleichnamichten Seiten f c[, f b] des Dreiecks f c b, und der von den gleichnamichten Seiten eingeschlossene Winkel a c g [gleich b c f], so ist auch der 2te Winkel c g a des einen Dreiecks gleich dem 2ten Winkel [c]f[b] des andern Dreiecks , und der 3te Winkel c a g des einen Dreiecks ist gleich dem dritten Winkel des andern Dreiecks [f b c] und a g = b f [;] nun ist aber c g – c b = c f – c a[,] den[n] ist c g = c f und c b = c a [,] so ist auch cg – cb [= cf – ca.]

Hinten beginnend, wird auf 15 Seiten – in Brief XIV einsetzend, bis zu Brief XIX (der hyperrealistischen Schilderung der Misistra-Katastrophe) die erste überlieferte Vorstufe zu Hyperion Band 2 entworfen. Wiedergabe bis zur Niederschriftphase mit Blei. Auch in anderen Entwürfen markiert dieses chronologische Indiz die Ankunft auf dem Adlerflychtschen Hof in der ersten Maiwoche.

Ach! immer sichtbarer entferntest du dich aus allem Gegenwärtigen, die lezten Tage, da ich um dich war. Thue das nicht meiner Liebe! Es giebt ja noch des Wohlgefälligen so manches auf der Erde. Sorge wenigstens für deine Blumen, und die schönen Thiere, die du sonst im Hauße nährtest. Seze dich jezt, weils wärmer wird, zuweilen auch wieder an den Brunnen, der unter dem Ahorn steht oder unter die alten Kastanien bei der Kapelle, ich weiß, du hattest diese Pläze sonst sehr lieb, und versäumst sie jezt wohl ziemlich. Wenn du wolltest auch die Woche einigemale ans Meer herausgehn.

Ich weiß, du lachst ein wenig darüber aber du thust es dennoch!

Alabanda ist jezt manchmal in Gedanken über dich. Nur begreifen, sagt er, möcht' ich eine solche Natur, aber ich finde, daß ich zu viel vom Menschenverstande gehalten. Die Kinder führen alles zum Munde hinein, wir alles zum Verstande, und ich fange an, zu glauben, daß eines so naiv ist, als das andre. Du sagtest mir einmal, Hyperion, es sei Entwürdigung, von irgend einem Menschen zu sagen, man hab' ihn ganz begriffen, hab' ihn weg. Und wenn das wahr ist, fährt er fort, wenn mein Verstand kaum in die Vorhalle des Lebens gehört, wie mag er dann in den innern Tempel sich wagen? Wenn jeder Knabe für mich unergründlich ist, wie mag ich diese Diotima verstehn.

Hyperion an Diotima.

Der murrende Vulkean bricht los. In Coron und Modon werden die Türken belagert und wir rüken mit unserm Bergvolk gegen den Pelepones hinauf. Ich kenne mich kaum noch, seit meine Seele einmal eine Arbeit gefunden. Ich hab' auch nun zum erstenmal in meinem Leben eine Tagesordnung.

Mit der Sonne beginn ich. Indeß die Spiele des Morgenroths sie verkünden, geh' ich hinaus, wo mein Kriegsvolk im Schatten des Walds liegt, und grüße die tausend lebendigen Augen, die jezt vor mir mit wilder Freundlichkeit sich aufthun. Ein erwachendes Heer! Die Gestalten alle, wie Habichte aus dem Nest, das Gemurmel und Gelächter, das Knattern der Flamme, wo die Speise kocht, die ganze häusliche Geschäftigkeit und dabei die Feldmusik und das Wiehern der Rosse und die tausend Waffen, wie ein ehern Halmenfeld auf Einmal aus der Erde gewachsen! –

Dann ruf' ich den Theil, den ich zunächst befehlige, zusammen, und wenn ich dann von dem was künftig ist und jezt geschehen muß, ein Lebenswort zu ihnen spreche, und diese rauhen Stirnen breiten mälig sich, und das Jugendroth umfließt die Wangen, wenn ich sie, wie auf Woogen, vom Staunen zu der Freude und von der Freude zum Entschlusse führe, und die heilige Menschennatur aus ihnen sicht barer und sichtbarer mir dämmert und glänzt, o Diotima! was gäb' ich hin, um diese Morgenröthe vestzuhalten! Das kannst du übrigens mir glauben, daß so ein Blik auf menschlich Wachstum über alle Augenwaide geht, die Meer' und Erd' und Himmel uns gewährt.

Drauf üb' ich sie in Waffen bis um Mittag. Alabanda hat seit unsern Studien in Smyrna über die Kriegskunst viel gethan, hat besonders die Vertheilungen und die Bewegungen der Heersmacht, so weit sie nach der Form der Gegend, und nach den Kräften und den Stellungen des Feinds sich richten, in wenige kräftige Regeln zusammengefaßt, und so ists meinem Verstande leicht geworden, diesen Stoff zu meistern.

Und es ist wirklich schön, Diotima, ist ernster nur und majestätischer, als der Tanz, wenn all' die furchtbaren Kräfte so zu Einer Kraft sich bilden, die, immerhin dieselbe, alle Formen annimmt, und in der Blizesschnelle, womit sie wirkt, doch immer still und richtig bleibt.

Das ächte Große, das in dieser Kunst sich zeigt, ist freilich dann erst sichtbar, wenn es gilt!

Des Nachmittags versammeln wir uns dann meist im Innern des Walds mit einigen sachverständigen braven Russen, die wir bei uns haben, und gehn zu Rathe über alle Fälle, die sich uns treffen können, und so wird mein Geist mit dem Kriege täglich vertrauter. O es ist wunderbar, Diotima! es kann sich mancher leichter darein finden, eine Heersmacht, als ein Zimmer anzuordnen. Ich spreche dir viel von meiner neuen Arbeit, aber so ists mit allem Neuen.

Des Abends reit' ich meist mit Alabanda am Meeresufer umher in die Eichenschatten hinein, oder hinaus in die reizenden Fernen, der Berge, und wenn wir dann zurük sind, und die freundliche Kühle, und das Mondlicht unsern Becher würzt, und unsre Feigen, wenn wir so, oft, ohne ein Wort, uns gegenüber sizen und uns anlächeln über den ernsten Dingen, die wir brüten, und Alabanda mir von dem und jenem spricht, den die Langeweile des Jahrhunderts peinigt, und so mancher wunderbaren, krummen Bahn, die sich das Leben bricht, seitdem sein gerader Gang gehemmt – dann fällt mir oft medamas ein, mit seinen Reisen, mit seiner eignen Seht in das innre Asien hinein, auch mit seiner Andacht gegen Kinder – das sind lauter Palliative, guter Alter! möcht' ich dann ihm rufen, komm! und baue deine Welt! uns! denn unsre Welt ist auch die deine.

Auch die deine, Diotima! denn sie ist die Kopie von dir.

Hyperion an Diotima.

Navarin ist unser, und wir liegen jezt vor Misistra. Es geht gut, nur gehts uns allen zu langsam. Unsere Leute sind, wie angezündeter Kienwald, seit es zum Gefecht gekommen ist. Und ich – o Mädchen meiner Seele! seit ich die Fahne, die ich einer Albanischen Horde entriß, an einem Steine des alten Sparta aufhieng, und unter den erbeuteten Waffen

Vmtl. im April. Zahlungen Cottas an den Buchdrucker Hopfer.
Hyperion 10 B vk à f. 4.45 –

Vmtl. im April. Erste, noch überschriftlose Ausführung des hexametrischen Gesangs An den Aether.

Der du mich auferzogst und überall noch geleitest
Element der lebendigen Welt, unsterblicher Aether
Sieh! es ruht, wie ein Kind, in deinem Schoose die Erde,
Süßbelebend hauchst du sie an, mit schmeichelnden zarten
Melodieen umsäuselst du sie, mit Stralen der Sonne
Tränkest du sie, mit Reegen und Thau aus goldener Wolke
Und es gedeiht vor dir ihr tausendfältiges Leben,
Leicht und üppig breiten vor dir, wie die knospenden Rosen
Ihre verschloßnen Kräfte sich aus, und ringen und streben
Unaufhörlich hinauf nach dir in freudigem Wachstum.
Himmlischer! sucht nicht dich mit ihren Augen die Pflanze
Strekt nach dir die schüchternen Arme der knospende Strauch
nicht
Daß er dich finde zerbricht, der gefangene Saame die Hülse,
Daß er belebt von dir, in deiner Wooge sich bade,
Schüttelt der Wald den Schnee, wie ein überlästig Gewand ab.
Auch die Fische kommen herauf und hüpfen verlangend
Über die glänzende Fläche des Stroms, als begehrten auch diese
Aus der Wooge zu dir; auch den edeln Thieren der Erde
Wird zum Fluge der Schritt wenn oft das gewaltigen Sehnen
Die geheime Liebe zu dir sie ergreift sie hinaufzieht –
Es verachtet den Boden das Roß, wie gebogener Stahl strebt

In die Höhe sein Hals, mit der Hufe berührt es den Sand kaum.
Und des Aethers Lieblinge, sie, die glüklichen Vögel
Wohnen und spielen vergnügt in der blauen Halle des Vaters.
Raums genug ist für alle. Der Pfad ist keinem bezeichnet.
Und es regen sich frei im Hauße die Großen und Kleinen.
Über dem Haupte froloken sie mir und es sehnt sich auch mein Herz
Wunderbar zu ihnen hinauf! wie die freundliche Heimath
Winkt es von oben herab – und auf die Gipfel der Alpen
Möcht ich wandern und rufen von da dem flüchtigen Adler
Daß er, wie einst in die Arme des Zeus den seeligen Knaben
Von dem dürftigen Stern in des Aethers Halle mich trage.
Zwar, es umwölben uns hoch und leicht die heiligen alten
Wälder der Erde, und klein ists nicht, in ihnen zu wohnen.
Dennoch wohnen wir arm. Die Helden der Nacht die Gestirne
Die zufrieden und frei des Aethers Gärten durchwandeln
Wohnen herrlich allein. Auch gehört uns der
Ozean, aber was ist der Ozean gegen den Aether?
Wandelnde Städte trägt, weither des Ozeans Wooge
Auf dem Rüken und bringt ein Indien uns zum Genusse
Aber der Aether hält die heilgen Gefäße die Wolken
Wo er die Blize bewahrt, und gießt in Flammen und Wassern
Göttlich Leben ins Herz der Welt aus der gährenden Urne.
Reich mit Inseln geschmükt ist das Meer; die Inselsn des Aethers
Sind die Sonn' und der Mond. O glüklich wer an die goldnen
Küsten das weltumwandelnde Schiff zu treiben vermöchte. –

Aber indeß ich hinauf in die dämmernde Ferne mich sehnte
Wo du die fremden Ufer umfängst mit der bläulichen Wooge
Kamst du hsäuselnd herab von des Fruchtbaums blühenden Wipfeln
Vater Aether und tränktest mich mit verjüngendem Othem
Und der Othem erwarmt in mir und ward zum Gesange.
Blumendüfte bringt die Erd, und Stralen die Sonne,
Aber die Lerche des Morgens und ich, wir brachten ein Lied dir.

18. April. Von Christian Ludwig Neuffer. Regest und Zitate Gustav Schlesiers. In Carl Langs*Taschenbuch und Almanach für häusliche u. gesellschaftl. Freuden. 1797.* von Carl Lang stehen von Hölderlin die 1794 entstandenen Gedichte *An eine Rose, Griechenland* und *An Neuffer.*

Stuttg. 18. April 97.

Will mit Landauer zum Herbst zur Messe nach Frankfurt. „Grüß mir Hegel u. wenn Dein Bruder noch bei Dir ist, auch ihn."

Dankt für das schöne Gedicht, das er ihm geschickt habe, u. das ganz die Spuren der erhörten Liebe trage. – Am Lang'schen Almanach sei er auch Mitarbeiter. Er that es aus Freundschaft für den Herausgeber. „Wenn er dir zu Gesicht gekommen ist, so wirst du in dem letzten auch einige Gedichte von dir finden, die du mir einmal schiktest, sie abdrucken zu lassen. Er bat mich sehr, dich zu ersuchen, ihn mit Beiträgen zu beehren. Wenn du etwas der Art hast, das du ihm übergeben willst, so reich ihm ein Scherflein. Er wird es mit vielem Dank erkennen. Darf ich nicht etwa das Lied einrücken lassen, das du mir in deinem letzten Brief geschickt hast?"

Am 20. April war Karl Gock wieder abgereist. Wenig später treffen die von der Mutter weiter expedierten Exemplare von Hyperion 1 in Frankfurt ein.

Hyperion, dessen Träume Vergangenheit sind, kehrt ausDeutschland zurück, wohin er – nach fehlgeschlagenem Aufstand, nach der Trennung von Alabanda, nach dem Tod Diotimas – geflohen war. Auf Salamis, der Insel des vor Troia wahnsinnig gewordenen Ajax, lebt er einen Sommer lang als Eremit in Griechenland, in einer Hütte von Zweigen. Schreibt Briefe, genau zweimal dreißig. Das Ende schließt sich an den Anfang. Die exzentrische Bahn ist geschlossen. Zuletzt der Abschied aus Deuschland, zu Beginn die Ankunft des Eremiten in Griechenland: Der liebe Vaterlandsboden giebt mir wieder Freude und Laid. Mit Bellarmin ist der Leser in den Roman hineingenommen. Mit ihm erfahren die Leser beinah alles über ihn, über Diotma und Alabanda. Gegen Schluß auch dieWahrheit über uns Deutsche. Wem sie einleuchtet, müßte in der Tat ein anderer werden.

H Y P E R I O N

oder
der Eremit in Griechenland
von
Friedrich Hölderlin.

ERSTER BAND.

Tübingen 1797.
in der J. G. Cotta'schen Buchhandlung.

Non coerceri maximo, contineri minimo, divinum est.

VORREDE.

Ich verspräche gerne diesem Buche die Liebe der Deutschen. Aber ich fürchte, die einen werden es lesen, wie ein Compendium, und um das fabula docet sich zu sehr bekümmern, indeß die andern gar zu leicht es nehmen, und beede Theile verstehen es nicht.

Wer blos an meiner Pflanze riecht, der kennt sie nicht, und wer sie pflükt, blos, um daran zu lernen, kennt sie auch nicht.

Die Auflösung der Dissonanzen in einem gewissen Charakter ist weder für das bloße Nachdenken, noch für die leere Lust.

Der Schauplaz, wo sich das Folgende zutrug, ist nicht neu, und ich gestehe, daß ich einmal kindisch genug war, in dieser Rüksicht eine Veränderung mit dem Buch zu versuchen, aber ich überzeugte mich, daß er der einzig Angemessene für Hyperions elegischen Charakter wäre, und schämte mich, daß mich das wahrscheinliche Urtheil des Publikums so übertrieben geschmeidig gemacht.

Ich bedaure, daß für jezt die Beurtheilung des Plans noch nicht jedem möglich ist. Aber der zweite Band soll so schnell, wie möglich, folgen.

ERSTES BUCH

HYPERION AN BELLARMIN.

Der liebe Vaterlandsboden giebt mir wieder Freude und Laid.

Ich bin jezt alle Morgen auf den Höhn des Korinthischen Isthmus, und, wie die Biene unter Blumen, fliegt meine Seele oft hin und her zwischen den Meeren, die zur Rechten und zur Linken meinen glühenden Bergen die Füße kühlen.

Besonders der Eine der beeden Meerbusen hätte mich freuen sollen, wär' ich ein Jahrtausend früher hier gestanden.

Wie ein siegender Halbgott, wallte da zwischen der herrlichen Wildniß des Helikon und Parnaß, wo das Morgenroth um hundert überschneite Gipfel spielt, und zwischen der paradiesischen Ebene von Sycion der glänzende Meerbusen herein, gegen die Stadt der Freude, das jugendliche Korinth, und schüttete den erbeuteten Reichtum aller Zonen vor seiner Lieblingin aus.

Aber was soll mir das? Das Geschrei des Jakals, der unter den Steinhaufen des Alterthums sein wildes Grablied singt, schrökt ja aus meinen Träumen mich auf.

Wohl dem Manne, dem ein blühend Vaterland das Herz erfreut und stärkt! Mir ist, als würd' ich in den Sumpf geworfen, als schlüge man den Sargdekel über mir zu, wenn einer an das meinige mich mahnt, und wenn mich einer einen Griechen nennt, so wird mir immer, als schnür' er mit dem Halsband eines Hundes mir die Kehle zu.

Und siehe, mein Bellarmin! wenn manchmal mir so ein Wort entfuhr, wohl auch im Zorne mir eine Thräne in's Auge trat, so kamen dann die weisen Herren, die unter euch Deutschen so gerne spuken, die Elenden, denen ein leidend Gemüth so gerade recht ist, ihre Sprüche anzubringen, die thaten dann sich gütlich, ließen sich beigehn, mir zu sagen: klage nicht, handle!

O hätt' ich doch nie gehandelt! um wie manche Hoffnung wär' ich reicher! –

Ja, vergiß nur, daß es Menschen giebt, darbendes, angefochtenes, tausendfach geärgertes Herz! und kehre wieder dahin, wo du ausgiengst, in die Arme der Natur, der wandellosen, stillen und schönen.

HYPERION AN BELLARMIN.

Ich habe nichts, wovon ich sagen möchte, es sei mein eigen.

Fern und todt sind meine Geliebten, und ich vernehme durch keine Stimme von ihnen nichts mehr.

Mein Geschäfft auf Erden ist aus. Ich bin voll Willens an die Arbeit gegangen, habe geblutet darüber, und die Welt um keinen Pfenning reicher gemacht.

Ruhmlos und einsam kehr' ich zurük und wandre durch mein Vaterland, das, wie ein Todtengarten, weit umher liegt, und mich erwartet vieleicht das Messer des Jägers, der uns Griechen, wie das Wild des Waldes, sich zur Lust hält.

Aber du scheinst noch, Sonne des Himmels! Du grünst noch, heilige Erde! Noch rauschen die Ströme in's Meer, und schattige Bäume säuseln im Mittag. Der Wonnegesang des Frühlings singt meine sterblichen Gedanken in Schlaf. Die Fülle der alllebendigen Welt ernährt und sättiget mit Trunkenheit mein darbend Wesen.

O seelige Natur! Ich weiß nicht, wie mir geschiehet, wenn ich mein Auge erhebe vor deiner Schöne, aber alle Lust des Himmels ist in den Thränen, die ich weine vor dir, der Geliebte vor der Geliebten.

Mein ganzes Wesen verstummt und lauscht, wenn die zarte Welle der Luft mir um die Brust spielt. Verloren in's weite Blau, blik' ich oft hinauf an den Aether und hinein in's heilige Meer, und mir ist, als öffnet' ein verwandter Geist mir die Arme, als löste der Schmerz der Einsamkeit sich auf in's Leben der Gottheit.

Eines zu seyn mit Allem, das ist das Leben der Gottheit, das ist der Himmel des Menschen.

Eines zu seyn mit Allem, was lebt, in seeliger Selbstvergessenheit wiederzukehren in's All der Natur, das ist der Gipfel der Gedanken und Freuden, das ist die heilige Bergeshöhe, der Ort der ewigen Ruhe, wo der Mittag seine Schwüle und der Donner seine Stimme verliert und das kochende Meer der Wooge des Kornfelds gleicht.

Eines zu seyn mit Allem, was lebt! Mit diesem Worte legt die Tugend den zürnenden Harnisch, der Geist des Menschen den Zepter weg, und alle Gedanken schwinden vor dem Bilde der ewigeinigen Welt, wie die Regeln des ringenden Künstlers vor seiner Urania, und das eherne Schiksaal entsagt der Herrschaft, und aus dem Bunde der Wesen schwindet der Tod, und Unzertrennlichkeit und ewige Jugend beseeliget, verschönert die Welt.

Auf dieser Höhe steh' ich oft, mein Bellarmin! Aber ein Moment des Besinnens wirft mich herab. Ich denke nach und finde mich, wie ich zuvor war, allein, mit allen Schmerzen der Sterblichkeit, und meines Herzens Asyl, die ewig einige Welt, ist hin; die Natur verschließt die Arme, und ich stehe, wie ein Fremdling, vor ihr, und verstehe sie nicht.

Ach! wär' ich nie in eure Schulen gegangen. Die Wissenschaft, der ich in den Schacht hinunter folgte, von der ich, jugendlich thöricht, die Bestätigung meiner reinen Freude erwartete, die hat mir alles verdorben.

Ich bin bei euch so recht vernünftig geworden, habe gründlich mich unterscheiden gelernt von dem, was mich umgiebt, bin nun vereinzelt in der schönen Welt, bin so ausgeworfen aus dem Garten der Natur, wo ich wuchs und blühte, und vertrokne an der Mittagssonne.

O ein Gott ist der Mensch, wenn er träumt, ein Bettler, wenn er nachdenkt, und wenn die Begeisterung hin ist, steht er da, wie ein misrathener Sohn, den der Vater aus dem Hause stieß, und betrachtet die ärmlichen Pfenninge, die ihm das Mitleid auf den Weg gab.

HYPERION AN BELLARMIN.

Ich danke dir, daß du mich bittest, dir von mir zu erzählen, daß du die vorigen Zeiten mir in's Gedächtniß bringst.

Das trieb mich auch nach Griechenland zurük, daß ich den Spielen meiner Jugend näher leben wollte.

Wie der Arbeiter in den erquikenden Schlaf, sinkt oft mein angefochtenes Wesen in die Arme der unschuldigen Vergangenheit.

Ruhe der Kindheit! himmlische Ruhe! wie oft steh' ich stille vor dir in liebender Betrachtung, und möchte dich denken! Aber wir haben ja nur Begriffe von dem, was einmal schlecht gewesen und wieder gut gemacht ist; von Kindheit, Unschuld haben wir keine Begriffe.

Da ich noch ein Kind war und von dem allem, was uns umgiebt, nichts wußte, war ich da nicht mehr, als jezt, nach all den Mühen des Herzens und all dem Sinnen und Ringen?

Ja! ein göttlich Wesen ist das Kind, solang es nicht in die Chamäleonsfarbe der Menschen getaucht ist.

Es ist ganz, was es ist, und darum ist es so schön.

Der Zwang des Gesezes und des Schiksaals betastet es nicht; im Kind' ist Freiheit allein.

In ihm ist Frieden; es ist noch mit sich selber nicht zerfallen. Reichtum ist in ihm; es kennt sein Herz, die Dürftigkeit des Lebens nicht. Es ist unsterblich, denn es weiß vom Tode nichts.

Aber das können die Menschen nicht leiden. Das Göttliche muß werden, wie ihrer einer, muß erfahren, daß sie auch da sind, und eh' es die Natur aus seinem Paradiese treibt, so schmeicheln und schleppen die Menschen es heraus, auf das Feld des Fluchs, daß es, wie sie, im Schweiße des Angesichts sich abarbeite.

Aber schön ist auch die Zeit des Erwachens, wenn man nur zur Unzeit uns nicht wekt.

O es sind heilige Tage, wo unser Herz zum erstenmale die Schwingen übt, wo wir, voll schnellen feurigen Wachsthums dastehn in der herrlichen Welt, wie die junge Pflanze, wenn sie der Morgensonne sich aufschließt, und die kleinen Arme dem unendlichen Himmel entgegenstrekt.

Wie es mich umhertrieb an den Bergen und am Meeresufer! ach wie ich oft da saß mit klopfendem Herzen, auf den Höhen von Tina, und den Falken und Kranichen nachsah, und den kühnen fröhlichen Schiffen, wenn sie hinunterschwanden am Horizont! Dort hinunter! dacht' ich, dort wanderst du auch einmal hinunter, und mir war, wie einem Schmachtenden, der in's kühlende Bad sich stürzt und die schäumenden Wasser über die Stirne sich schüttet.

Seufzend kehrt' ich dann nach meinem Hause wieder um. Wenn nur die Schülerjahre erst vorüber wären, dacht' ich oft.

Guter Junge! sie sind noch lange nicht vorüber.

Daß der Mensch in seiner Jugend das Ziel so nahe glaubt! Es ist die schönste aller Täuschungen, womit die Natur der Schwachheit unsers Wesens aufhilft.

Und wenn ich oft dalag unter den Blumen und am zärtlichen Frühlingslichte mich sonnte, und hinaufsah in's heitre Blau, das die warme Erde umfieng, wenn ich unter den Ulmen und Weiden, im Schoose des Berges saß, nach einem erquikenden Reegen, wenn die Zweige noch bebten von den Berührungen des Himmels, und über dem tröpfelnden Walde sich goldne Wolken bewegten, oder wenn der Abendstern voll friedlichen Geistes heraufkam mit den alten Jünglingen, den übrigen Helden des Himmels, und ich so sah, wie das Leben in ihnen in ewiger müheloser Ordnung durch den Aether sich fortbewegte, und die Ruhe der Welt mich umgab und erfreute, daß ich aufmerkte und lauschte, ohne zu wissen, wie mir geschah – hast du mich lieb, guter Vater im Himmel! fragt' ich dann leise, und fühlte seine Antwort so sicher und seelig am Herzen.

O du, zu dem ich rief, als wärst du über den Sternen, den ich Schöpfer des Himmels nannte und der Erde, freundlich Idol meiner Kindheit, du wirst nicht zürnen, daß ich deiner vergaß! – Warum ist die Welt nicht dürftig genug, um außer ihr noch Einen zu suchen? *)

O wenn sie eines Vaters Tochter ist, die herrliche Natur, ist das Herz der Tochter nicht sein Herz? Ihr Innerstes, ist's nicht Er? Aber hab' ich's denn? kenn' ich es denn?

Es ist, als säh' ich, aber dann erschrek' ich wieder, als wär' es meine eigne Gestalt, was ich gesehn, es ist, als fühlt' ich ihn, den Geist der Welt, wie eines Freundes warme Hand, aber ich erwache und meine, ich habe meine eignen Finger gehalten.

---

*) Es ist wohl nicht nöthig, zu erinnern, daß derlei Äußerungen als bloße Phänomene des menschlichen Gemüths von Rechts wegen niemand scandalisiren sollten.

HYPERION AN BELLARMIN.

Weist du, wie Plato und sein Stella sich liebten?

So liebt' ich, so war ich geliebt. O ich war ein glüklicher Knabe!

Es ist erfreulich, wenn gleiches sich zu gleichem gesellt, aber es ist göttlich, wenn ein großer Mensch die Kleineren zu sich aufzieht.

Ein freundlich Wort aus eines tapfern Mannes Herzen, ein Lächeln, worinn die verzehrende Herrlichkeit des Geistes sich verbirgt, ist wenig und viel, wie ein zauberisch Loosungswort, das Tod und Leben in seiner einfältigen Sylbe verbirgt, ist, wie ein geistig Wasser, das aus der Tiefe der Berge quillt, und die geheime Kraft der Erde uns mittheilt in seinem krystallenen Tropfen.

Wie hass' ich dagegen alle die Barbaren, die sich einbilden, sie seien weise, weil sie kein Herz mehr haben, alle die rohen Unholde, die tausenfältig die jugendliche Schönheit tödten und zerstören, mit ihrer kleinen unvernünftigen Mannszucht!

Guter Gott! da will die Eule die jungen Adler aus dem Neste jagen, will ihnen den Weg zur Sonne weisen!

Verzeih mir, Geist meines Adamas! daß ich dieser gedenke vor dir. Das ist der Gewinn, den uns Erfahrung giebt, daß wir nichts trefliches uns denken, ohne sein ungestaltes Gegentheil.

O daß nur du mir ewig gegenwärtig wärest, mit allem, was dir verwandt ist, traurender Halbgott, den ich meine! Wen du umgiebst, mit deiner Ruhe und Stärke, Ringer und Kämpfer, wem du begegnest mit deiner Liebe und Weisheit, der fliehe, oder werde, wie du! Unedles und Schwaches besteht nicht neben dir.

Wie oft warst du mir nahe, da du längst mir ferne warst, verklärtest mich mit deinem Lichte, und wärmtest mich, daß mein erstarrtes Herz sich wieder bewegte, wie der verhärtete Quell, wenn der Stral des Himmels ihn berührt! Zu den Sternen hätt' ich dann fliehn mögen mit meiner Seeligkeit, damit sie mir nicht entwürdigt würde von dem, was mich umgab.

Ich war aufgewachsen, wie eine Rebe ohne Stab, und die wilden Ranken breiteten richtungslos über dem Boden sich aus. Du weist ja, wie so manche edle Kraft bei uns zu Grunde geht, weil sie nicht genüzt wird. Ich schweiffte herum, wie ein Irrlicht, griff alles an, wurde von allem ergriffen, aber auch nur für den Moment, und die unbehülflichen Kräfte matteten vergebens sich ab. Ich fühlte, daß mir's überall fehlte, und konnte doch mein Ziel nicht finden. So fand er mich.

Er hatt' an seinem Stoffe, der sogenannten kultivirten Welt, lange genug Geduld und Kunst geübt, aber sein Stoff war Stein und Holz gewesen und geblieben, nahm wohl zur Noth die edle Menschenform von außen an, aber um diß war's meinem Adamas nicht zu thun; er wollte Menschen, und, um diese zu schaffen, hatt' er seine Kunst zu arm gefunden. Sie waren einmal da gewesen, die er suchte, die zu schaffen, seine Kunst zu arm war, das erkannt' er deutlich. Wo sie dagewesen, wußt' er auch. Da wollt' er hin und unter dem Schutt nach ihrem Genius fragen, mit diesem sich die einsamen Tage zu verkürzen. Er kam nach Griechenland. So fand ich ihn.

Noch seh' ich ihn vor mich treten in lächelnder Betrachtung, noch hör' ich seinen Gruß und seine Fragen.

Wie vor einer Pflanze, wenn ihr Friede den strebenden Geist besänftigt, und die einfältige Genügsamkeit wiederkehrt in die Seele – so stand er vor mir.

Und ich, war ich nicht der Nachhall seiner stillen Begeisterung? wiederhohlten sich nicht die Melodien seines Wesens in mir? Was ich sah, ward ich, und es war Göttliches, was ich sah.

Wie unvermögend ist doch der gutwilligste Fleiß der Menschen gegen die Allmacht der ungetheilten Begeisterung.

Sie weilt nicht auf der Oberfläche, faßt nicht da und dort uns an, braucht keiner Zeit und keines Mittels; Gebot und Zwang und Überredung braucht sie nicht; auf allen Seiten, in allen Tiefen und Höhen ergreift sie im Augenblik' uns, und wandelt, ehe sie da ist für uns, ehe wir fragen, wie uns geschiehet durch und durch in ihre Schönheit, ihre Seeligkeit uns um.

Wohl dem, wem auf diesem Wege ein edler Geist in früher Jugend begegnete!

O es sind goldne unvergeßliche Tage, voll von den Freuden der Liebe und süßer Beschäftigung.

Bald führte mein Adamas in die Heroënwelt des Plutarch, bald in das Zauberland der griechischen Götter mich ein, bald ordnet' und beruhigt' er mit Zahl und Maas das jugendliche Treiben, bald stieg er auf die Berge mir mir; des Tags, um die Blumen der Haide und des Walds und die wilden Moose des Felsen, des Nachts, um über uns die heiligen Sterne zu schauen, und nach menschlicher Weise zu verstehen.

Es ist ein köstlich Wohlgefühl in uns, wenn so das Innere an seinem Stoffe sich stärkt, sich unterscheidet und getreuer anknüpft und unser Geist allmählig waffenfähig wird.

Aber dreifach fühlt' ich ihn und mich, wenn wir, wie Manen aus vergangner Zeit, mit Stolz und Freude, mit Zürnen und Trauern an den Athos hinauf und von da hinüberschifften in den Hellespont und dann hinab an die Ufer von Rhodus und die Bergschlünde von Tänarum, durch die stillen Inseln alle, wenn da die Sehnsucht über die Küsten hinein uns trieb, in's düstre Herz des alten Pelopones, an die einsamen Gestade des Eurotas, ach! die ausgestorbnen Thale von Elis und Nemea und Olympia, wenn wir da, an eine Tempelsäule des vergeßnen Jupiters gelehnt, umfangen von Lorbeerrosen und Immergrün, in's wilde Flußbett sahn, und das Leben des Frühlings und die ewig jugendliche Sonne uns mahnte, daß auch der Mensch einst da war, und nun dahin ist, daß des Menschen herrliche Natur jezt kaum noch da ist, wie das Bruchstük eines Tempels oder im Gedächtniß, wie ein Todtenbild — Da saß ich traurig spielend neben ihm, und pflükte das Moos von eines Halbgotts Piedestal, grub eine marmorne Heldenschulter aus dem Schutt, und schnitt den Dornbusch und das Haidekraut von den halbbegrabnen Architraven, indeß mein Adamas die Landschaft zeichnete, wie sie freundlich tröstend den Ruin umgab, den Waizenhügel, die Oliven, die Ziegenheerde, die am Felsen des Gebirgs hieng, den Ulmenwald, der von den Gipfeln in das Thal sich stürzte; und die Lacerte spielte zu unsern Füßen, und die Fliegen umsummten uns in der Stille des Mittags — Lieber Bellarmin! ich hätte Lust, so pünktlich dir, wie Nestor, zu erzählen; ich ziehe durch die Vergangenheit, wie ein Ährenleser über die Stoppeläker, wenn der Herr des Lands geerndtet hat; da liest man jeden Strohhalm auf. Und wie ich neben ihm stand auf den Höhen von Delos, wie das ein Tag war, der mir graute, da ich mit ihm an der Granitwand des Cynthus die alten Marmortreppen hinaufstieg. Hier wohnte der Sonnengott einst, unter den himmlischen Festen, wo ihn, wie goldnes Gewölk, das versammelte Griechenland umglänzte. In Fluthen der Freude und Begeisterung warfen hier, wie Achill in den Styx, die griechischen Jünglinge sich, und giengen unüberwindlich, wie der Halbgott, hervor. In den Hainen, in den Tempeln erwachten und tönten ineinander ihre Seelen, und treu bewahrte jeder die entzükenden Accorde.

Aber was sprech' ich davon? Als hätten wir noch eine Ahnung jener Tage! Ach! es kann ja nicht einmal ein schöner Traum gedeihen unter dem Fluche, der über uns lastet. Wie ein heulender Nordwind, fährt die Gegenwart über die Blüthen unsers Geistes und versengt sie im Entstehen. Und doch war es ein goldner Tag, der auf dem Cynthus mich umfieng! Es dämmerte noch, da wir schon oben waren. Jezt kam er herauf in seiner ewigen Jugend, der alte Sonnengott, zufrieden und mühelos, wie immer, flog der unsterbliche Titan mit seinen tausend eignen Freuden herauf, und lächelt' herab auf sein verödet Land, auf seine Tempel, seine Säulen, die das Schiksaal vor ihn hingeworfen hatte, wie die dürren Rosenblätter, die im Vorübergehen ein Kind gedankenlos vom Strauche riß, und auf die Erde säete.

Sei, wie dieser! rief mir Adamas zu, ergriff mich bei der Hand und hielt sie dem Gott entgegen, und mir war, als trügen uns die Morgenwinde mit sich fort, und brächten uns in's Geleite des heiligen Wesens, das nun hinaufstieg auf den Gipfel des Himmels, freundlich und groß, und wunderbar mit seiner Kraft und seinem Geist die Welt und uns erfüllte.

Noch trauert und frohlokt mein Innerstes über jedes Wort, das mir damals Adamas sagte, und ich begreife meine Bedürftigkeit nicht, wenn oft mir wird, wie damals ihm seyn mußte. Was ist Verlust, wenn so der Mensch in seiner eignen Welt sich findet? In uns ist alles. Was kümmerts dann den Menschen, wenn ein Haar von seinem Haupte fällt? Was ringt er so nach Knechtschaft, da er ein Gott seyn könnte! Du wirst einsam seyn, mein Liebling! sagte mir damals Adamas auch, du wirst seyn wie der Kranich, den seine Brüder zurükließen in rauher Jahreszeit, indeß sie den Frühling suchen im fernen Lande.

Und das ist's, Lieber! Das macht uns arm bei allem Reichtum, daß wir nicht allein seyn können, daß die Liebe in uns, so lange wir leben, nicht erstirbt. Gieb mir meinen Adamas wieder, und komm' mit allen, die mir angehören, daß die alte schöne Welt sich unter uns erneure, daß wir uns versammeln und vereinen in den Armen unerer Gottheit, der Natur, und siehe! so weiß ich nichts von Nothdurft.

Aber sage nur niemand, daß uns das Schiksaal trenne! Wir sind's, wir! wir haben unsre Lust daran, uns in die Nacht des Unbekannten, in die kalte Fremde irgend einer andern Welt zu stürzen, und, wär' es möglich, wir verließen der Sonne Gebiet und stürmten über des Irrsterns Gränzen hinaus. Ach! für des Menschen wilde Brust ist keine Heimath möglich; und wie der Sonne Stral die Pflanzen der Erde, die er entfaltete, wieder versengt, so tödtet der Mensch die süßen Blumen, die an seiner Brust gedeihten, die Freuden der Verwandtschaft und der Liebe.

Es ist, als zürnt' ich meinem Adamas, daß er mich verließ, aber ich zürn' ihm nicht. O er wollte ja wieder kommen!

In der Tiefe von Asien soll ein Volk von seltner Trefflichkeit verborgen seyn; dahin trieb ihn seine Hoffnung weiter.

Bis Nio begleitet' ich ihn. Es waren bittere Tage. Ich habe den Schmerz ertragen gelernt, aber für solch' ein Scheiden hab ich keine Kraft in mir.

Mit jedem Augenblike, der uns der lezten Stunde näher brachte, wurd' es sichtbarer, wie dieser Mensch verwebt war in mein Wesen. Wie ein Sterbender den fliehenden Othem, hielt ihn meine Seele.

Am Grabe Homers brachten wir noch einige Tage zu, und Nio wurde mir die heiligste unter den Inseln.

Endlich rissen wir uns los. Mein Herz hatte sich müde gerungen. Ich war ruhiger im lezten Augenblike. Auf den Knieen lag ich vor ihm, umschloß ihn zum leztenmale mit diesen Armen; gieb mir einen Seegen, mein Vater! rief ich leise zu ihm hinauf, und er lächelte groß, und seine Stirne breitete vor den Sternen des Morgens sich aus und sein Auge durchdrang die Räume des Himmels – Bewahrt ihn mir, rief er, ihr Geister besserer Zeit! und zieht zu eurer Unsterblichkeit ihn auf, und all' ihr freundlichen Kräfte des Himmels und der Erde, seid mit ihm!

Es ist ein Gott in uns, sezt' er ruhiger hinzu, der lenkt, wie Wasserbäche, das Schiksaal, und alle Dinge sind sein Element. Der sei vor allem mit dir!

So schieden wir. Leb wohl, mein Bellarmin!

HYPERION AN BELLARMIN.

Wohin könnt' ich mir entfliehen, hätt' ich nicht die lieben Tage meiner Jugend?

Wie ein Geist, der keine Ruhe am Acheron findet, kehr' ich zurük in die verlaßnen Gegenden meines Lebens. Alles altert und verjüngt sich wieder. Warum sind wir ausgenommen vom schönen Kreislauf der Natur? Oder gilt er auch für uns?

Ich wollt' es glauben, wenn Eines nicht in uns wäre, das ungeheure Streben, Alles zu seyn, das, wie der Titan des Aetna, heraufzürnt aus den Tiefen unsers Wesens.

Und doch, wer wollt' es nicht lieber in sich fühlen, wie ein siedend Oel, als sich gestehn, er sei für die Geißel und für's Joch geboren? Ein tobend Schlachtroß oder eine Mähre, die das Ohr hängt, was ist edler?

Lieber! es war eine Zeit, da auch meine Brust an großen Hoff nungen sich sonnte, da auch mir die Freude der Unsterblichkeit in allen Pulsen schlug, da ich wandelt' unter herrlichen Entwürfen, wie in weiter Wäldernacht, da ich glüklich, wie die Fische des Oceans, in meiner uferlosen Zukunft weiter, ewig weiter drang.

Wie muthig, seelige Natur! entsprang der Jüngling deiner Wiege! wie freut' er sich in seiner unversuchten Rüstung! Sein Bogen war gespannt und seine Pfeile rauschten im Köcher, und die Unsterblichen, die hohen Geister des Altertums fühten ihn an, und sein Adamas war mitten unter ihnen.

Wo ich gieng und stand, geleiteten mich die herrlichen Gestalten; wie Flammen, verloren sich in meinem Sinne die Thaten aller Zeiten in einander, und wie in Ein frohlokkend Gewitter die Riesenbilder, die Wolken des Himmels sich vereinen, so vereinten sich, so wurden Ein unendlicher Sieg in mir die hundertfältigen Siege der Olympiaden.

Wer hält das aus, wen reißt die schrökende Herrlichkeit des Altertums nicht um, wie ein Orkan die jungen Wälder umreißt, wenn sie ihn ergreift, wie mich, und wenn, wie mir, das Element ihm fehlt, worinn er sich ein stärkend Selbstgefühl erbeuten könnte?

O mir, mir beugte die Größe der Alten, wie ein Sturm, das Haupt, mir raffte sie die Blüthe vom Gesichte, und oftmals lag ich, wo kein Auge mich bemerkte, unter tausend Thränen da, wie eine gestürzte Tanne, die am Bache liegt und ihre welke Krone in die Fluth verbirgt. Wie gerne hätt' ich einen Augenblik aus eines großen Mannes Leben mit Blut erkauft!

Aber was half mir das? Es wollte mich ja niemand.

O es ist jämmerlich, so sich vernichtet zu sehn; und wem diß unverständlich ist, der frage nicht danach, und danke der Natur, die ihn zur Freude, wie die Schmetterlinge, schuff, und geh', und sprech' in seinem Leben nimmermehr von Schmerz und Unglük.

Ich liebte meine Heroën, wie eine Fliege das Licht; ich suchte ihre gefährliche Nähe und floh und suchte sie wieder.

Wie ein blutender Hirsch in den Strom, stürzt' ich oft mitten hinein in den Wirbel der Freude, die brennende Brust zu kühlen und die tobenden herrlichen Träume von Ruhm und Größe wegzubaden, aber was half das?

Und wenn mich oft um Mitternacht das heiße Herz in den Garten hinuntertrieb unter die thauigen Bäume, und der Wiegengesang des Quells und die liebliche Luft und das Mondlicht meinen Sinn besänftigte, und so frei und friedlich über mir die silbernen Gewölke sich regten, und aus der Ferne mir die verhallende Stimme der Meeresfluth tönte, wie freundlich spielten da mit meinem Herzen all' die großen Phantome seiner Liebe!

Lebt wohl, ihr Himmlischen! sprach ich oft im Geiste, wenn über mir die Melodie des Morgenlichts mit leisem Laute begann, ihr herrlichen Todten lebt wohl! ich möcht' euch folgen, möchte von mir schütteln, was mein Jahrhundert mir gab, und aufbrechen in's freiere Schattenreich!

Aber ich schmachte an der Kette und hasche mit bitterer Freude die kümmerliche Schaale, die meinem Durste gereicht wird.

HYPERION AN BELLARMIN.

Meine Insel war mir zu enge geworden, seit Adamas fort war. Ich hatte Jahre schon in Tina Langeweile. Ich wollt' in die Welt.

Geh vorerst nach Smyrna, sagte mein Vater, lerne da die Künste der See und des Kriegs, lerne die Sprache gebildeter Völker und ihre Verfassungen und Meinungen und Sitten und Gebräuche, prüfe alles und wähle das Beste! – Dann kann es meinetwegen weiter gehn.

Lern' auch ein wenig Gedult! sezte die Mutter hinzu, und ich nahm's mit Dank an.

Es ist entzükend, den ersten Schritt aus der Schranke der Jugend zu thun, es ist, als dächt' ich meines Geburtstags, wenn ich meiner Abreise von Tina gedenke. Es war eine neue Sonne über mir, und Land und See und Luft genoß ich wie zum erstenmale.

Die lebendige Thätigkeit, womit ich nun in Smyrna meine Bildung besorgte, und der eilende Fortschritt besänftigte mein Herz nicht wenig. Auch manches seeligen Feierabends erinnere ich mich aus dieser Zeit. Wie oft gieng ich unter den immer grünen Bäumen am Gestade des Meles, an der Geburtstätte meines Homer, und sammelt' Opferblumen und warf sie in den heiligen Strom! Zur nahen Grotte trat ich dann in meinen friedlichen Träumen, da hätte der Alte, sagen sie, seine Iliade gesungen. Ich fand ihn. Jeder Laut in mir verstummte vor seiner Gegenwart. Ich schlug sein göttlich Gedicht mir auf und es war, als hätt' ich es nie gekannt, so ganz anders wurd' es jezt lebendig in mir.

Auch denk' ich gerne meiner Wanderung durch die Gegenden von Smyrna. Es ist ein herrlich Land, und ich habe tausendmal mir Flügel gewünscht, um des Jahres Einmal nach Kleinasien zu fliegen.

Aus der Ebne von Sardes kam ich durch die Felsenwände des Tmolus herauf.

Ich hatt' am Fuße des Berges übernachtet in einer freundlichen Hütte, unter Myrthen, unter den Düften des Ladanstrauchs, wo in der goldnen Fluth des Pactolus die Schwäne mir zur Seite spielten, wo ein alter Tempel der Cybele aus den Ulmen hervor, wie ein schüch terner Geist, in's helle Mondlicht blikte. Fünf liebliche Säulen trauerten über dem Schutt, und ein königlich Portal lag niedergestürzt zu ihren Füßen.

Durch tausend blühende Gebüsche wuchs der Pfad nun aufwärts. Vom schroffen Abhang neigten lispelnde Bäume sich, und übergossen mit ihren zarten Floken mein Haupt. Ich war des Morgens ausgegangen. Um Mittag war ich auf der Höhe des Gebirgs. Ich stand, sah fröhlich vor mich hin, genoß der reineren Lüfte des Himmels. Es waren seelige Stunden.

Wie ein Meer, lag das Land, wovon ich heraufkam, vor mir da, jugendlich, voll lebendiger Freude; es war ein himmlisch unendlich Farbenspiel, womit der Frühling mein Herz begrüßte, und wie die Sonne des Himmels sich wiederfand im tausendfachen Wechsel des Lichts, das ihr die Erde zurükgab, so erkannte mein Geist sich in der Fülle des Lebens, die ihn umfieng, von allen Seiten ihn überfiel.

Zur Linken stürzt' und jauchzte, wie ein Riese, der Strom in die Wälder hinab, vom Marmorfelsen, der über mir hieng, wo der Adler spielte mit seinen Jungen, wo die Schneegipfel hinauf in den blauen Aether glänzten; rechts wälzten Wetterwolken sich her über den Wäldern des Sipylus; ich fühlte nicht den Sturm, der sie trug, ich fühlte nur ein Lüftchen in den Loken, aber ihren Donner hört' ich, wie man die Stimme der Zukunft hört, und ihre Flammen sah ich, wie das ferne Licht der geahneten Gottheit. Ich wandte mich südwärts und gieng weiter. Da lag es offen vor mir, das ganze paradiesische Land, das der Cayster durchströmt, durch so manchen reizenden Umweg, als könnt' er nicht lange genug verweilen in all' dem Reichthum und der Lieblichkeit, die ihn umgiebt. Wie die Zephyre, irrte mein Geist von Schönheit zu Schönheit seelig umher, vom fremden friedlichen Dörfchen, das tief unten am Berge lag, bis hinein, wo die Gebirgkette des Messogis dämmert.

Ich kam nach Smyrna zurük, wie ein Trunkener vom Gastmahl. Mein Herz war des Wohlgefälligen zu voll, um nicht von seinem Überflusse der Sterblichkeit zu leihen. Ich hatte zu glüklich in mich die Schönheit der Natur erbeutet, um nicht die Lüken des Menschenlebens damit auszufüllen. Mein dürftig Smyrna kleidete sich in die Farben meiner Begeisterung, und stand, wie eine Braut, da. Die geselligen Städter zogen mich an. Der Widersinn ihrer Sitten vergnügte mich, wie eine Kinderposse, und weil ich von Natur hinaus war über all' die eingeführten Formen und Bräuche, spielt' ich mit allen, und legte sie an und zog sie aus, wie Fastnachtskleider.

Was aber eigentlich mir die schaale Kost des gewöhnlichen Umgangs würzte, das waren die guten Gesichter und Gestalten, die noch hie und da die mitleidige Natur, wie Sterne, in unsere Verfinsterung sendet.

Wie hatt' ich meine herzliche Freude daran! wie glaubig deutet' ich diese freundlichen Hieroglyphen! aber es gieng mir fast damit, wie ehemals mit den Birken im Frühlinge. Ich hatte von dem Safte dieser Bäume gehört, und dachte Wunder, was ein köstlich Getränk die lieblichen Stämme geben müßten. Aber es war nicht Kraft und Geist genug darinnen.

Ach! und wie heillos war das übrige alles, was ich hört' und sah.

Es war mir wirklich hie und da, als hätte sich die Menschennatur in die Mannigfaltigkeiten des Thierreichs aufgelöst, wenn ich umher gieng unter diesen Gebildeten. Wie überall, so waren auch hier die Männer besonders verwahrlost und verwest.

Gewisse Thiere heulen, wenn sie Musik anhören. Meine bessergezognen Leute hingegen lachten, wenn von Geistesschönheit die Rede war und von Jugend des Herzens. Die Wölfe gehen davon, wenn einer Feuer schlägt. Sahn jene Menschen einen Funken Vernunft, so kehrten sie, wie Diebe, den Rüken.

Sprach ich einmal auch vom alten Griechenland ein warmes Wort, so gähnten sie, und meinten, man hätte doch auch zu leben in der jezigen Zeit; und es wäre der gute Geschmak noch immer nicht verloren gegangen, fiel ein anderer bedeutend ein.

Diß zeigte sich dann auch. Der eine wizelte, wie ein Bootsknecht, der andere blies die Baken auf und predigte Sentenzen.

Es gebärdet' auch wohl einer sich aufgeklärt, machte dem Himmel ein Schnippchen und rief: um die Vögel auf dem Dache hab' er nie sich bekümmert, die Vögel in der Hand, die seien ihm lieber! Doch wenn man ihm vom Tode sprach, so legt' er straks die Hände zusammen, und kam so nach und nach im Gespräche darauf, wie es gefährlich sei, daß unsere Priester nichts mehr gelten.

Die Einzigen, deren zuweilen ich mich bediente, waren die Erzähler, die lebendigen Nahmenregister von fremden Städten und Ländern, die redenden Bilderkasten, wo man Potentaten auf Rossen und Kirchthürme und Märkte seh'n kann.

Ich war es endlich müde, mich wegzuwerfen, Trauben zu suchen in der Wüste und Blumen über dem Eisfeld.

Ich lebte nun entschiedner allein, und der sanfte Geist meiner Jugend war fast ganz aus meiner Seele verschwunden. Die Unheilbarkeit des Jahrhunderts war mir aus so manchem, was ich erzähle und nicht erzähle, sichtbar geworden, und der schöne Trost, in Einer Seele meine Welt zu finden, mein Geschlecht in einem freundlichen Bilde zu umarmen, auch der gebrach mir.

Lieber! was wäre das Leben ohne Hoffnung? Ein Funke, der aus der Kohle springt und verlischt, und wie man bei trüber Jahrszeit einen Windstoß hört, der einen Augenblik saust und dann verhallt, so wär' es mit uns?

Auch die Schwalbe sucht ein freundlicher Land im Winter, es läuft das Wild umher in der Hizze des Tags und seine Augen suchen den Quell. Wer sagt dem Kinde, daß die Mutter ihre Brust ihm nicht versage? Und siehe! es sucht sie doch.

Es lebt nichts, wenn es nicht hoffte. Mein Herz verschloß jezt seine Schäze, aber nur, um sie für eine bessere Zeit zu sparen, für das Einzige, Heilige, Treue, das gewiß, in irgend einer Periode des Daseyns, meiner dürstenden Seele begegnen sollte.

Wie seelig hieng ich oft an ihm, wenn es, in Stunden des Ahnens, leise, wie das Mondlicht, um die besänftigte Stirne mir spielte? Schon damals kannt' ich dich, schon damals bliktest du, wie ein Genius, aus Wolken mich an, du, die mir einst, im Frieden der Schönheit, aus der trüben Wooge der Welt stieg! Da kämpfte, da glüht' es nimmer, diß Herz.

Wie in schweigender Luft sich eine Lilie wiegt, so regte sich in seinem Elemente, in den entzükenden Träumen von ihr, mein Wesen.

HYPERION AN BELLARMIN.

Smyrna war mir nun verlaidet. Überhaupt war mein Herz allmählig müder geworden. Zuweilen konnte wohl der Wunsch in mir auffahren, um die Welt zu wandern oder in den ersten besten Krieg zu gehn, oder meinen Adamas aufzusuchen und in seinem Feuer meinen Mismuth auszubrennen, aber dabei blieb es, und mein unbedeutend welkes Leben wollte nimmer sich erfrischen.

Der Sommer war nun bald zu Ende; ich fühlte schon die düstern Reegentage und das Pfeifen der Winde und das Tosen der Wetterbäche zum voraus, und die Natur, die, wie ein schäumender Springquell, emporgedrungen war in allen Pflanzen und Bäumen, stand jezt schon da vor meinem verdüsterten Sinne, schwindend und verschlosssen und in sich gekehrt, wie ich selber.

Ich wollte noch mit mir nehmen, was ich konnte, von all' dem fliehenden Leben, alles, was ich draußen liebgewonnen hatte, wollt' ich noch hereinretten in mich, denn ich wußte wohl, daß mich das wiederkehrende Jahr nicht wieder finden würde unter diesen Bäumen und Bergen, und so gieng und ritt ich jezt mehr, als gewöhnlich, herum im ganzen Bezirke.

Was aber mich besonders hinaustrieb, war das geheime Verlangen, einen Menschen zu sehn, der seit einiger Zeit vor dem Thore unter den Bäumen, wo ich vorbei kam, mir alle Tage begegnet war.

Wie ein junger Titan, schritt der herrliche Fremdling unter dem Zwergengeschlechte daher, das mit freudiger Scheue an seiner Schöne sich waidete, seine Höhe maß und seine Stärke, und an dem glühenden verbrannten Römerkopfe, wie an verbotner Frucht mit verstohlenem Blike sich labte, und es war jedesmal ein herrlicher Moment, wann das Auge dieses Menschen, für dessen Blik der freie Aether zu enge schien, so mit abgelegtem Stolze sucht' und strebte, bis es sich in meinem Auge fühlte und wir erröthend uns einander nachsahn und vorüber giengen.

Einst war ich tief in die Wälder des Mimas hineingeritten und kehrt' erst spät Abends zurük. Ich war abgestiegen, und führte mein Pferd einen steilen wüsten Pfad über Bäumwurzeln und Steine hinunter, und, wie ich so durch die Sträuche mich wand, in die Höhle hinunter, die nun vor mir sich öffnete, fielen plözlich ein paar Karabornische Räuber über mich her, und ich hatte Mühe, für den ersten Moment die zwei gezükten Säbel abzuhalten; aber sie waren schon von anderer Arbeit müde, und so half ich doch mir durch. Ich sezte mich ruhig wieder aufs Pferd und ritt hinab.

Am Fuße des Berges that mitten unter den Wäldern und aufgehäuften Felsen sich eine kleine Wiese vor mir auf. Es wurde hell. Der Mond war eben aufgegangen über den finstern Bäumen. In einiger Entfernung sah ich Rosse auf dem Boden ausgestrekt und Männer neben ihnen im Grase.

Wer seid ihr? rief ich.

Das ist Hyperion! rief eine Heldenstimme, freudig überrascht. Du kennst mich, fuhr die Stimme fort; ich begegne dir alle Tage unter den Bäumen am Thore.

Mein Roß flog, wie ein Pfeil, ihm zu. Das Mondlicht schien ihm hell in's Gesicht. Ich kannt' ihn; ich sprang herab.

Guten Abend! rief der liebe Rüstige, sah mit zärtlich wildem Blike mich an und drükte mit seiner nervigen Faust die meine, daß mein Innerstes den Sinn davon empfand.

O nun war mein unbedeutend Leben am Ende!

Alabanda, so hieß der Fremde, sagte mir nun, daß er mit seinem Diener von Räubern wäre überfallen worden, daß die beiden, auf die ich stieß, wären fortgeschikt worden von ihm, daß er den Weg aus dem Walde verloren gehabt und darum wäre genöthigt gewesen, auf der Stelle zu bleiben, bis ich gekommen. Ich habe einen Freund dabei verloren, sezt' er hinzu, und wies sein todtes Roß mir.

Ich gab das meine seinem Diener, und wir giengen zu Fuße weiter.

Es geschah uns recht, begann ich, indeß wir Arm in Arm zusammen aus dem Walde giengen; warum zögerten wir auch so lange und giengen uns vorüber, bis der Unfall uns zusammenbrachte.

Ich muß denn doch dir sagen, erwiedert' Alabanda, daß du der Schuldigere, der Kältere bist. Ich bin dir heute nachgeritten.

Herrlicher! rief ich, siehe nur zu! an Liebe sollst du doch mich nimmer übertreffen.

Wir wurden immer inniger und freudiger zusammen.

Wir kamen nahe bei der Stadt an einem wohlgebauten Khan vorbei, das unter plätschernden Brunnen ruhte und unter Fruchtbäumen und duftenden Wiesen.

Wir beschlossen, da zu übernachten. Wir saßen noch lange zusammen bei offnen Fenstern. Hohe geistige Stille umfieng uns. Erd' und Meer war seelig verstummt, wie die Sterne, die über uns hiengen. Kaum, daß ein Lüftchen von der See her uns in's Zimmer flog und zart mit unserm Lichte spielte, oder daß von ferner Musik die gewaltigern Töne zu uns drangen, indeß die Donnerwolke sich wiegt' im Bette des Aethers, und hin und wieder durch die Stille fernher tönte, wie ein schlafender Riese, wenn er stärker athmet in seinen furchtbaren Träumen.

Unsre Seelen mußten um so stärker sich nähern, weil sie wider Willen waren verschlossen gewesen. Wir begegneten einander, wie zwei Bäche, die vom Berge rollen, und die Last von Erde und Stein und faulem Holz und das ganze träge Chaos, das sie aufhält, von sich schleudern, um den Weg sich zu einander zu bahnen, und durchzubrechen bis dahin, wo sie nun ergreiffend und ergriffen mit gleicher Kraft, vereint in Einen majestätischen Strom, die Wanderung in's weite Meer beginnen.

Er, vom Schiksaal und der Barbarei der Menschen heraus, vom eignen Hause unter Fremden hin und her gejagt, von früher Jugend an erbittert und verwildert, und doch auch das innere Herz voll Liebe, voll Verlangens, aus der inneren rauhen Hülse durchzudringen in ein freundlich Element; ich, von allem schon so innigst abgeschieden, so mit ganzer Seele fremd und einsam unter den Menschen, so lächerlich begleitet von dem Schellenklange der Welt in meines Herzens liebsten Melodien; ich die Antipathie aller Blinden und Lahmen, und doch mir selbst zu blind und lahm, doch mir selbst so herzlich überlästig in allem, was von ferne verwandt war mit den Klugen und Vernünftlern, den Barbaren und den Wizlingen – und so voll Hoffnung, so voll einziger Erwartung eines schönern Lebens –

Mußten so in freudig stürmischer Eile nicht die beiden Jünglinge sich umfassen?

O du, mein Freund und Kampfgenosse, mein Alabanda, wo bist du? Ich glaube fast, du bist in's unbekannte Land hinübergegangen, zur Ruhe, bist wieder geworden, wie einst, da wir noch Kinder waren.

Zuweilen, wenn ein Gewitter über mir hinzieht, und seine göttlichen Kräfte unter die Wälder austheilt und die Saaten, oder wenn die Woogen der Meersfluth unter sich spielen, oder ein Chor von Adlern um die Berggipfel, wo ich wandre, sich schwingt, kann mein Herz sich regen, als wäre mein Alabanda nicht fern; aber sichtbarer, gegenwärtiger, unverkennbarer lebt er in mir, ganz, wie er einst dastand, ein feurig strenger furchtbarer Kläger, wenn er die Sünden des Jahrhunderts nannte. Wie erwachte da in seinen Tiefen mein Geist, wie rollten mir die Donnerworte der unerbittlichen Gerechtigkeit über die Zunge! Wie Boten der Nemesis, durchwanderten unsre Gedanken die Erde, und reinigten sie, bis keine Spur von allem Fluche da war.

Auch die Vergangenheit riefen wir vor unsern Richterstuhl, das stolze Rom erschrökte uns nicht mit seiner Herrlichkeit, Athen bestach uns nicht mit seiner jugendlichen Blüthe.

Wie Stürme, wenn sie frohlokkend, unaufhörlich fort durch Wälder über Berge fahren, so drangen unsre Seelen in kollossalischen Entwürfen hinaus; nicht, als hätten wir, unmännlich, unsre Welt, wie durch ein Zauberwort, geschaffen, und kindisch unerfahren keinen Widerstand berechnet, dazu war Alabanda zu verständig und zu tapfer. Aber oft ist auch die mühelose Begeisterung kriegerisch und klug.

Ein Tag ist mir besonders gegenwärtig.

Wir waren zusammen auf's Feld gegangen, saßen vertraulich umschlungen im Dunkel des immergrünen Lorbeers, und sahn zusammen in unsern Plato, wo er so wunderbar erhaben vom Altern und Verjüngen spricht, und ruhten hin und wieder aus auf der stummen entblätterten Landschaft, wo der Himmel schöner, als je, mit Wolken und Sonnenschein um die herbstlich schlafenden Bäume spielte.

Wir sprachen darauf manches vom jezigen Griechenland, beede mit blutendem Herzen, denn der entwürdigte Boden war auch Alabanda's Vaterland.

Alabanda war wirklich ungewöhnlich bewegt.

Wenn ich ein Kind ansehe, rief dieser Mensch, und denke, wie schmählich und verderbend das Joch ist, das es tragen wird, und daß es darben wird, wie wir, daß es Menschen suchen wird, wie wir, fragen wird, wie wir, nach Schönem und Wahrem, daß es unfruchtbar vergehen wird, weil es allein seyn wird, wie wir, daß es – o so nehmt doch eure Söhne aus der Wiege, und werft sie in den Strom, um wenigstens vor eurer Schande sie zu retten!

Gewiß Alabanda! sagt' ich, gewiß es wird anders.

Wodurch? erwiedert' er; die Helden haben ihren Ruhm, die Weisen ihre Lehrlinge verloren. Große Thaten, wenn sie nicht ein edel Volk vernimmt, sind mehr nicht als ein gewaltiger Schlag vor eine dumpfe Stirne, und hohe Worte, wenn sie nicht in hohen Herzen wiedertönen, sind, wie ein sterbend Blatt, das in den Koth herunterrauscht. Was willst du nun?

Ich will, sagt' ich, die Schaufel nehmen und den Koth in eine Grube werfen. Ein Volk, wo Geist und Größe keinen Geist und keine Größe mehr erzeugt, hat nichts mehr gemein, mit andern, die noch Menschen sind, hat keine Rechte mehr, und es ist ein leeres Possenspiel, ein Aberglauben, wenn man solche willenlose Leichname noch ehren will, als wär' ein Römerherz in ihnen. Weg mit ihnen! Er darf nicht stehen, wo er steht, der dürre faule Baum, er stiehlt ja Licht und Luft dem jungen Leben, das für eine neue Welt heranreift.

Alabanda flog auf mich zu, umschlang mich, und seine Küsse giengen mir in die Seele. Waffenbruder! rief er, lieber Waffenbruder! o nun hab' ich hundert Arme!

Das ist endlich einmal meine Melodie, fuhr er fort, mit einer Stimme, die, wie ein Schlachtruf, mir das Herz bewegte, mehr braucht's nicht! Du hast ein herrlich Wort gesprochen, Hyperion! Was? vom Wurme soll der Gott abhängen? Der Gott in uns, dem die Unendlichkeit zur Bahn sich öffnet, soll stehn und harren, bis der Wurm ihm aus dem Wege geht? Nein! nein! man frägt nicht, ob ihr wollt! Ihr wollt ja nie, ihr Knechte und Barbaren! Euch will man auch nicht bessern, denn es ist umsonst! man will nur dafür sorgen, daß ihr dem Siegeslauf der Menschheit aus dem Wege geht. O! zünde mir einer die Fakel an, daß ich das Unkraut von der Haide brenne! die Mine bereite mir einer, daß ich die trägen Klöze aus der Erde sprenge!

Wo möglich, lehnt man sanft sie auf die Seite, fiel ich ein.

Alabanda schwieg eine Weile.

Ich habe meine Lust an der Zukunft, begann er endlich wieder, und faßte feurig meine beeden Hände. Gott sei Dank! ich werde kein gemeines Ende nehmen. Glüklich seyn, heißt schläfrig seyn im Munde der Knechte. Glüklich seyn! mir ist, als hätt' ich Brei und laues Wasser auf der Zunge, wenn ihr mir sprecht von glüklich seyn. So albern und so heillos ist das alles, wofür ihr hingebt eure Lorbeerkronen, eure Unsterblichkeit.

O heiliges Licht, das ruhelos, in seinem ungeheuren Reiche wirksam, dort oben über uns wandelt, und seine Seele auch mir mittheilt, in den Stralen, die ich trinke, dein Glük sei meines!

Von ihren Thaten nähren die Söhne der Sonne sich; sie leben vom Sieg; mit eignem Geist ermuntern sie sich, und ihre Kraft ist ihre Freude. –

Der Geist dieses Menschen faßte einen oft an, daß man sich hätte schämen mögen, so federleicht hinweggerissen fühlte man sich.

O Himmel und Erde! rief ich, das ist Freude! – Das sind andre Zeiten, das ist kein Ton aus meinem kindischen Jahrhundert, das ist nicht der Boden, wo das Herz des Menschen unter seines Treibers Peitsche keucht. – Ja! ja! bei deiner herrlichen Seele, Mensch! du wirst mit mir das Vaterland erretten.

Das will ich, rief er, oder untergehn.

Von diesem Tag an wurden wir uns immer heiliger und lieber. Tiefer unbeschreiblicher Ernst war unter uns gekommen. Aber wir waren nur um so seeliger zusammen. Nur in den ewigen Grundtönen seines Wesens lebte jeder, und schmuklos schritten wir fort von einer großen Harmonie zur andern. Voll herrlicher Strenge und Kühnheit war unser gemeinsames Leben.

Wie bist du denn so wortarm geworden? fragte mich einmal Alabanda mit Lächeln. In den heißen Zonen sagt' ich, näher der Sonne, singen ja auch die Vögel nicht.

Aber es geht alles auf und unter in der Welt, und es hält der Mensch mit aller seiner Riesenkraft nichts fest. Ich sah' einmal ein Kind die Hand ausstreken, um das Mondlicht zu haschen; aber das Licht gieng ruhig weiter seine Bahn. So stehn wir da, und ringen, das wandelnde Schiksaal anzuhalten.

O wer ihm nur so still und sinnend, wie dem Gang der Sterne, zusehn könnte!

Je glüklicher du bist, um so weniger kostet es, dich zu Grunde zu richten, und die seeligen Tage, wie Alabanda und ich sie lebten, sind wie eine jähe Felsenspize, wo dein Reisegefährte nur dich anzurühren braucht, um unabsehlich, über die schneidenden Zaken hinab, dich in die dämmernde Tiefe zu stürzen.

Wir hatten eine herrliche Fahrt nach Chios gemacht, hatten tausend Freude an uns gehabt. Wie Lüftchen über die Meeresfläche, walteten über uns die freundlichen Zauber der Natur. Mit freudigem Staunen sah einer den andern, ohne ein Wort zu sprechen, aber das Auge sagte, so hab' ich dich nie gesehen! So verherrlicht waren wir von den Kräften der Erde und des Himmels.

Wir hatten dann auch mit heitrem Feuer uns über manches gestritten, während der Fahrt; ich hatte, wie sonst, auch dißmal wieder meine Freude daran gehabt, diesem Geist auf seiner kühnen Irrbahn zuzusehn, wo er regellos, so in ungebundner Fröhlichkeit, und doch meist so sicher seinen Weg verfolgte.

Wir eilten, wie wir ausgestiegen waren, allein zu seyn.

Du kannst niemand überzeugen, sagt' ich jezt mit inniger Liebe, du überredest, du bestichst die Menschen, ehe du anfängst; man kann nicht zweifeln, wenn du sprichst, und wer nicht zweifelt, wird nicht überzeugt.

Stolzer Schmeichler, rief er dafür, du lügst! aber gerade recht, daß du mich mahnst! nur zu oft hast du schon mich unvernünftig gemacht! Um alle Kronen möcht' ich von dir mich nicht befreien, aber es ängstiget denn doch mich oft, daß du mir so unentbehrlich seyn sollst, daß ich so gefesselt bin an dich; und sieh, fuhr er fort, daß du ganz mich hast, sollst du auch alles von mir wissen! wir dachten bisher unter all' der Herrlichkeit und Freude nicht daran, uns nach Vergangenem umzusehn.

Er erzählte mir nun sein Schiksaal; mir war dabei, als säh' ich einen jungen Herkules mit der Megära im Kampfe.

Wirst du mir jezt verzeihen, schloß er die Erzählung seines Ungemachs, wirst du jezt ruhiger seyn, wenn ich oft rauh bin und anstößig und unverträglich?

O stille, stille! rief ich innigst bewegt; aber daß du noch da bist, daß du dich erhieltest für mich!

Ja wohl! für dich! rief er, und es freut mich herzlich, daß ich dir denn doch genießbare Kost bin. Und schmek' ich auch, wie ein Holzapfel, dir zuweilen, so keltre mich so lange, bis ich trinkbar bin.

Laß mich! laß mich! rief ich; ich sträubte mich umsonst; der Mensch machte mich zum Kinde; ich verbarg's ihm auch nicht; er sah meine Thränen, und weh ihm, wenn er sie nicht sehen durfte!

Wir schwelgen, begann nun Alabanda wieder, wir tödten im Rausche die Zeit.

Wir haben unsre Bräutigamstage zusammen, rief ich erheitert, da darf es wohl noch lauten, als wäre man in Arkadien. – Aber auf unser vorig Gespräch zu kommen!

Du räumst dem Staate denn doch zu viel Gewalt ein. Er darf nicht fordern, was er nicht erzwingen kann. Was aber die Liebe giebt und der Geist, das läßt sich nicht erzwingen. Das lass' er unangetastet, oder man nehme sein Gesez und schlag es an den Pranger! Beim Himmel! der weiß nicht, was er sündigt, der den Staat zur Sittenschule machen will. Immerhin hat das den Staat zur Hölle gemacht, daß ihn der Mensch zu seinem Himmel machen wollte.

Die rauhe Hülse um den Kern des Lebens und nichts weiter ist der Staat. Er ist die Mauer um den Garten menschlicher Früchte und Blumen.

Aber was hilft die Mauer um den Garten, wo der Boden dürre liegt? Da hilft der Reegen vom Himmel allein.

O Reegen vom Himmel! o Begeisterung! du wirst den Frühling der Völker uns wiederbringen. Dich kann der Staat nicht hergebieten. Aber er störe dich nicht, so wirst du kommen, kommen wirst du, mit deinen allmächtigen Wonnen, in goldne Wolken wirst du uns hüllen und empor uns tragen über die Sterblichkeit, und wir werden staunen und fragen, ob wir es noch seien, wir, die Dürftigen, die wir die Sterne fragten, ob dort uns ein Frühling blühe – frägst du mich, wann diß seyn wird? Dann, wann die Lieblingin der Zeit, die jüngste, schönste Tochter der Zeit, die neue Kirche, hervorgehn wird aus diesen beflekten veralteten Formen, wann das erwachte Gefühl des Göttlichen dem Menschen seine Gottheit, und seiner Brust die schöne Jugend wiederbringen wird, wann – ich kann sie nicht verkünden, denn ich ahne sie kaum, aber sie kömmt gewiß, gewiß. Der Tod ist ein Bote des Lebens, und daß wir jezt schlafen in unsern Krankenhäusern, diß zeugt vom nahen gesunden Erwachen. Dann, dann erst sind wir, dann ist das Element der Geister gefunden!

Alabanda schwieg, und sah eine Weile erstaunt mich an. Ich war hingerissen von unendlichen Hoffnungen; Götterkräfte trugen, wie ein Wölkchen, mich fort –

Komm! rief ich, und faßt' Alabanda beim Gewande, komm, wer hält es länger aus im Kerker, der uns umnachtet?

Wohin, mein Schwärmer, erwiedert' Alabanda troken, und ein Schatte von Spott schien über sein Gesicht zu gleiten.

Ich war, wie aus den Wolken gefallen. Geh! sagt' ich, du bist ein kleiner Mensch!

In demselben Augenblike traten etliche Fremden in's Zimmer, auffallende Gestalten, meist hager und blaß, so viel ich im Mondlicht sehen konnte, ruhig, aber in ihren Mienen war etwas, das in die Seele gieng, wie ein Schwerdt, und es war, als stünde man vor der Allwissenheit; man hätte gezweifelt, ob diß die Außenseite wäre von bedürftigen Naturen, hätte nicht hie und da der getödtete Affekt seine Spuren zurükgelassen.

Besonders einer fiel mir auf, die Stille seiner Züge war die Stille eines Schlachtfelds. Grimm und Liebe hatt' in diesem Menschen gerast, und der Verstand leuchtete über den Trümmern des Gemüths, wie das Auge eines Habichts, der auf zerstörten Pallästen sizt. Tiefe Verachtung war auf seinen Lippen. Man ahnete, daß dieser Mensch mit keiner unbedeutenden Absicht sich befasse.

Ein andrer mochte seine Ruhe mehr einer natürlichen Herzenshärte danken. Man fand an ihm fast keine Spur einer Gewaltsamkeit, von Selbstmacht oder Schiksaal verübt.

Ein dritter mochte seine Kälte mehr mit der Kraft der Überzeugung dem Leben abgedrungen haben, und wohl noch oft im Kampfe mit sich stehen, denn es war ein geheimer Widerspruch in seinem Wesen, und es schien mir, als müßt' er sich bewachen. Er sprach am wenigsten.

Alabanda sprang auf, wie gebogner Stahl, bei ihrem Eintritt.

Wir suchten dich, rief einer von ihnen.

Ihr würdet mich finden, sagt' er lachend, wenn ich in den Mittelpunct der Erde mich verbärge. Sie sind meine Freunde, sezt' er hinzu, indeß er zu mir sich wandte.

Sie schienen mich ziemlich scharf in's Auge zu fassen.

Das ist auch einer von denen, die es gerne besser haben möchten in der Welt, rief Alabanda nach einer Weile, und wies auf mich.

Das ist dein Ernst? fragt' einer mich von den Dreien.

Es ist kein Scherz, die Welt zu bessern, sagt' ich.

Du hast viel mit einem Worte gesagt! rief wieder einer von ihnen. Du bist unser Mann! ein andrer!

Ihr denkt auch so? fragt' ich.

Frage, was wir thun! war die Antwort.

„Und wenn ich fragte?"

So würden wir dir sagen, daß wir da sind, aufzuräumen auf Erden, daß wir die Steine vom Aker lesen, und die harten Erdenklöse mit dem Karst zerschlagen, und Furchen graben mit dem Pflug, und das Unkraut an der Wurzel fassen, an der Wurzel es durchschneiden, samt der Wurzel es ausreißen, daß es verdorre im Sonnenbrande.

Nicht, daß wir erndten möchten, fiel ein andrer ein; uns kömmt der Lohn zu spät; uns reift die Erndte nicht mehr.

Wir sind am Abend unsrer Tage. Wir irrten oft, wir hofften viel und thaten wenig. Wir wagten lieber, als wir uns besannen. Wir waren gerne bald am Ende und trauten auf das Glük. Wir sprachen viel von Freude und Schmerz, und liebten, haßten beide. Wir spielten mit dem Schiksaal und es that mit uns ein Gleiches. Vom Bettelstabe bis zur Krone warf es uns auf und ab. Es schwang uns, wie man ein glühend Rauchfaß schwingt, und wir glühten, bis die Kohle zu Asche ward. Wir haben aufgehört von Glük und Misgeschik zu sprechen. Wir sind emporgewachsen über die Mitte des Lebens, wo es grünt und warm ist. Aber es ist nicht das Schlimmste, was die Jugend überlebt. Aus heißem Metalle wird das kalte Schwerdt geschmiedet. Auch sagt man, auf verbrannten abgestorbenen Vulkanen gedeihe kein schlechter Most.

Wir sagen das nicht um unsertwillen, rief ein andrer jezt etwas rascher, wir sagen es um euertwillen! Wir betteln um das Herz des Menschen nicht. Denn wir bedürfen seines Herzens, seines Willens nicht. Denn er ist in keinem Falle wider uns, denn es ist alles für uns, und die Thoren und die Klugen und die Einfältigen und die Weisen und alle Laster und alle Tugenden der Rohheit und der

Bildung stehen, ohne gedungen zu seyn, in unsrem Dienst, und helfen blindlings mit zu unsrem Ziel – nur wünschten wir, es hätte jemand den Genuß davon, drum suchen wir unter den tausend blinden Gehülfen die besten uns aus, um sie zu sehenden Gehülfen zu machen – will aber niemand wohnen, wo wir bauten, unsre Schuld und unser Schaden ist es nicht. Wir thaten, was das unsre war. Will niemand sammeln, wo wir pflügten, wer verargt es uns? Wer flucht dem Baume, wenn sein Apfel in den Sumpf fällt? Ich hab's mir oft gesagt, du opferst der Verwesung, und ich endete mein Tagwerk doch.

Das sind Betrüger! riefen alle Wände meinem empfindlichen Sinne zu. Mir war, wie einem, der im Rauch erstiken will, und Thüren und Fenster einstößt, um sich hinauszuhelfen, so dürstet' ich nach Luft und Freiheit.

Sie sahn auch bald, wie unheimlich mir zu Muthe war, und brachen ab. Der Tag graute schon, da ich aus dem Khan trat, wo wir waren beisammen gewesen. Ich fühlte das Wehen der Morgenluft, wie Balsam an einer brennenden Wunde.

Ich war durch Alabanda's Spott schon zu sehr gereizt, um nicht durch seine räthselhafte Bekanntschaft vollends irre zu werden an ihm.

Er ist schlecht, rief ich, ja, er ist schlecht. Er heuchelt gränzenlos Vertrauen und lebt mit solchen – und verbirgt es dir.

Mir war, wie einer Braut, wenn sie erfährt, daß ihr Geliebter insgeheim mit einer Dirne lebe.

O es war der Schmerz nicht, den man hegen mag, den man am Herzen trägt, wie ein Kind, und in Schlummer singt mit Tönen der Nachtigall!

Wie eine ergrimmte Schlange, wenn sie unerbittlich herauffährt an den Knieen und Lenden, und alle Glieder umklammert, und nun in die Brust die giftigen Zähne schlägt und nun in den Naken, so war mein Schmerz, so faßt' er mich in seine fürchterliche Umarmung. Ich nahm mein höchstes Herz zu Hülfe, und rang nach großen Gedanken, um noch stille zu halten, es gelang mir auch auf wenige Augenblike, aber nun war ich auch zum Zorne gestärkt, nun tödtet' ich auch, wie eingelegtes Feuer, jeden Funken der Liebe in mir.

Er muß ja, dacht' ich, das sind ja seine Menschen, er muß verschworen seyn mit diesen, gegen dich! Was wollt' er auch von dir? Was konnt' er suchen bei dir, dem Schwärmer? O wär' er seiner Wege gegangen! Aber sie haben ihren eigenen Gelust, sich an ihr Gegentheil zu machen! so ein fremdes Thier im Stalle zu haben, läßt ihnen gar gut! –

Und doch war ich unaussprechlich glüklich gewesen mit ihm, war so oft untergegangen in seinen Umarmungen, um aus ihnen zu erwachen mit Unüberwindlichkeit in der Brust, wurde so oft gehärtet und geläutert in seinem Feuer, wie Stahl!

Da ich einst in heitrer Mitternacht die Dioskuren ihm wies, und Alabanda die Hand auf's Herz mir legt' und sagte: das sind nur Sterne, Hyperion, nur Buchstaben, womit der Nahme der Heldenbrüder am Himmel geschrieben ist; in uns sind sie! lebendig und wahr, mit ihrem Muth und ihrer göttlichen Liebe, und du, du bist der Göttersohn, und theilst mit deinem sterblichen Kastor deine Unsterblichkeit! –

Da ich die Wälder des Ida mit ihm durchstreifte, und wir herunterkamen in's Thal, um da die schweigenden Grabhügel nach ihren Todten zu fragen, und ich zu Alabanda sagte, daß unter den Grabhügeln einer vieleicht dem Geist Achills und seines Geliebten angehöre, und Alabanda mir vertraute, wie er oft ein Kind sei und sich denke, daß wir einst in Einem Schlachtthal fallen und zusammen ruhen werden unter Einem Baum – wer hätte damals das gedacht?

Ich sann mit aller Kraft des Geistes, die mir übrig war, ich klagt' ihn an, vertheidigt' ihn, und klagt' ihn wieder um so bittrer an; ich widerstrebte meinem Sinne, wollte mich erheitern, und verfinsterte mich nur ganz dadurch.

Ach! mein Auge war ja von so manchem Faustschlag wund gewesen, fieng ja kaum zu heilen an, wie sollt' es jezt gesundere Blike thun?

Alabanda besuchte mich den andern Tag. Mein Herz kochte, wie er hereintrat, aber ich hielt mich, so sehr sein Stolz und seine Ruhe mich aufregt' und erhizte.

Die Luft ist herrlich, sagt' er endlich, und der Abend wird sehr schön seyn, laß uns zusammen auf die Akropolis gehn!

Ich nahm es an. Wir sprachen lange kein Wort. Was willst du? fragt' ich endlich.

Das kannst du fragen? erwiederte der wilde Mensch mit einer Wehmuth, die mir durch die Seele gieng. Ich war betroffen, verwirrt.

Was soll ich von dir denken? fieng ich endlich wieder an.

Das, was ich bin! erwiedert' er gelassen.

Du brauchst Entschuldigung, sagt' ich mit veränderter Stimme, und sah mit Stolz ihn an, entschuldige dich, reinige dich!

Das war zuviel für ihn.

Wie kommt es denn, rief er entrüstet, daß dieser Mensch mich beugen soll, wie's ihm gefällt? – Es ist auch wahr, ich war zu früh entlassen aus der Schule, ich hatte alle Ketten geschleift und alle zerrissen, nur Eine fehlte noch, nur eine war noch zu zerbrechen, ich war noch nicht gezüchtiget von einem Grillenfänger – murre nur! ich habe lange genug geschwiegen!

O Alabanda! Alabanda! rief ich.

Schweig, erwiedert' er, und brauche meinen Nahmen nicht zum Dolche gegen mich!

Nun brach auch mir der Unmuth vollends los. Wir ruhten nicht, bis eine Rükkehr fast unmöglich war. Wir zerstörten mit Gewalt den Garten unserer Liebe. Wir standen oft und schwiegen, und wären uns so gerne, so mit tausend Freuden um den Hals gefallen, aber der unseelige Stolz erstikte jeden Laut der Liebe, der vom Herzen aufstieg.

Leb wohl! rief ich endlich, und stürzte fort. Unwillkührlich mußt' ich mich umsehn, unwillkührlich war mir Alabanda gefolgt.

Nicht wahr, Alabanda, rief ich ihm zu, das ist ein sonderbarer Bettler? seinen lezten Pfenning wirft er in den Sumpf!

Wenn's das ist, mag er auch verhungern, rief er, und gieng.

Ich wankte sinnlos weiter, stand nun am Meer' und sahe die Wellen an – ach! da hinunter strebte mein Herz, da hinunter, und meine Arme flogen der freien Fluth entgegen; aber bald kam, wie vom Himmel, ein sanfterer Geist über mich, und ordnete mein unbändig leidend Gemüth mit seinem ruhigen Stabe; ich überdachte stiller mein Schiksaal, meinen Glauben an die Welt, meine trostlosen Erfahrungen, ich betrachtete den Menschen, wie ich ihn empfunden und erkannt von früher Jugend an, in mannigfaltigen Erziehungen, fand überall dumpfen oder schreienden Mislaut, nur in kindlicher einfältiger Beschränkung fand ich noch die reinen Melodien – es ist besser, sagt' ich mir, zur Biene zu werden und sein Haus zu bauen in Unschuld, als zu herrschen mit den Herren der Welt, und wie mit Wölfen, zu heulen mit ihnen, als Völker zu meistern, und an dem unreinen Stoffe sich die Hände zu befleken; ich wollte nach Tina zurük; um meinen Gärten und Feldern zu leben.

Lächle nur! mir war es sehr Ernst. Bestehet ja das Leben der Welt im Wechsel des Entfaltens und Verschließens, in Ausflug und Rükkehr zu sich selbst, warum nicht auch das Herz des Menschen?

Freilich gieng die neue Lehre mir hart ein, freilich schied ich ungern von dem stolzen Irrtum meiner Jugend – wer reißt auch gerne die Flügel sich aus? – aber es mußte ja so seyn!

Ich sezt' es durch. Ich war nun wirklich eingeschifft. Ein frischer Bergwind trieb mich aus dem Hafen von Smyrna. Mit einer wunderbaren Ruhe, recht, wie ein Kind, das nichts vom nächsten Augenblike weiß, lag ich so da auf meinem Schiffe, und sah die Bäume und Moskeen dieser Stadt an, meine grünen Gänge an dem Ufer, meinen Fußsteig zu'r Akropolis hinauf, das sah ich an, und ließ es weitergehn und immer weiter; wie ich aber nun auf's hohe Meer hinauskam, und alles nach und nach hinabsank, wie ein Sarg in's Grab, da mit einmal war es auch, als wäre mein Herz gebrochen – o Himmel! schrie ich, und alles Leben in mir erwacht' und rang, die fliehende Gegenwart zu halten, aber sie war dahin, dahin!

Wie ein Nebel, lag das himmlische Land vor mir, wo ich, wie ein Reh auf freier Waide, weit und breit die Thäler und die Höhen hatte durchstreift, und das Echo meines Herzens zu den Quellen und Strömen, in die Fernen und die Tiefen der Erde gebracht.

Dort hinein auf den Tmolus war ich gegangen in einsamer Unschuld; dort hinab, wo Ephesus einst stand in seiner glüklichen Jugend und Teos und Milet, dort hinauf in's heilige trauernde Troas war ich mit Alabanda gewandert, mit Alabanda, und, wie ein Gott, hatt' ich geherrscht über ihn, und, wie ein Kind, zärtlich und glaubig, hatt' ich seinem Auge gedient, mit Seelenfreude, mit innigem frohlokkendem Genusse seines Wesens, immer glüklich, wenn ich seinem Rosse den Zaum hielt, oder wenn ich, über mich selbst erhoben, in herrlichen Entschlüssen, in kühnen Gedanken, im Feuer der Rede seiner Seele begegnete!

Und nun war es dahin gekommen, nun war ich nichts mehr, war so heillos um alles gebracht, war zum ärmsten unter den Menschen geworden, und wußte selbst nicht, wie?

O ewiges Irrsaal! dacht' ich bei mir, wann reißt der Mensch aus deinen Ketten sich los?

Wir sprechen von unsrem Herzen, unsern Planen, als wären sie unser, und es ist doch eine fremde Gewalt, die uns umherwirft und in's Grab legt, wie es ihr gefällt, und von der wir nicht wissen, von wannen sie kommt, noch wohin sie geht.

Wir wollen wachsen dahinauf, und dorthinaus die Äste und Zweige breiten, und Boden und Wetter bringt uns doch, wohin es geht, und wenn der Bliz auf deine Krone fällt, und bis zur Wurzel dich hinunterspaltet, armer Baum! was geht es dich an?

So dacht' ich. Ärgerst du dich daran, mein Bellarmin? Du wirst noch andere Dinge hören.

Das eben, Lieber! ist das Traurige, daß unser Geist so gerne die Gestalt des irren Herzens annimmt, so gerne die vorüberfliehende Trauer festhält, daß der Gedanke, der die Schmerzen heilen sollte, selber krank wird, daß der Gärtner an den Rosensträuchen, die er pflanzen sollte, sich die Hand so oft zerreißt, o! das hat manchen zum Thoren gemacht vor andern, die er sonst, wie ein Orpheus, hätte beherrscht, das hat oft die edelste Natur zum Spott gemacht vor Menschen, wie man sie auf jeder Straße findet, das ist die Klippe für die Lieblinge des Himmels, daß ihre Liebe mächtig ist und zart, wie ihr Geist, daß ihres Herzens Woogen stärker oft und schneller sich regen, wie der Trident, womit der Meergott sie beherrscht, und darum, Lieber! überhebe ja sich keiner.

HYPERION AN BELLARMIN.

Kannst du es hören, wirst du es begreifen, wenn ich dir von meiner langen kranken Trauer sage?

Nimm mich, wie ich mich gebe, und denke, daß es besser ist zu sterben, weil man lebte, als zu leben, weil man nie gelebt! Neide die Leidensfreien nicht, die Gözen von Holz, denen nichts mangelt, weil ihre Seele so arm ist, die nichts fragen nach Reegen und Sonnenschein, weil sie nichts haben, was der Pflege bedürfte.

Ja! ja! es ist recht sehr leicht, glüklich, ruhig zu seyn mit seichtem Herzen und eingeschränktem Geiste. Gönnen kann man's euch; wer ereifert sich denn, daß die bretterne Scheibe nicht wehklagt, wenn der Pfeil sie trift, und der Topf so dumpf klingt, wenn ihn einer an die Wand wirft?

Nur müßt ihr euch bescheiden, lieben Leute, müßt ja in aller Stille euch wundern, wenn ihr nicht begreift, daß andre nicht auch so glüklich, auch so selbstgenügsam sind, müßt' ja euch hüten, eure Weisheit zum Gesez zu machen, denn das wäre der Welt Ende, wenn man euch gehorchte.

Ich lebte nun sehr still, sehr anspruchslos in Tina. Ich ließ auch wirklich die Erscheinungen der Welt vorüberziehn, wie Nebel im Herbste, lachte manchmal auch mit nassen Augen über mein Herz, wenn es hinzuflog, um zu naschen, wie der Vogel nach der gemalten Traube, und blieb still und freundlich dabei.

Ich ließ nun jedem gerne seine Meinung, seine Unart. Ich war bekehrt, ich wollte niemand mehr bekehren, nur war mir traurig, wenn ich sah, daß die Menschen glaubten, ich lasse darum ihr Possenspiel unangetastet, weil ich es hoch und theuer achte, wie sie. Ich mochte nicht gerade ihrer Albernheit mich unterwerfen, doch sucht' ich sie zu schonen, wo ich konnte. Das ist ja ihre Freude, dacht' ich, davon leben sie ja!

Oft ließ ich sogar mir gefallen, mitzumachen, und wenn ich noch so seelenlos, so ohne eignen Trieb dabei war, das merkte keiner, da vermißte keiner nichts, und hätt' ich gesagt, sie möchten mir's verzeihen, so wären sie dagestanden und hätten sich verwundert und gefragt: was hast du denn uns gethan? Die Nachsichtigen!

Oft, wenn ich des Morgens dastand unter meinem Fenster und der geschäfftige Tag mir entgegenkam, konnt' auch ich mich augenbliklich vergessen, konnte mich umsehn, als möcht' ich etwas vornehmen, woran mein Wesen seine Lust noch hätte, wie ehmals, aber da schalt ich mich, da besann ich mich, wie einer, dem ein Laut aus seiner Muttersprache entfährt, in einem Lande, wo sie nicht verstanden wird – wohin, mein Herz? sagt' ich verständig zu mir selber und gehorchte mir.

Was ist's denn, daß der Mensch so viel will? fragt' ich oft; was soll denn die Unendlichkeit in seiner Brust? Unendlichkeit? wo ist sie denn? wer hat sie denn vernommen? Mehr will er, als er kann! das möchte wahr seyn! O! das hast du oft genug erfahren. Das ist auch nötig, wie es ist. Das giebt das süße, schwärmerische Gefühl der Kraft, daß sie nicht ausströmt, wie sie will, das eben macht die schönen Träume von Unsterblichkeit und all' die holden und die kolossalischen Phantome, die den Menschen tausendfach entzüken, das schafft dem Menschen sein Elysium und seine Götter, daß seines Lebens Linie nicht gerad ausgeht, daß er nicht hinfährt, wie ein Pfeil, und eine fremde Macht dem Fliehenden in den Weg sich wirft.

Des Herzens Wooge schäumte nicht so schön empor, und wurde Geist, wenn nicht der alte stumme Fels, das Schiksaal, ihr entgegenstände.

Aber dennoch stirbt der Trieb in unserer Brust, und mit ihm unsre Götter und ihr Himmel.

Das Feuer geht empor in freudigen Gestalten, aus der dunkeln Wiege, wo es schlief, und seine Flamme steigt und fällt, und bricht sich und umschlingt sich freudig wieder, bis ihr Stoff verzehrt ist, nun raucht und ringt sie und erlischt; was übrig ist, ist Asche.

So geht's mit uns. Das ist der Inbegriff von allem, was in schrökendreizenden Mysterien die Weisen uns erzählen.

Und du? was frägst du dich? Daß so zuweilen etwas in dir auffährt, und, wie der Mund des Sterbenden, dein Herz in Einem Augenblike so gewaltsam dir sich öffnet und verschließt, das gerade ist das böse Zeichen.

Sei nur still, und laß es seinen Gang gehn! künstle nicht! versuche kindisch nicht, um eine Ehle länger dich zu machen! – Es ist, als wolltest du noch eine Sonne schaffen, und neue Zöglinge für sie, ein Erdenrund und einen Mond erzeugen.

So träumt' ich hin. Geduldig nahm ich nach und nach von allem Abschied. – O ihr Genossen meiner Zeit! fragt eure Ärzte nicht und nicht die Priester, wenn ihr innerlich vergeht!

Ihr habt den Glauben an alles Große verloren; so müßt, so müßt ihr hin, wenn dieser Glaube nicht wiederkehrt, wie ein Komet aus fremden Himmeln.

HYPERION AN BELLARMIN.

Es giebt ein Vergessen alles Daseyns, ein Verstummen unsers Wesens, wo uns ist, als hätten wir alles gefunden.

Es giebt ein Verstummen, ein Vergessen alles Daseyns, wo uns ist, als hätten wir alles verloren, eine Nacht unsrer Seele, wo kein Schimmer eines Sterns, wo nicht einmal ein faules Holz uns leuchtet.

Ich war nun ruhig geworden. Nun trieb mich nichts mehr auf um Mitternacht. Nun sengt' ich mich in meiner eignen Flamme nicht mehr.

Ich sah nun still und einsam vor mich hin, und schweift' in die Vergangenheit und in die Zukunft mit dem Auge nicht. Nun drängte Fernes und Nahes sich in meinen Sinn nicht mehr; die Menschen, wenn sie mich nicht zwangen, sie zu sehen, sah ich nicht.

Sonst lag oft, wie das ewigleere Faß der Danaiden, vor meinem Sinne diß Jahrhundert, und mit verschwenderischer Liebe goß meine Seele sich aus, die Lüken auszufüllen; nun sah ich keine Lüke mehr, nun drükte mich des Lebens Langeweile nicht mehr.

Nun sprach ich nimmer zu der Blume, du bist meine Schwester! und zu den Quellen, wir sind Eines Geschlechts! ich gab nun treulich, wie ein Echo, jedem Dinge seinen Nahmen.

Wie ein Strom an dürren Ufern, wo kein Weidenblatt im Wasser sich spiegelt, lief unverschönert vorüber an mir die Welt.

HYPERION AN BELLARMIN.

Es kann nichts wachsen und nichts so tief vergehen, wie der Mensch. Mit der Nacht des Abgrunds vergleicht er oft sein Leiden und mit dem Aether seine Seeligkeit, und wie wenig ist dadurch gesagt?

Aber schöner ist nichts, als wenn es so nach langem Tode wieder in ihm dämmert, und der Schmerz, wie ein Bruder, der fernher dämmernden Freude entgegengeht.

O es war ein himmlisch Ahnen, womit ich jezt den kommenden Frühling wieder begrüßte! Wie fernher in schweigender Luft, wenn alles schläft, das Saitenspiel der Geliebten, so umtönten seine leisen Melodien mir die Brust, wie von Elysium herüber, vernahm ich seine Zukunft, wenn die todten Zweige sich regten und ein lindes Wehen meine Wange berührte.

Holder Himmel Ioniens! so war ich nie an dir gehangen, aber so ähnlich war dir auch nie mein Herz gewesen, wie damals, in seinen heitern zärtlichen Spielen. –

Wer sehnt sich nicht nach Freuden der Liebe und großen Thaten, wenn im Auge des Himmels und im Busen der Erde der Frühling wiederkehrt?

Ich erhob mich, wie vom Krankenbette, leise und langsam, aber von geheimen Hoffnungen zitterte mir die Brust so seelig, daß ich drüber vergaß, zu fragen, was diß zu bedeuten habe.

Schönere Träume umfiengen mich jezt im Schlafe, und wenn ich erwachte, waren sie mir im Herzen, wie die Spur eines Kusses auf der Wange des Geliebten. O das Morgenlicht und ich, wir giengen nun uns entgegen, wie versöhnte Freunde, wenn sie noch etwas fremde thun, und doch den nahen unendlichen Augenblik des Umarmens schon in der Seele tragen.

Es that nun wirklich einmal wieder mein Auge sich auf, freilich, nicht mehr. wie sonst, gerüstet und erfüllt mit eigner Kraft, es war bittender geworden, es fleht' um Leben, aber es war mir im Innersten doch, als könnt' es wieder werden mit mir, wie sonst, und besser.

Ich sahe die Menschen wieder an, als sollt' auch ich wirken und mich freuen unter ihnen. Ich schloß mich wirklich herzlich überall an.

Himmel! wie war das eine Schadenfreude, daß der stolze Sonderling nun Einmal war, wie ihrer einer, geworden! wie hatten sie ihren Scherz daran, daß den Hirsch des Waldes der Hunger trieb, in ihren Hühnerhof zu laufen! –

Ach! meinen Adamas sucht' ich, meinen Alabanda, aber es erschien mir keiner.

Endlich schrieb ich auch nach Smyrna, und es war, als sammelt' alle Zärtlichkeit und alle Macht des Menschen in Einen Moment sich, da ich schrieb; so schrieb ich dreimal, aber keine Antwort, ich flehte, drohte, mahnt' an alle Stunden der Liebe und der Kühnheit, aber keine Antwort von dem Unvergeßlichen, bis in den Todt geliebten – Alabanda! rief ich, o mein Alabanda! du hast den Stab gebrochen über mich. Du hieltest mich noch aufrecht, warst die lezte Hoffnung meiner Jugend! Nun will ich nichts mehr! nun ist's heilig und gewiß!

Wir bedauern die Todten, als fühlten sie den Tod, und die Todten haben doch Frieden. Aber das, das ist der Schmerz, dem keiner gleichkömmt, das ist unaufhörliches Gefühl der gänzlichen Zernichtung, wenn unser Leben seine Bedeutung verliert, wenn so das Herz sich sagt, du mußt hinunter und nichts bleibt übrig von dir; keine Blume hast du gepflanzt, keine Hütte gebaut, nur daß du sagen könntest: ich lasse eine Spur zurük auf Erden. Ach! und die Seele kann immer so voll Sehnens seyn, bei dem, daß sie so muthlos ist!

Ich suchte immer etwas, aber ich wagte das Auge nicht aufzuschlagen vor den Menschen. Ich hatte Stunden, wo ich das Lachen eines Kindes fürchtete.

Dabei war ich meist sehr still und geduldig, hatte oft auch einen wunderbaren Aberglauben an die Heilkraft mancher Dinge; von einer Taube, die ich kaufte, von einer Kahnfahrt, von einem Thale, das die Berge mir verbargen, konnt' ich Trost erwarten.

Genug! genug! wär' ich mit Themistocles aufgewachsen, hätt' ich unter den Scipionen gelebt, meine Seele hätte sich wahrlich nie von dieser Seite kennen gelernt.

HYPERION AN BELLARMIN.

Zuweilen regte noch sich eine Geisteskraft in mir. Aber freilich nur zerstörend!

Was ist der Mensch? konnt' ich beginnen; wie kommt es, daß so etwas in der Welt ist, das, wie ein Chaos, gährt, oder modert, wie ein fauler Baum, und nie zu einer Reife gedeiht? Wie duldet diesen Heerling die Natur bei ihren süßen Trauben?

Zu den Pflanzen spricht er, ich war auch einmal, wie ihr! und zu den reinen Sternen, ich will werden, wie ihr, in einer andren Welt! inzwischen bricht er auseinander und treibt hin und wieder seine Künste mit sich selbst, als könnt' er, wenn es einmal sich aufgelöst, Lebendiges zusammensezen, wie ein Mauerwerk; aber es macht ihn auch nicht irre, wenn nichts gebessert wird durch all sein Thun; es bleibt doch immerhin ein Kunststük, was er treibt.

O ihr Armen, die ihr das fühlt, die ihr auch nicht sprechen mögt von menschlicher Bestimmung, die ihr auch so durch und durch ergriffen seid vom Nichts, das über uns waltet, so gründlich einseht, daß wir geboren werden für Nichts, daß wir lieben ein Nichts, glauben an's Nichts, uns abarbeiten für Nichts, um mälig überzugehen in's Nichts – was kann ich dafür, daß euch die Knie brechen, wenn ihr's ernstlich bedenkt? Bin ich doch auch schon manchmal hingesunken in diesen Gedanken, und habe gerufen, was legst du die Axt mir an die Wurzel, grausamer Geist? und bin noch da.

O einst, ihr finstern Brüder! war es anders. Da war es über uns so schön, so schön und froh vor uns; auch diese Herzen wallten über vor den fernen seeligen Phantomen, und kühn frohlokkend drangen auch unsere Geister aufwärts und durchbrachen die Schranke, und wie sie sich umsahn, wehe, da war es eine unendliche Leere.

O! auf die Knie kann ich mich werfen und meine Hände ringen und flehen, ich weiß nicht wen? um andre Gedanken. Aber ich überwältige sie nicht, die schreiende Wahrheit. Hab' ich mich nicht zwiefach überzeugt? Wenn ich hinsehe in's Leben, was ist das lezte von allem? Nichts. Wenn ich aufsteige im Geiste, was ist das Höchste von allem? Nichts.

Aber stille, mein Herz! Es ist ja deine lezte Kraft, die du verschwendest! deine lezte Kraft? und du, du willst den Himmel stürmen? wo sind denn deine hundert Arme, Titan, wo dein Pelion und Ossa, deine Treppe zu des Göttervaters Burg hinauf, damit du hinaufsteigst und den Gott und seinen Göttertisch und all' die unsterblichen Gipfel des Olymps herabwirfst und den Sterblichen predigest: bleibt unten, Kinder des Augenbliks! strebt nicht in diese Höhen herauf, denn es ist nichts hier oben.

Das kannst du lassen, zu sehn, was über andre waltet. Dir gilt deine neue Lehre. Über dir und vor dir ist es freilich leer und öde, weil es in dir leer und öd' ist.

Freilich, wenn ihr reicher seid, als ich, ihr andern, könntet ihr doch wohl auch ein wenig helfen.

Wenn euer Garten so voll Blumen ist, warum erfreut ihr Othem mich nicht auch? – Wenn ihr so voll der Gottheit seid, so reicht sie mir zu trinken. An Festen darbt ja niemand, auch der ärmste nicht. Aber Einer nur hat seine Feste unter euch; das ist der Tod.

Noth und Angst und Nacht sind eure Herren. Die sondern euch, die treiben euch mit Schlägen an einander. Den Hunger nennt ihr Liebe, und wo ihr nichts mehr seht, da wohnen eure Götter. Götter und Liebe?

O die Poëten haben recht, es ist nichts so klein und wenig, woran man sich nicht begeistern könnte.

So dacht' ich. Wie das alles in mich kam, begreif ich noch nicht.

ZWEITES BUCH.

Hyperion an Bellarmin.

Ich lebe jezt auf der Insel des Ajax, der theuren Salamis.

Ich liebe diß Griechenland überall. Es trägt die Farbe meines Herzens. Wohin man sieht, liegt eine Freude begraben.

Und doch ist so viel Liebliches und Großes auch um einen.

Auf dem Vorgebirge hab' ich mir eine Hütte gebaut von Mastixzweigen, und Moos und Bäume herumgepflanzt und Thymian und allerlei Sträuche.

Da hab' ich meine liebsten Stunden, da siz' ich Abende lang und sehe nach Attika hinüber, bis endlich mein Herz zu hoch in mir klopft; dann nehm' ich mein Werkzeug, gehe hinab an die Bucht und fange mir Fische.

Oder les' ich auch auf meiner Höhe droben vom alten herrlichen Seekrieg, der an Salamis einst im wilden klugbeherrschten Getümmel vertobte, und freue des Geistes mich, der das wütende Chaos von Freunden und Feinden lenken konnte und zähmen, wie ein Reuter das Roß, und schäme mich innigst meiner eigenen Kriegsgeschichte.

Oder schau' ich auf's Meer hinaus und überdenke mein Leben, sein Steigen und Sinken, seine Seeligkeit und seine Trauer und meine Vergangenheit lautet mir oft, wie ein Saitenspiel, wo der Meister alle Töne durchläuft, und Streit und Einklang mit verborgener Ordnung untereinanderwirft.

Heut ist's dreifach schön hier oben. Zwei freundliche Reegentage haben die Luft und die lebensmüde Erde gekühlt.

Der Boden ist grüner geworden, offner das Feld. Unendlich steht, mit der freudigen Kornblume gemischt, der goldene Waizen da, und licht und heiter steigen tausend hoffnungsvolle Gipfel aus der Tiefe des Hains. Zart und groß durchirret den Raum jede Linie der Fernen; wie Stuffen gehn die Berge bis zur Sonne unaufhörlich hinter einander hinauf. Der ganze Himmel ist rein. Das weiße Licht ist nur über den Aether gehaucht, und, wie ein silbern Wölkchen, wallt der schüchterne Mond am hellen Tage vorüber.

HYPERION AN BELLARMIN.

Mir ist lange nicht gewesen, wie jezt.

Wie Jupiters Adler dem Gesange der Musen, lausch' ich dem wunderbaren unendlichen Wohllaut in mir. Unangefochten an Sinn' und Seele, stark und fröhlich, mit lächelndem Ernste, spiel' ich im Geiste mit dem Schiksaal und den drei Schwestern, den heiligen Parzen. Voll göttlicher Jugend frohlokt mein ganzes Wesen über sich selbst. über Alles. Wie der Sternenhimmel, bin ich still und bewegt.

Ich habe lange gewartet auf solche Festzeit, um dir einmal wieder zu schreiben. Nun bin ich stark genug; nun laß mich dir erzählen.

Mitten in meinen finstern Tagen lud ein Bekannter von Kalaurea herüber mich ein. Ich sollt' in seine Gebirge kommen, schrieb er mir; man lebe hier freier als sonstwo, und auch da blüheten, mitten unter den Fichtenwäldern und reißenden Wassern, Limonienhaine und Palmen und liebliche Kräuter und Myrthen und die heilige Rebe. Einen Garten hab' er hoch am Gebirge gebaut und ein Haus; dem beschatteten dichte Bäume den Rüken, und kühlende Lüfte umspielten es leise in den brennenden Sommertagen; wie ein Vogel vom Gipfel der Ceder, blikte man in die Tiefen hinab, zu den Dörfern und grünen Hügeln, und zufriedenen Heerden der Insel, die alle, wie Kinder, umherlägen um den herrlichen Berg und sich nährten von seinen schäumenden Bächen.

Das wekte mich denn doch ein wenig. Es war ein heiterer blauer Apriltag, an dem ich hinüberschiffte. Das Meer war ungewöhnlich schön und rein, und leicht die Luft, wie in höheren Regionen. Man ließ im schwebenden Schiffe die Erde hinter sich liegen, wie eine köstliche Speise, wenn der heilige Wein gereicht wird.

Dem Einflusse des Meers und der Luft widerstrebt der finstere Sinn umsonst. Ich gab mich hin, fragte nicht nach mir und andern, suchte nichts, sann auf nichts, ließ vom Boote mich halb in Schlummer wiegen, und bildete mir ein, ich liege in Charons Nachen. O es ist süß, so aus der Schaale der Vergessenheit zu trinken.

Mein fröhlicher Schiffer hätte gerne mit mir gesprochen, aber ich war sehr einsylbig.

Er deutet mit dem Finger und wies mir rechts und links das blaue Eiland, aber ich sah nicht lange hin, und war im nächsten Augenblike wieder in meinen eignen lieben Träumen.

Endlich, da er mir die stillen Gipfel in der Ferne wies und sagte, daß wir bald in Kalaurea wären, merkt' ich mehr auf, und mein ganzes Wesen öffnete sich der wunderbaren Gewalt, die auf Einmal süß und still und unerklärlich mit mir spielte. Mit großem Auge, staunend und freudig sah' ich hinaus in die Geheimnisse der Ferne, leicht zitterte mein Herz, und die Hand entwischte mir und faßte freundlichhastig meinen Schiffer an – so? rief ich, das ist Kalaurea? Und wie er mich drum ansah, wußt' ich selbst nicht, was ich aus mir machen sollte. Ich grüßte meinen Freund mit wunderbarer Zärtlichkeit. Voll süßer Unruhe war all mein Wesen.

Den Nachmittag wollt' ich gleich einen Theil der Insel durchstreifen. Die Wälder und geheimen Thale reizten mich unbeschreiblich, und der freundliche Tag lokte alles hinaus.

Es war so sichtbar, wie alles Lebendige mehr, denn tägliche Speise, begehrt, wie auch der Vogel sein Fest hat und das Thier.

Es war entzükend anzusehn! Wie, wenn die Mutter schmeichelnd frägt, wo um sie her ihr Liebstes sei, und alle Kinder in den Schoos ihr stürzen, und das Kleinste noch die Arme aus der Wiege strekt, so flog und sprang und strebte jedes Leben in die göttliche Luft hinaus, und Käfer und Schwalben und Tauben und Störche tummelten sich in frohlokender Verwirrung unter einander in den Tiefen und Höhn, und was die Erde festhielt, dem ward zum Fluge der Schritt, über die Gräben braußte das Roß und über die Zäune das Reh, und aus dem Meergrund kamen die Fische herauf und hüpften über die Fläche. Allen drang die mütterliche Luft an's Herz, und hob sie und zog sie zu sich.

Und die Menschen giengen aus ihren Thüren heraus, und fühllten wunderbar das geistige Wehen, wie es leise die zarten Haare über der Stirne bewegte, wie es den Lichtstral kühlte, und lösten freundlich ihre Gewänder, um es aufzunehmen an ihre Brust, athmeten süßer, berührten zärtlicher das leichte klare schmeichelnde Meer, in dem sie lebten und webten.

O Schwester des Geistes, der feurigmächtig in uns waltet und lebt, heilige Luft! wie schön ist's, daß du, wohin ich wandre, mich geleitest, Allgegenwärtige, Unsterbliche!

Mit den Kindern spielte das hohe Element am schönsten.

Das summte friedlich vor sich hin, dem schlüpft' ein taktlos Liedchen aus den Lippen, dem ein Frohlokken aus offner Kehle; das strekte sich, das sprang in die Höhe; ein andres schlenderte vertieft umher.

Und all diß war die Sprache Eines Wohlseyns, alles Eine Antwort auf die Liebkosungen der entzükenden Lüfte.

Ich war voll unbeschreiblichen Sehnens und Friedens. Eine fremde Macht beherrschte mich. Freundlicher Geist, sagt' ich bei mir selber, wohin rufest du mich? nach Elysium oder wohin?

Ich gieng in einem Walde, am rieselnden Wasser hinauf, wo es über Felsen heruntertröpfelte, wo es harmlos über die Kieseln glitt, und mälig verengte sich und ward zum Bogengange das Thal, und einsam spielte das Mittagslicht im schweigenden Dunkel –

Hier – ich möchte sprechen können, mein Bellarmin! möchte gerne mit Ruhe dir schreiben!

Sprechen? o ich bin ein Laie in der Freude, ich will sprechen!

Wohnt doch die Stille im Lande der Seeligen, und über den Sternen vergißt das Herz seine Noth und seine Sprache.

Ich hab' es heilig bewahrt! wie ein Palladium, hab' ich es in mir getragen, das Göttliche, das mir erschien! und wenn hinfort mich das Schiksaal ergreift und von einem Abgrund in den andern mich wirft, und alle Kräfte ertränkt in mir und alle Gedanken, so soll diß Einzige doch mich selber überleben in mir, und leuchten in mir und herrschen, in ewiger, unzerstörbarer Klarheit! –

So lagst du hingegossen, süßes Leben, so bliktest du auf, erhubst dich, standst nun da, in schlanker Fülle, göttlich ruhig, und das himmlische Gesicht noch voll heitern Entzükens, worinn ich dich störte!

O wer in die Stille dieses Auges gesehn, wem diese süßen Lippen sich aufgeschlossen, wovon mag der noch sprechen?

Friede der Schönheit! göttlicher Friede! wer einmal an dir das tobende Leben und den zweifelnden Geist besänftigt, wie kann dem anderes helfen?

Ich kann nicht sprechen von ihr, aber es giebt ja Stunden, wo das Beste und Schönste, wie in Wolken, erscheint, und der Himmel der Vollendung vor der ahnenden Liebe sich öffnet, da, Bellarmin! da denke ihres Wesens, da beuge die Knie mit mir, und denke meiner Seeligkeit! aber vergiß nicht, daß ich hatte, was du ahnest, daß ich mit diesen Augen sah, was nur, wie in Wolken, dir erscheint.

Daß die Menschen manchmal sagen möchten: sie freueten sich! O glaubt, ihr habt von Freude noch nichts geahndet! Euch ist der Schatten ihres Schattens noch nicht erschienen! O geht, und sprecht vom blauen Aether nicht, ihr Blinden!

Daß man werden kann, wie die Kinder, daß noch die goldne Zeit der Unschuld wiederkehrt, die Zeit des Friedens und der Freiheit, daß doch Eine Freude ist, Eine Ruhestätte auf Erden!

Ist der Mensch nicht veraltert, verwelkt, ist er nicht, wie ein abgefallen Blatt, das seinen Stamm nicht wieder findet und nun umhergescheucht wird von den Winden, bis es der Sand begräbt?

Und dennoch kehrt sein Frühling wieder!

Weint nicht, wenn das Treflichste verblüht! bald wird es sich verjüngen! Trauert nicht, wenn eures Herzens Melodie verstummt! bald findet eine Hand sich wieder, es zu stimmen!

Wie war denn ich? war ich nicht wie ein zerrissen Saitenspiel? Ein wenig tönt' ich noch, aber es waren Todestöne. Ich hatte mir ein düster Schwanenlied gesungen! Einen Sterbekranz hätt' ich gern mir gewunden, aber ich hatte nur Winterblumen.

Und wo war sie denn nun, die Todtenstille, die Nacht und Öde meines Lebens? die ganze dürftige Sterblichkeit?

Freilich ist das Leben arm und einsam. Wir wohnen hier unten, wie der Diamant im Schacht. Wir fragen umsonst, wie wir herabgekommen, um wieder den Weg hinauf zu finden.

Wir sind, wie Feuer, das im dürren Aste oder Kiesel schläft; und ringen und suchen in jedem Moment das Ende der engen Gefangenschaft. Aber sie kommen, sie wägen Aeonen des Kampfes auf, die Augenblike der Befreiung, wo das Göttliche den Kerker sprengt, wo die Flamme vom Holze sich löst und siegend emporwallt über der Asche, ha! wo uns ist, als kehrte der entfesselte Geist, vergessen der Laiden, der Knechtsgestalt, im Triumphe zurük in die Hallen der Sonne.

HYPERION AN BELLARMIN.

Ich war einst glüklich, Bellarmin! Bin ich es nicht noch? Wär' ich es nicht, wenn auch der heilige Moment, wo ich zum erstenmale sie sah, der lezte wäre gewesen.

Ich hab' es Einmal gesehn, das Einzige, das meine Seele suchte, und die Vollendung, die wir über die Sterne hinauf entfernen, die wir hinausschieben bis an's Ende der Zeit, die hab' ich gegenwärtig gefühlt. Es war da, das Höchste, in diesem Kreise der Menschennatur und der Dinge war es da!

Ich frage nicht mehr, wo es sei; es war in der Welt, es kann wiederkehren in ihr, es ist jezt nur verborgner in ihr. Ich frage nicht mehr, was es sei; ich hab' es gesehn, ich hab' es kennen gelernt.

O ihr, die ihr das Höchste und Beste sucht, in der Tiefe des Wissens, im Getümmel des Handelns, im Dunkel der Vergangenheit, im Labyrinthe der Zukunft, in den Gräbern oder über den Sternen! wißt ihr seinen Nahmen? den Nahmen deß, das Eins ist und Alles?

Sein Nahme ist Schönheit.

Wußtet ihr, was ihr wolltet? Noch weiß ich es nicht, doch ahn' ich es, der neuen Gottheit neues Reich, und eil' ihm zu und ergreiffe die andern und führe sie mit mir, wie der Strom die Ströme in den Ocean.

Und du, du hast mir den Weg gewiesen! Mit dir begann ich. Sie sind der Worte nicht werth, die Tage, da ich noch dich nicht kannte –

O Diotima, Diotima, himmlisches Wesen!

HYPERION AN BELLARMIN.

Laß uns vergessen, daß es eine Zeit giebt und zähle die Lebenstage nicht!
Was sind Jahrhunderte gegen den Augenblik, wo zwei Wesen sich ahnen und nahn?

Noch seh' ich den Abend, an dem Norara zum erstenmale zu ihr in's Haus mich brachte.

Sie wohnte nur einige hundert Schritte von uns am Fuße des Bergs.

Ihre Mutter war ein denkend zärtlich Wesen, ein schlichter fröhlicher Junge der Bruder, und beede gestanden herzlich in allem Thun und Lassen, daß Diotima die Königin des Hauses war.

Ach! es war alles geheiliget, verschönert durch ihre Gegenwart. Wohin ich sah, was ich berührte, ihr Fußteppich, ihr Polster, ihr Tischchen, alles war in geheimem Bunde mir ihr. Und da sie zum erstenmale mit Nahmen mich rief, da sie selbst so nahe mir kam, daß ihr unschuldiger Othem mein lauschend Wesen berührte! –

Wir sprachen sehr wenig zusammen. Man schämt sich seiner Sprache. Zum Tone möchte man werden und sich vereinen in Einen Himmelsgesang.

Wovon auch sollten wir sprechen? Wir sahn nur uns. Von uns zu sprechen, scheuten wir uns.

Vom Leben der Erde sprachen wir endlich.

So feurig und kindlich ist ihr noch keine Hymne gesungen worden.

Es that uns wohl, den Überfluß unsers Herzens der guten Mutter in den Schoos zu streuen. Wir fühlten uns dadurch erleichtert, wie die Bäume, wenn ihnen der Sommerwind die fruchtbaren Äste schüttelt, und ihre süßen Äpfel in das Gras gießt.

Wir nannten die Erde eine der Blumen des Himmels, und den Himmel nannten wir den unendlichen Garten des Lebens. Wie die Rosen sich mit goldnen Stäubchen erfreuen, sagten wir, so erfreue das heldenmüthige Sonnenlicht mit seinen Strahlen die Erde; sie sei ein herrlich lebend Wesen, sagten wir, gleich göttlich, wenn ihr zürnend Feuer oder mildes klares Wasser aus dem Herzen quille, immer glüklich, wenn sie von Thautropfen sich nähre, oder von Gewitterwolken, die sie sich zum Genusse bereite mit der Hülfe des Himmels, die immer treuer liebende Hälfte des Sonnengotts, ursprünglich vieleicht inniger mit ihm vereint, dann aber durch ein allwaltend Schiksaal geschieden von ihm, damit sie ihn suche, sich nähere, sich entferne und unter Lust und Trauer zur höchsten Schönheit reife.

So sprachen wir. Ich gebe dir den Innhalt, den Geist davon. Aber was ist er ohne das Leben?

Es dämmerte, und wir mußten gehen. Gute Nacht, ihr Engelsaugen! dacht' ich im Herzen, und erscheine du bald mir wieder, schöner göttlicher Geist, mit deiner Ruhe und Fülle!

HYPERION AN BELLARMIN.

Ein paar Tage drauf kamen sie herauf zu uns. Wir giengen zusammen im Garten herum, Diotima und ich geriethen voraus, vertieft, mir traten oft Thränen der Wonne in's Auge, über das Heilige, das so anspruchlos zur Seite mir gieng.

Vorn am Rande des Berggipfels standen wir nun, und sahn hinaus, in den unendlichen Osten.

Diotima's Auge öffnete sich weit, und leise, wie eine Knospe sich aufschließt, schloß das liebe Gesichtchen vor den Lüften des Himmels sich auf, ward lauter Sprache und Seele, und, als begänne sie den Flug in die Wolken, stand sanft empor gestrekt die ganze Gestalt, in leichter Majestät, und berührte kaum mit den Füßen die Erde.

O unter den Armen hätt' ich sie fassen mögen, wie der Adler seinen Ganymed, und hinfliegen mit ihr über das Meer und seine Inseln.

Nun trat sie weiter vor, und sah die schroffe Felsenwand hinab. Sie hatte ihre Lust daran, die schrökende Tiefe zu messen, und sich hinab zu verlieren in die Nacht der Wälder, die unten aus Felsenstüken und schäumenden Wetterbächen herauf die lichten Gipfel strekten.

Das Geländer, worauf sie sich stüzte, war etwas niedrig. So durft' ich es ein wenig halten, das Reizende, indeß es so sich vorwärts beugte. Ach! heiße zitternde Wonne durchlief mein Wesen und Taumel und Toben war in allen Sinnen, und die Hände brannten mir wie Kohlen, da ich sie berührte.

Und dann die Herzenslust, so traulich neben ihr zu stehn, und die zärtlich kindische Sorge, daß sie fallen möchte, und die Freude an der Begeisterung des herrlichen Mädchens!

Was ist alles, was in Jahrtausenden die Menschen thaten und

dachten, gegen Einen Augenblik der Liebe? Es ist aber auch das Gelungenste, Göttlichschönste in der Natur! dahin führen alle Stuffen auf der Schwelle des Lebens. Daher kommen wir, dahin gehn wir.

HYPERION AN BELLARMIN.

Nur ihren Gesang sollt' ich vergessen, nur diese Seelentöne sollten nimmer wiederkehren in meinen unaufhörlichen Träumen.

Man kennt den stolzhinschiffenden Schwan nicht, wenn er schlummernd am Ufer sizt.

Nur, wenn sie sang, erkannte man die liebende Schweigende, die so ungern sich zur Sprache verstand.

Da, da gieng erst die himmlische Ungefällige in ihrer Majestät und Lieblichkeit hervor; da weht' es oft so bittend und so schmeichelnd, oft wie ein Göttergebot, von den zarten blühenden Lippen. Und wie das Herz sich regt' in dieser göttlichen Stimme, wie alle Größe und Demuth, alle Lust und alle Trauer des Lebens verschönert im Adel dieser Töne erschien!

Wie im Fluge die Schwalbe die Bienen hascht, ergriff sie immer uns alle.

Es kam nicht Lust und nicht Bewunderung, es kam der Friede des Himmels unter uns.

Tausendmal hab' ich es ihr und mir gesagt: das Schönste ist auch das Heiligste. Und so war alles an ihr. Wie ihr Gesang, so auch ihr Leben.

HYPERION AN BELLARMIN.

Unter den Blumen war ihr Herz zu Hause, als wär' es eine von ihnen.

Sie nannte sie alle mit Nahmen, schuff ihnen aus Liebe neue, schönere, und wußte genau die fröhlichste Lebenszeit von jeder.

Wie eine Schwester, wenn aus jeder Eke ein Geliebtes ihr entgegenkömmt, und jedes gerne zuerst gegrüßt seyn möchte, so war das stille Wesen mit Aug und Hand beschäftigt, seelig zerstreut, wenn auf der Wiese wir giengen, oder im Walde.

Und das war so ganz nicht angenommen, angebildet, das war so mit ihr aufgewachsen.

Es ist doch ewig gewiß und zeigt sich überall; je unschuldiger, schöner eine Seele, desto vertrauter mit den andern glüklichen Leben, die man seelenlos nennt.

HYPERION AN BELLARMIN.

Tausendmal hab' ich in meiner Herzensfreude gelacht über die Menschen, die sich einbilden, ein erhabner Geist könne unmöglich wissen, wie man ein Gemüße bereitet. Diotima konnte wohl zur rechten Zeit recht herzhaft von dem Feuerheerde sprechen, und es ist gewiß nichts edler, als ein edles Mädchen, das die allwohlthätige Flamme besorgt, und, ähnlich der Natur, die herzerfreuende Speise bereitet.

HYPERION AN BELLARMIN.

Was ist alles künstliche Wissen in der Welt, was ist die ganze stolze Mündigkeit der menschlichen Gedanken gegen die ungesuchten Töne dieses Geistes, der nicht wußte, was er wußte, was er war?

Wer will die Traube nicht lieber voll und frisch, so wie sie aus der Wurzel quoll, als die getrokneten gepflükten Beere, die der Kaufmann in die Kiste preßt und in die Welt schikt? Was ist die Weisheit eines Buchs gegen die Weisheit eines Engels?

Sie schien immer so wenig zu sagen, und sagte so viel.

Ich geleitete sie einst in später Dämmerung nach Hause; wie Träume, beschlichen thauende Wölkchen die Wiese, wie lauschende Genien, sahn die seeligen Sterne durch die Zweige. Man hörte selten ein „wie schön!“ aus ihrem Munde, wenn schon das fromme Herz kein lispelnd Blatt, kein Rieseln einer Quelle unbehorcht ließ.

Dießmal sprach sie es denn doch mir aus – wie schön!

Es ist wohl uns zuliebe so! sagt' ich, ungefähr, wie Kinder etwas sagen, weder im Scherze noch im Ernste.

Ich kann mir denken, was du sagst, erwiederte sie; ich denke mir die Welt am liebsten, wie ein häuslich Leben, wo jedes, ohne gerade dran zu denken, sich in's andre schikt, und wo man sich einander zum Gefallen und zur Freude lebt, weil es eben so vom Herzen kömmt.

Froher erhabner Glaube! rief ich.

Sie schwieg eine Weile.

Auch wir sind also Kinder des Hauses, begann ich endlich wieder, sind es und werden es seyn.

Werden ewig es seyn, erwiederte sie.

Werden wir das? fragt' ich.

Ich vertraue, fuhr sie fort, hierinnen der Natur, so wie ich täglich ihr vertraue.

O ich hätte mögen Diotima seyn, da sie diß sagte! Aber du weißt nicht, was sie sagte, mein Bellarmin! Du hast es nicht gesehn und nicht gehört.

Du hast Recht, rief ich ihr zu; die ewige Schönheit, die Natur leidet keinen Verlust in sich, so wie sie keinen Zusaz leidet. Ihr Schmuk ist morgen anders, als er heute war; aber unser Bestes, uns, uns kann sie nicht entbehren und dich am wenigsten. Wir glauben, daß wir ewig sind, denn unsere Seele fühlt die Schönheit der Natur.Sie ist ein Stükwerk, ist das Göttliche, die Vollendete nicht, wenn jemals du in ihr vermißt wirst. Sie verdient dein Herz nicht, wenn sie erröthen muß vor deinen Hoffnungen.

HYPERION AN BELLARMIN.

So bedürfnißlos, so göttlichgenügsam hab' ich nichts gekannt.

Wie die Wooge des Oceans das Gestade seeliger Inseln, so umfluthete mein ruheloses Herz den Frieden des himmlischen Mädchens.

Ich hatt' ihr nichts zu geben, als ein Gemüth voll wilder Widersprüche, voll blutender Erinnerungen, nichts hatt' ich ihr zu geben, als meine gränzenlose Liebe mit ihren tausend Sorgen, ihren tausend tobenden Hoffnungen; sie aber stand vor mir in wandelloser Schönheit, mühelos, in lächelnder Vollendung da, und alles Sehnen, alles Träumen der Sterblichkeit, ach! alles, was in goldnen Morgenstunden von höhern Regionen der Genius weissagt, es war alles in dieser Einen stillen Seele erfüllt.

Man sagt sonst, über den Sternen verhalle der Kampf, und künftig erst, verspricht man uns, wenn unsre Hefe gesunken sei, verwandle sich in edeln Freudenwein das gährende Leben, die Herzensruhe der Seeligen sucht man sonst auf dieser Erde nirgends mehr. Ich weiß es anders. Ich bin den nähern Weg gekommen. Ich stand vor ihr, und hört' und sah den Frieden des Himmels, und mitten im seufzenden Chaos erschien mir Urania.

Wie oft hab' ich meine Klagen vor diesem Bilde gestillt! wie oft hat sich das übermüthige Leben und der strebende Geist besänftigt, wenn ich, in seelige Betrachtungen versunken, ihr in's Herz sah, wie man in die Quelle siehet, wenn sie stille erbebt von den Berührungen des Himmels, der in Silbertropfen auf sie niederträufelt!

Sie war mein Lethe, diese Seele, mein heiliger Lethe, woraus ich die Vergessenheit des Daseyns trank, daß ich vor ihr stand, wie ein Unsterblicher, und freudig mich schalt, und wie nach schweren Träumen lächeln mußte über alle Ketten, die mich gedrükt.

O ich wär'ein glüklicher, ein treflicher Mensch geworden mit ihr!

Mit ihr! aber das ist mislungen, und nun irr' ich herum in dem, was vor und in mir ist, und drüber hinaus, und weiß nicht, was ich machen soll aus mir und andern Dingen.

Meine Seele ist, wie ein Fisch aus ihrem Elemente auf den Ufersand geworfen, und windet und wirft sich umher, bis sie vertroknet in der Hizze des Tags.

Ach! gäb' es nur noch etwas in der Welt für mich zu thun! gäb' es eine Arbeit, einen Krieg für mich, das sollte mich erquiken!

Knäblein, die man von der Mutterbrust gerissen und in die Wüste geworfen, hat einst, so sagt man, eine Wölfin gesäugt.

Mein Herz ist nicht so glüklich.

HYPERION AN BELLARMIN.

Ich kann nur hie und da ein Wörtchen von ihr sprechen. Ich muß vergessen, was sie ganz ist, wenn ich von ihr sprechen soll. Ich muß mich täuschen, als hätte sie vor alten Zeiten gelebt, als wüßt' ich durch Erzählung einiges von ihr, wenn ihr lebendig Bild mich nicht ergreiffen soll, daß ich vergehe im Entzüken und im Schmerz, wenn ich den Tod der Freude über sie und den Tod der Trauer um sie nicht sterben soll.

HYPERION AN BELLARMIN.

Es ist umsonst; ich kann's mir nicht verbergen. Wohin ich auch entfliehe mit meinen Gedanken, in die Himmel hinauf und in den Abgrund, zum Anfang und an's Ende der Zeiten, selbst wenn ich ihm, der meine lezte Zuflucht war, der sonst noch jede Sorge in mir verzehrte, der alle Lust und allen Schmerz des Lebens sonst mit der Feuerflamme, worinn er sich offenbahrte, in mir versengte, selbst wenn ich ihm mich in die Arme werfe, dem herrlichen geheimen Geiste der Welt, in seine Tiefe mich tauche, wie in den bodenlosen Ocean hinab, auch da, auch da finden die süßen Schreken mich aufs, die süßen verwirrenden tödtenden Schreken, daß Diotima's Grab mir nah ist.

Hörst du? hörst du? Diotima's Grab!

Mein Herz war doch so stille geworden, und meine Liebe war begraben mit der Todten, die ich liebte.

Du weißt, mein Bellarmin! ich schrieb dir lange nicht von ihr, und da ich schrieb, so schrieb ich dir gelassen, wie ich meine.

Was ist's denn nun?

Ich gehe ans Ufer hinaus und sehe nach Kalaurea, wo sie ruhet, hinüber, das ist's.

O daß ja keiner den Kahn mir leihe, daß ja sich keiner erbarme und mir sein Ruder biete und mir hinüberhelfe zu ihr!

Daß ja das gute Meer nicht ruhig bleibe, damit ich nicht ein Holz mir zimmre und hinüberschwimme zu ihr.

Aber in die tobende See will ich mich werfen, und ihre Wooge bitten, daß sie an Diotima's Gestade mich wirft! –

Lieber Bruder! ich tröste mein Herz mit allerlei Phantasien, ich reiche mir manchen Schlaftrank; und es wäre wohl größer, sich zu befreien auf immer, als sich zu helfen mit Palliativen; aber wem geht's nicht so? Ich bin denn doch damit zufrieden.

Zufrieden? ach das wäre gut! da wäre ja geholfen, wo kein Gott nicht helfen kann.

Nun! nun! ich habe, was ich konnte, gethan! Ich fodre von dem Schiksaal meine Seele.

HYPERION AN BELLARMIN.

War sie nicht mein, ihr Schwestern des Schiksaals, war sie nicht mein? Die reinen Quellen fodr' ich auf zu Zeugen, und die unschuldigen Bäume, die uns belauschten, und das Tagslicht und den Aether! war sie nicht mein? vereint mit mir in allen Tönen des Lebens?

Wo ist das Wesen, das, wie meines, sie erkannte? in welchem Spiegel sammelten sich, so wie in mir, die Stralen dieses Lichts? erschrak sie freudig nicht vor ihrer eignen Herrlichkeit, da sie zuerst in meiner Freude sich gewahr ward? Ach! wo ist das Herz, das so, wie meines, überall ihr nah war, so, wie meines, sie erfüllte und von ihr erfüllt war, das so einzig da war, ihres zu umfangen, wie die Wimper für das Auge da ist.

Wir waren Eine Blume nur, und unsre Seelen lebten in einander, wie die Blume, wenn sie liebt, und ihre zarten Freuden im verschloßnen Kelche verbirgt.

Und doch, doch wurde sie, wie eine angemaaste Krone, von mir gerissen und in den Staub gelegt?

HYPERION AN BELLARMIN.

Eh' es eines von uns beeden wußte, gehörten wir uns an.

Wenn ich so, mit allen Huldigungen des Herzens, seelig überwunden, vor ihr stand, und schwieg, und all' mein Leben sich hingab in den Stralen des Augs, das sie nur sah, nur sie umfaßte, und sie dann wieder zärtlich zweifelnd mich betrachtete, und nicht wußte, wo ich war mit meinen Gedanken, wenn ich oft, begraben in Lust und Schönheit, bei einem reizenden Geschäffte sie belauschte, und um die leiseste Bewegung, wie die Biene um die schwanken Zweige, meine Seele schweift' und flog, und wenn sie dann in friedlichen Gedanken gegen mich sich wandt', und, überrascht von meiner Freude, meine Freude sich verbergen mußt', und bei der lieben Arbeit ihre Ruhe wieder sucht und fand –

Wenn sie, wunderbar allwissend, jeden Wohlklang, jeden Mislaut in der Tiefe meines Wesens, im Momente, da er begann, noch eh' ich selbst ihn wahrnahm, mir enthüllte, wenn sie jeden Schatten eines Wölkchens auf der Stirne, jeden Schatten einer Wehmuth, eines Stolzes auf der Lippe, jeden Funken mir im Auge sah, wenn sie die Ebb' und Fluth des Herzens mir behorcht' und sorgsam trübe Stunden ahnete, indeß mein Geist zu unenthaltsam, zu verschwenderisch im üppigen Gespräche sich verzehrte, wenn das liebe Wesen, treuer, wie ein Spiegel, jeden Wechsel meiner Wange mir verrieth, und oft in freundlichen Bekümmernissen über mein unstet Wesen mich ermahnt', und strafte, wie ein theures Kind –

Ach! da du einst, Unschuldige, an den Fingern die Treppen zähltest, von unsrem Berge herab zu deinem Hause, da du deine Spaziergänge mir wiesest, die Pläze, wo du sonst gesessen, und mir erzähltest, wie die Zeit dir da vergangen, und mir am Ende sagtest, es sei dir jezt, als wär' ich auch von jeher dagewesen –

Gehörten wir da nicht längst uns an?

HYPERION AN BELLARMIN.

Ich baue meinem Herzen ein Grab, damit es ruhen möge; ich spinne mich ein, weil überall es Winter ist; in seeligen Erinnerungen hüll' ich vor dem Sturme mich ein.

Wir saßen einst mit Notara – so hieß der Freund, bei dem ich lebte – und einigen andern, die auch, wie wir, zu den Sonderlingen in Kalaurea gehörten, in Diotima's Garten, unter blühenden Mandelbäumen, und sprachen unter andrem über die Freundschaft.

Ich hatte wenig mitgesprochen, ich hütete mich seit einiger Zeit, viel Worte zu machen von Dingen, die das Herz zunächst angehn, meine Diotima hatte mich so einsylbig gemacht –

Da Harmodius und Aristogiton lebeten, rief endlich einer, da war noch Freundschaft in der Welt. Das freute mich zu sehr, als daß ich hätte schweigen mögen.

Man sollte dir eine Krone flechten um dieses Wortes willen! rief ich ihm zu; hast du denn wirklich eine Ahnung davon, hast du ein Gleichniß für die Freundschaft des Aristogiton und des Harmodius? Verzeih mir! Aber bei'm Aether! man muß Aristogiton seyn, um nachzuempfinden, wie Aristogiton liebte, und die Blize durfte wohl der Mann nicht fürchten, der geliebt seyn wollte mit Harmodius Liebe, denn es täuscht mich alles, wenn der furchtbare Jüngling nicht mit Minos Strenge liebte. Wenige sind in solcher Probe bestanden, und es ist nicht leichter, eines Halbgotts Freund zu seyn, als an der Götter Tische, wie Tantalus, zu sizen. Aber es ist auch nichts herrlicheres auf Erden, als wenn ein stolzes Paar, wie diese, so sich unterthan ist.

Das ist auch meine Hoffnung, meine Lust in einsamen Stunden, daß solche große Töne und größere einst wiederkehren müssen in der Symphonie des Weltlaufs. Die Liebe gebahr Jahrtausende voll lebendiger Menschen; die Freundschaft wird sie wiedergebähren. Von Kinderharmonie sind einst die Völker ausgegangen, die Harmonie der Geister wird der Anfang einer neuen Weltgeschichte seyn. Von Pflanzenglük begannen die Menschen und wuchsen auf, bis sie reiften; von nun an gährten sie unaufhörlich fort, von innen und außen, bis jezt das Menschengeschlecht, unendlich aufgelöst, wie ein Chaos daliegt, daß alle, die noch fühlen und sehen, Schwindel ergreift; aber die Schönheit flüchtet aus dem Leben der Menschen sich herauf in den Geist; Ideal wird, was Natur war, und wenn von unten gleich der Baum verdorrt ist und verwittert, ein frischer Gipfel ist noch hervorgegangen aus ihm, und grünt im Sonnenglanze, wie einst der Stamm in den Tagen der Jugend; Ideal ist, was Natur war. Daran, an diesem Ideale, dieser verjüngten Gottheit, erkennen die Wenigen sich und Eins sind sie, denn es ist Eines in ihnen, und von diesen, diesen beginnt das zweite Lebensalter der Welt – ich habe genug gesagt, um klar zu machen, was ich denke.

Da hättest du Diotima sehen sollen, wie sie aufsprang und die beeden Hände mir reichte und rief: ich hab' es verstanden, Lieber, ganz verstanden, so viel es sagt.

Die Liebe gebahr die Welt, die Freundschaft wird sie wieder gebähren.

O dann, ihr künftigen, ihr neuen Dioskuren, dann weilt ein wenig, wenn ihr vorüberkömmt, da, wo Hyperion schläft, weilt ahnend über des vergeßnen Mannes Asche, und sprecht: er wäre, wie unser einer, wär' er jezt da.

Das hab' ich gehört, mein Bellarmin! das hab' ich erfahren, und gehe nicht willig in den Tod?

Ja, ja! ich bin vorausbezahlt, ich habe gelebt. Mehr Freude konnt' ein Gott ertragen, aber ich nicht.

HYPERION AN BELLARMIN.

Frägst du, wie mir gewesen sei um diese Zeit? Wie einem, der alles verloren hat, um alles zu gewinnen.

Oft kam ich freilich von Diotima's Bäumen, wie ein Siegestrunkner, oft mußt' ich eilends weg von ihr, um keinen meiner Gedanken zu verrathen; so tobte die Freude in mir, und der Stolz, der allbegeisternde Glaube, von Diotima geliebt zu seyn.

Dann sucht' ich die höchsten Berge mir auf und ihre Lüfte, und wie ein Adler, dem der blutende Fittig geheilt ist, regte mein Geist sich im Freien, und dehnt', als wäre sie sein, über die sichtbare Welt sich aus; wunderbar! es war oft, als läuterten sich und schmelzten die Dinge der Erde, wie Gold, in meinem Feuer zusammen, und ein Göttliches würde aus ihnen und mir, so tobte in mir die Freude; und wie ich Kinder aufhub und an mein schlagendes Herz drükte, wie ich die Pflanzen grüßte und die Bäume! Einen Zauber hätt' ich mir wünschen mögen, die scheuen Hirsche und all' die wilden Vögel des Walds, wie ein häuslich Völkchen, um meine freigebigen Hände zu versammeln, so seelig thörigt liebt' ich alles!

Aber nicht lange, so war das alles, wie ein Licht, in mir erloschen, und stumm und traurig, wie ein Schatte, saß ich da und suchte das entschwundne Leben. Klagen mocht' ich nicht und trösten mocht' ich mich auch nicht. Die Hoffnung warf ich weg, wie ein Lahmer, dem die Krüke verlaidet ist; des Weinens schämt' ich mich; ich schämte mich des Daseyns überhaupt. Aber endlich brach denn doch der Stolz in Thränen aus, und das Leiden, das ich gerne verläugnet hätte, wurde mir lieb, und ich legt' es, wie ein Kind, mir an die Brust.

Nein, rief mein Herz, nein, meine Diotima! es schmerzt nicht. Bewahre du dir deinen Frieden und laß mich meinen Gang gehn. Laß dich in deiner Ruhe nicht stören, holder Stern! wenn unter dir es gährt und trüb ist.

O laß dir deine Rose nicht blaichen, seelige Götterjugend! Laß in den Kümmernissen der Erde deine Schöne nicht altern. Das ist ja meine Freude, süßes Leben! daß du in dir den sorgenfreien Himmel trägst. Du sollst nicht dürftig werden, nein, nein! du sollst in dir die Armuth der Liebe nicht sehn.

Und wenn ich dann wieder zu ihr hinabgieng – ich hätte das Lüftchen fragen mögen und dem Zuge der Wolken es ansehn, wie es in mir seyn werde in einer Stunde! und wie es mich freute, wenn irgend ein freundlich Gesicht mir auf dem Wege begegnete, und nur nicht gar zu troken sein „schönen Tag!" mir zurief!

Wenn ein kleines Mädchen aus dem Walde kam und einen Erdbeerstraus mir zum Verkauffe reichte, mit einer Miene, als wollte sie ihn schenken, oder wenn ein Bauer, wo ich vorübergieng, auf seinem Kirschbaum saß und pflükte, und aus den Zweigen herab mir rief, ob ich nicht eine Handvoll kosten möchte; das waren gute Zeichen für das abergläubische Herz!

Stand vollends gegen den Weg her, wo ich herabkam, von Diotima's Fenstern eines offen, wie konnte das so wohlthun!

Sie hatte vieleicht nicht lange zuvor herausgesehn.

Und nun stand ich vor ihr, athemlos und wankend, und drükte die verschlungnen Arme gegen mein Herz, sein Zittern nicht zu fühlen, und, wie der Schwimmer aus reißenden Wassern hervor, rang und strebte mein Geist, nicht unterzugehn in der unendlichen Liebe.

Wovon sprechen wir doch geschwind? konnt' ich rufen, man hat oft seine Mühe, man kann den Stoff nicht finden, die Gedanken daran vestzuhalten.

Reißen sie wieder aus in die Luft? erwiederte meine Diotima. Du must ihnen Blei an die Flügel binden, oder ich will sie an einen Faden knüpfen, wie der Knabe den fliegenden Drachen, daß sie uns nicht entgehn.

Das liebe Mädchen suchte sich und mir durch einen Scherz zu helfen, aber es war wenig damit gethan.

Ja, ja! rief ich, wie du willst, wie du es für gut hältst – soll ich vorlesen? Deine Laute ist wohl noch gestimmt von gestern – vorzulesen hab' ich auch gerade nichts –

Du hast schon mehr, als einmal, sagte sie, versprochen, mir zu erzählen, wie du gelebt hast, eh wir uns kannten, möchtest du jezt nicht?

Das ist wahr, erwiedert' ich; mein Herz warf sich gerne auf das, und ich erzählt' ihr nun, wie dir, von Adamas und meinen einsamen Tagen in Smyrna, von Alabanda und wie ich getrennt wurde von ihm, und von der unbegreiflichen Krankheit meines Wesens, eh' ich nach Kalaurea herüberkam – nun weißt du alles, sagt' ich zu ihr gelassen, da ich zu Ende war, nun wirst du weniger dich an mir stoßen; nun wirst du sagen, sezt' ich lächelnd hinzu, spottet dieses Vulkans nicht, wenn er hinkt, denn ihn haben zweimal die Götter vom Himmel auf die Erde geworfen.

Stille, rief sie mit erstikter Stimme, und verbarg ihre Thränen in's Tuch, o stille, und scherze über dein Schiksaal, über dein Herz nicht! denn ich versteh' es und besser, als du.

Lieber – lieber Hyperion! dir ist wohl schwer zu helfen.

Weißt du denn, fuhr sie mit erhöhter Stimme fort, weißt du denn, woran du darbest, was dir einzig fehlt, was du, wie Alpheus seine Arethusa, suchst, um was du trauertest in aller deiner Trauer? Es ist nicht erst seit Jahren hingeschieden, man kann so genau nicht sagen, wann es da war, wann es weggieng, aber es war, es ist, in dir ist's! Es ist eine bessere Zeit, die suchst du, eine schönere Welt. Nur diese Welt umarmtest du in deinen Freunden, du warst mit diesen diese Welt.

In Adamas war sie dir aufgegangen; sie war auch hingegangen mit ihm. In Alabanda erschien dir ihr Licht zum zweitenmale, aber brennender und heißer, und darum war es auch, wie Mitternacht, vor deiner Seele, da er für dich dahin war.

Siehest du nun auch, warum der kleinste Zweifel über Alabanda zur Verzweiflung werden mußt' in dir? warum du ihn verstießest, weil er nur nicht gar ein Gott war?

Du wolltest keine Menschen, glaube mir, du wolltest eine Welt. Den Verlust von allen goldenen Jahrhunderten, so wie du sie, zusammengedrängt in Einem glüklichen Moment, empfandest, den Geist von allen Geistern beßrer Zeit, die Kraft von allen Kräften der Heroën, die sollte dir ein Einzelner, ein Mensch ersezen! – Siehest du nun, wie arm, wie reich du bist? warum du so stolz seyn mußt und auch so niedergeschlagen? warum so schröklich Freude und Laid dir wechselt?

Darum, weil du alles hast und nichts, weil das Phantom der goldnen Tage, die da kommen sollen, dein gehört, und doch nicht da ist, weil du ein Bürger bist in den Regionen der Gerechtigkeit und Schönheit, ein Gott bist unter Göttern in den schönen Träumen, die am Tage dich beschleichen, und wenn du aufwachst, auf neu griechischem Boden stehst.

Zweimal, sagtest du? o du wirst in Einem Tage siebzigmal vom Himmel auf die Erde geworfen. Soll ich dir es sagen? Ich fürchte für dich, du hältst das Schiksaal dieser Zeiten schwerlich aus. Du wirst noch mancherlei versuchen, wirst –

O Gott! und deine lezte Zufluchtstätte wird ein Grab seyn.

Nein, Diotima, rief ich, nein, bei'm Himmel, nein! So lange noch Eine Melodie mir tönt, so scheu ich nicht die Todtenstille der Wildniß unter den Sternen; so lange die Sonne nur scheint und Diotima, so giebt es keine Nacht für mich.

Laß allen Tugenden die Sterbegloke läuten! ich höre ja dich, dich, deines Herzens Lied, du Liebe! und finde unsterblich Leben, indessen alles verlischt und welkt.

O Hyperion, rief sie, wie sprichst du?

„Ich spreche, wie ich muß. Ich kann nicht, ich kann nicht länger all' die Seeligkeit und Furcht und Sorge bergen – Diotima! – Ja du weißt es, mußt es wissen, hast längst es gesehen, daß ich untergehe, wenn du nicht die Hand mir reichst."

Sie war betroffen, verwirrt.

Und an mir, rief sie, an mir will sich Hyperion halten? ja, ich wünsch' es, jezt zum erstenmale wünsch' ich, mehr zu seyn, denn nur ein sterblich Mädchen. Aber ich bin dir, was ich seyn kann.

O so bist du ja mir Alles! rief ich.

„Alles? böser Heuchler! und die Menschheit, die du doch am Ende einzig liebst?"

Die Menschheit? sagt' ich; ich wollte, die Menschheit machte Diotima zum Loosungswort und mahlt' in ihre Paniere dein Bild, und spräche: heute soll das Göttliche siegen! Engel des Himmels! das müßt' ein Tag seyn!

Geh, rief sie, geh, und zeige dem Himmel deine Verklärung! mir darf sie nicht so nahe seyn.

Nicht wahr, du gehest, lieber Hyperion?

Ich gehorchte. Wer hätte da nicht gehorcht? Ich gieng. So war ich noch niemals von ihr gegangen. O Bellarmin! das war Freude, Stille des Lebens, Götterruhe, himmlische, wunderbare, unerkennbare Freude.

Worte sind hier umsonst, und wer nach einem Gleichniß von ihr fragt, der hat sie nie erfahren. Das Einzige, was eine solche Freude auszudrüken vermochte, war Diotima's Gesang, wenn er, in goldner Mitter, zwischen Höhe und Tiefe schwebte.

O ihr Uferweiden des Lethe! ihr abendröthlichen Pfade in Elysiums Wäldern! ihr Lilien an den Bächen des Thals! ihr Rosenkränze des Hügels! Ich glaub' an euch, in dieser freundlichen Stunde, und spreche zu meinem Herzen: dort findest du sie wieder, und alle Freude, die du verlorst.

HYPERION AN BELLARMIN.

Ich will dir immer mehr von meiner Seeligkeit erzählen.

Ich will die Brust an den Freuden der Vergangenheit versuchen, bis sie, wie Stahl, wird, ich will mich üben an ihnen, bis ich unüberwindlich bin.

Ha! fallen sie doch, wie ein Schwerdtschlag, oft mir auf die Seele, aber ich spiele mit dem Schwerdte, bis ich es gewohnt bin, ich halte die Hand in's Feuer, bis ich es ertrage, wie Wasser.

Ich will nicht zagen; ja! ich will stark seyn! ich will mir nichts verhehlen, will von allen Seeligkeiten mir die Seeligste aus dem Grabe beschwören.

Es ist unglaublich, daß der Mensch sich vor dem Schönsten fürchten soll; aber es ist so.

O bin ich doch hundertmal vor diesen Augenbliken, dieser tödtenden Wonne meiner Erinnerungen geflohen und habe mein Auge hinweggewandt, wie ein Kind vor Blizen! und dennoch wächst im üppigen Garten der Welt nichts lieblichers, wie meine Freuden, dennoch gedeiht im Himmel und auf Erden nichts edleres, wie meine Freuden.

Aber nur dir, mein Bellarmin, nur einer reinen freien Seele, wie die deine ist, erzähll' ich's. So freigebig, wie die Sonne mit ihren Strahlen, will ich nicht seyn; meine Perlen will ich vor die alberne Menge nicht werfen.

Ich kannte, seit dem lezten Seelengespräche, mit jedem Tage mich weniger. Ich fühlt', es war ein heilig Geheimniß zwischen mir und Diotima.

Ich staunte, träumte. Als wär' um Mitternacht ein seeliger Geist mir erschienen und hätte mich erkoren, mit ihm umzugehn, so war es mir in der Seele.

O es ist ein seltsames Gemische von Seeligkeit und Schwermuth, wenn es so sich offenbart, daß wir auf immer heraus sind aus dem gewöhnlichen Daseyn.

Es war mir seitdem nimmer gelungen, Diotima allein zu sehn. Immer mußt' ein Dritter uns stören, trennen, und die Welt lag zwischen ihr und mir, wie eine unendliche Leere. Sechs todesbange Tage giengen so vorüber, ohne daß ich etwas wußte von Diotima. Es war, als lähmten die andern, die um uns waren, mir die Sinne, als tödteten sie mein ganzes äußeres Leben, damit auf keinem Wege die verschlossene Seele sich hinüber helfen möchte zu ihr.

Wollt' ich mit dem Auge sie suchen, so wurd' es Nacht vor mir, wollt' ich mich mit einem Wörtchen an sie wenden, so erstikt' es in der Kehle.

Ach! mir wollte das heilige nahmenlose Verlangen oft die Brust zerreißen, und die mächtige Liebe zürnt' oft, wie ein gefangener

Titan, in mir. So tief, so innigst unversöhnlich hatte mein Geist noch nie sich gegen die Ketten gesträubt, die das Schiksaal ihm schmiedet, gegen das eiserne unerbittliche Gesez, geschieden zu seyn, nicht Eine Seele zu seyn mit seiner liebenswürdigen Hälfte.

Die sternenhelle Nacht war nun mein Element geworden. Dann, wann es stille war, wie in den Tiefen der Erde, wo geheimnißvoll das Gold wächst, dann hob das schönere Leben meiner Liebe sich an.

Da übte das Herz sein Recht, zu dichten, aus. Da sagt' es mir, wie Hyperions Geist im Vorelysium mit seiner holden Diotima gespielt, eh' er herabgekommen zur Erde, in göttlicher Kindheit bei dem Wohlgetöne des Quells, und unter Zweigen, wie wir die Zweige der Erde sehn, wenn sie verschönert aus dem güldenen Strome blinken.

Und, wie die Vergangenheit, öffnete sich die Pforte der Zukunft in mir.

Da flogen wir, Diotima und ich, da wanderten wir, wie Schwalben, von einem Frühlinge der Welt zum andern, durch der Sonne weites Gebiet und drüber hinaus, zu den andern Inseln des Himmels, an des Sirius goldne Küsten, in die Geisterthale des Arcturs –

O es ist doch wohl wünschenswerth, so aus Einem Kelche mit der Geliebten die Wonne der Welt zu trinken!

Berauscht vom seeligen Wiegenliede, das ich mir sang, schlief ich ein, mitten unter den herrlichen Phantomen.

Wie aber am Strahle des Morgenlichts das Leben der Erde sich wieder entzündete, sah ich empor und suchte die Träume der Nacht. Sie waren, wie die schönen Sterne, verschwunden, und nur die Wonne der Wehmuth zeugt' in meiner Seele von ihnen.

Ich trauerte; aber ich glaube, daß man unter den Seeligen auch so trauert. Sie war die Botin der Freude, diese Trauer, sie war die grauende Dämmerung, woran die unzähligen Rosen des Morgenroths sprossen. –

Der glühende Sommertag hatte jezt alles in die dunkeln Schatten gescheucht. Auch um Diotima's Haus war alles still und leer, und die neidischen Vorhänge standen mir an allen Fenstern im Wege.

Ich lebt' in Gedanken an sie. Wo bist du, dacht' ich, wo findet mein einsamer Geist dich, süßes Mädchen? Siehest du vor dich hin und sinnest? Hast du die Arbeit auf die Seite gelegt und stüzest den Arm aufs Knie und auf das Händchen das Haupt und giebst den lieblichen Gedanken dich hin?

Daß ja nichts meine Friedliche störe, wenn sie mit süßen Phantasien ihr Herz erfrischt, daß ja nichts diese Traube betaste und den erquikenden Thau von den zarten Beeren ihr streife!

So träumt' ich. Aber indeß die Gedanken zwischen den Wänden des Hauses nach ihr spähten, suchten die Füße sie anderswo, und eh' ich es gewahr ward, gieng ich unter den Bogengängen des heiligen Walds, hinter Diotima's Garten, wo ich sie zum erstenmale hatte gesehn. Was war das? Ich war ja indessen so oft mit diesen Bäumen umgegangen, war vertrauter mit ihnen, ruhiger unter ihnen geworden; jezt ergriff mich eine Gewalt, als trät' ich in Dianens Schatten, um zu sterben vor der gegenwärtigen Gottheit.

Indessen gieng ich weiter. Mit jedem Schritte wurd' es wunderbarer in mir. Ich hätte fliegen mögen, so trieb mein Herz mich vorwärts; aber es war, als hätt' ich Blei an den Sohlen. Die Seele war vorausgeeilt, und hatte die irrdischen Glieder verlassen. Ich hörte nicht mehr und vor dem Auge dämmerten und schwankten alle Gestalten. Der Geist war schon bei Diotima; im Morgenlichte spielte der Gipfel des Baums, indeß die untern Zweige noch die kalte Dämmerung fühlten.

Ach! mein Hyperion! rief jezt mir eine Stimme entgegen; ich stürzt' hinzu; „meine Diotima! o meine Diotima!" weiter hatt' ich kein Wort und keinen Othem, kein Bewußtseyn.

Schwinde, schwinde, sterbliches Leben, dürftig Geschäfft, wo der einsame Geist die Pfennige, die er gesammelt, hin und her betrachtet und zählt! wir sind zur Freude der Gottheit alle berufen!

Es ist hier eine Lüke in meinem Daseyn. Ich starb, und wie ich erwachte, lag ich am Herzen des himmlischen Mädchens.

O Leben der Liebe! wie warst du an ihr aufgegangen in voller holdseeliger Blüthe! wie in leichten Schlummer gesungen von seeligen Genien, lag das reizende Köpfchen mir auf der Schulter, lächelte süßen Frieden, und schlug sein ätherisch Auge nach mir auf in fröhlichem unerfahrenem Staunen, als blikt' es eben jezt zum erstenmale in die Welt.

Lange standen wir so in holder selbstvergessener Betrachtung, und keines wußte, wie ihm geschah, bis endlich der Freude zu viel in mir sich häufte und in Thränen und Lauten des Entzükens auch meine verlorne Sprache wieder begann und meine stille Begeisterte vollends wieder in's Daseyn wekte.

Endlich sahn wir uns auch wieder um.

O meine alten freundlichen Bäume! rief Diotima, als hätte sie sie in langer Zeit nicht gesehn, und das Andenken an ihre vorigen einsamen Tage spielt' um ihre Freuden, lieblich, wie die Schatten um den jungfräulichen Schnee, wenn er erröthet und glüht im freudigen Abendglanze.

Engel des Himmels! rief ich, wer kann dich fassen? wer kann sagen, er habe ganz dich begriffen?

Wunderst du dich, erwiederte sie, daß ich so sehr dir gut bin? Lieber! stolzer Bescheidner! Bin ich denn auch von denen, die nicht glauben können an dich, hab' ich denn nicht dich ergründet, hab' ich den Genius nicht in seinen Wolken erkannt? Verhülle dich nur und siehe dich selbst nicht; ich will dich hervorbeschwören, ich will –

Aber er ist ja da, er ist hervorgegangen, wie ein Stern; er hat die Hülse durchbrochen und steht, wie ein Frühling, da; wie ein Kristallquell aus der düstern Grotte, ist er hervorgegangen; das ist der finstre Hyperion nicht, das ist die wilde Trauer nicht mehr – o mein, mein herrlicher Junge!

Das alles war mir, wie ein Traum. Konnt' ich glauben an diß Wunder der Liebe? konnt' ich? mich hätte die Freude getödtet.

Göttliche! rief ich, sprichst du mit mir? kannst du so dich verläugnen, seelige Selbstgenügsame! kannst du so dich freuen an mir? O ich seh' es nun, ich weiß nun, was ich oft geahnet, der Mensch ist ein Gewand, das oft ein Gott sich umwirft, ein Kelch, in den der Himmel seinen Nektar gießt, um seinen Kindern vom Besten zu kosten zu geben. –

Ja, ja! fiel sie schwärmerisch lächelnd mir ein, dein Nahmensbruder, der herrliche Hyperion des Himmesl ist in dir.

Laß mich, rief ich, laß mich dein seyn, laß mich mein vergessen, laß alles Leben in mir und allen Geist nur dir zufliegen; nur dir, in seeliger endeloser Betrachtung! O Diotima! so stand ich sonst auch vor dem dämmernden Götterbilde, das meine Liebe sich schuff, vor dem Idole meiner einsamen Träume; ich nährt' es traulich; mit meinem Leben belebt' ich es, mit den Hoffnungen meines Herzens erfrischt', erwärmt' ich es, aber es gab mir nichts, als was ich gegeben, und wenn ich verarmt war, ließ es mich arm, und nun! nun hab' ich im Arme dich, und fühle den Othem deiner Brust, und fühle dein Aug' in meinem Auge, die schöne Gegenwart rinnt mir in alle Sinnen herein, und ich halt' es aus, ich habe das Herrlichste so und bebe nicht mehr – ja! ich bin wirklich nicht der ich sonst war, Diotima! ich bin deines gleichen geworden, und Göttliches spielt mit Göttlichem jezt, wie Kinder unter sich spielen. –

Aber etwas stiller mußt du mir werden, sagte sie.

Du hast auch recht, du Liebenswürdige! rief ich freudig, sonst erscheinen mir ja die Grazien nicht; sonst seh' ich ja im Meere der Schönheit seine leisen lieblichen Bewegungen nicht. O ich will es noch lernen, nichts an dir zu übersehen. Gieb mir nur Zeit!

Schmeichler! rief sie, aber für heute sind wir zu Ende, lieber Schmeichler! die goldne Abendwolke hat mich gemahnt. O traure nicht! Erhalte dir und mir die reine Freude! Laß sie nachtönen in dir, bis Morgen, und tödte sie nicht durch Mismuth! – die Blumen des Herzens wollen freundliche Pflege. Ihre Wurzel ist überall, aber sie selbst gedeihn in heitrer Witterung nur. Leb wohl, Hyperion!

Sie machte sich los. Mein ganzes Wesen flammt' in mir auf, wie sie so vor mir hinwegschwand in ihrer glühenden Schönheit.

O du! – rief ich und stürzt' ihr nach, und gab meine Seele in ihre Hand in unendlichen Küssen.

Gott! rief sie, wie wird das künftig werden!

Das traf mich. Verzeih, Himmlische! sagt' ich; ich gehe. Gute Nacht, Diotima! denke noch mein ein wenig!

Das will ich, rief sie, gute Nacht!

Und nun kein Wort mehr, Bellarmin! Es wäre zuviel für mein geduldiges Herz. Ich bin erschüttert, wie ich fühle. Aber ich will hinausgehn unter die Pflanzen und Bäume, und unter sie hin mich legen und beten, daß die Natur zu solcher Ruhe mich bringe.

HYPERION AN BELLARMIN.

Unsere Seelen lebten nun immer freier und schöner zusammen, und alles in und um uns vereinigte sich zu goldenem Frieden. Es schien, als wäre die Welt gestorben und eine neue begönne mit uns, so geistig und kräftig und liebend und leicht war alles geworden, und wir und alle Wesen schwebten, seelig vereint, wie ein Chor von tausend unzertrennlichen Tönen, durch den unendlichen Aether.

Unsre Gespräche gleiteten weg, wie ein himmelblau Gewässer, woraus der Goldsand hin und wieder blinkt, und unsre Stille war, wie die Stille der Berggipfel, wo in herrlich einsamer Höhe, hoch über dem Raume der Gewitter, nur die göttliche Luft noch in den Loken des kühnen Wanderers rauscht.

Und die wunderbare heilige Trauer, wann die Stunde der Trennung in unsre Begeisterung tönte, wenn ich oft rief: nun sind wir wieder sterblich, Diotima! und sie mir sagte: Sterblichkeit ist Schein, ist, wie die Farben, die vor unsrem Auge zittern, wenn es lange in die Sonne sieht!

Ach! und alle die holdseeligen Spiele der Liebe! die Schmeichelreden, die Besorgnisse, die Empfindlichkeiten, die Strenge und Nachsicht.

Und die Allwissenheit, womit wir uns durchschauten, und der unendliche Glaube, womit wir uns verherrlichten!

Ja! eine Sonne ist der Mensch, allsehend, allverklärend, wenn er liebt, und liebt er nicht, so ist er eine dunkle Wohnung, wo ein rauchend Lämpchen brennt.

Ich sollte schweigen, sollte vergessen und schweigen.

Aber die reizende Flamme versucht mich, bis ich mich ganz in sie stürze, und, wie die Fliege, vergehe.

Mitten in all dem seeligen unverhaltnen Geben und Nehmen fühlt' ich einmal, daß Diotima stiller wurde und immer stiller.

Ich fragt' und flehte; aber das schien nur mehr sie zu entfernen, endlich flehte sie, ich möchte nicht mehr fragen, möchte gehn, und wenn ich wiederkäme, von etwas anderm sprechen. Das gab mir auch ein schmerzlich Verstummen, worein ich selbst mich nicht zu finden wußte.

Mir war, als hätt' ein unbegreiflich plözlich Schiksaal unsrer Liebe den Tod geschworen, und alles Leben war hin außer mir und allem.

Ich schämte mich freilich deß; ich wußte gewiß, das Ungefähr beherrsche Diotima's Herz nicht. Aber wunderbar blieb sie mir immer, und mein verwöhnter untröstlicher Sinn wollt' immer offenbare gegenwärtige Liebe; verschloßne Schäze waren verlorne Schäze für ihn. Ach! ich hatt' im Glüke die Hoffnung verlernt, ich war noch damals, wie die ungeduldigen Kinder, die um den Apfel am Baume weinen, als wär' er gar nicht da, wenn er ihnen den Mund nicht küßt. Ich hatte keine Ruhe, ich flehte wieder, mit Ungestümm und Demuth, zärtlich und zürnend, mit ihrer ganzen allmächtigen bescheidnen Beredsamkeit rüstete die Liebe mich aus und nun – o Diotima! nun hatt' ich es, das reizende Bekenntniß, nun hab' ich und halt' es, bis auch mich, mit allem, was an mir ist, in die alte Heimath, in den Schoos der Natur die Wooge der Liebe zurükbringt.

Die Unschuldige! noch kannte sie die mächtige Fülle ihres Herzens nicht, und lieblich erschroken vor dem Reichtum in ihr, begrub sie ihn in die Tiefe der Brust – und wie sie nun bekannte, heilige Einfalt! wie sie mit Thränen bekannte, sie liebe zu sehr, und wie sie Abschied nahm von allem, was sie sonst am Herzen gewiegt, o wie sie rief: abtrünnig bin ich geworden von Mai und Sommer und Herbst, und achte des Tages und der Nacht nicht, wie sonst, gehöre dem Himmel und der Erde nicht mehr, gehöre nur Einem, Einem, aber die Blüthe des Mai's und die Flamme des Sommers und die Reife des Herbsts, die Klarheit des Tags und der Ernst der Nacht, und Erd' und Himmel ist mir in diesem Einen vereint! so lieb' ich – und wie sie nun in voller Herzenslust mich betrachtete, wie sie, in kühner heiliger Freude, in ihre schönen Arme mich nahm und die Stirne mir küßte und den Mund, ha! wie das göttliche Haupt, sterbend in Wonne, mir am offnen Halse herabsank, und die süßen Lippen an der schlagenden Brust mir ruhten und der liebliche Othem an die Seele mir gieng – o Bellarmin! die Sinne vergehn mir und der Geist entflieht.

Ich seh', ich sehe, wie das enden muß. Das Steuer ist in die Wooge gefallen und das Schiff wird, wie an den Füßen ein Kind, ergriffen und an die Felsen geschleudert.

HYPERION AN BELLARMIN.

Es giebt große Stunden im Leben. Wir schauen an ihnen hinauf, wie an den kolossalischen Gestalten der Zukunft und des Altertums, wir kämpfen einen herrlichen Kampf mit ihnen, und bestehn wir vor ihnen, so werden sie, wie Schwestern, und verlassen uns nicht.

Wir saßen einst zusammen auf unsrem Berge, auf einem Steine der alten Stadt dieser Insel und sprachen davon, wie hier der Löwe Demosthenes sein Ende gefunden, wie er hier mit heiligem selbsterwähltem Tode aus den Macedonischen Ketten und Dolchen sich zur Freiheit geholfen – Der herrliche Geist gieng scherzend aus der Welt, rief einer; warum nicht? sagt' ich; er hatte nichts mehr hier zu suchen; Athen war Alexanders Dirne geworden, und die Welt, wie ein Hirsch, von dem großen Jäger zu Tode gehezt.

O Athen! rief Diotima; ich habe mnachmal getrauert, wenn ich dahinaussah, und aus der blauen Dämmerung mir das Phantom des Olympion aufstieg!

Wie weit ist's hinüber? fragt' ich.

Eine Tagreise vieleicht, erwiederte Diotima.

Eine Tagereise, rief ich, und ich war noch nicht drüben? wir müssen gleich hinüber zusammen.

Recht so! rief Diotima; wir haben morgen heitere See, und alles steht jezt noch in seiner Grüne und Reife.

Man braucht die ewige Sonne und das Leben der unsterblichen Erde zu solcher Wallfahrt.

Also morgen! sagt' ich, und unsre Freunde stimmten mit ein.

Wir fuhren früh, unter dem Gesange des Hahns, aus der Rhede. In frischer Klarheit glänzten wir und die Welt. Goldne stille Jugend war in unsern Herzen. Das Leben in uns war, wie das Leben einer neugebornen Insel des Oceans, worauf der erste Frühling beginnt.

Schon lange war unter Diotima's Einfluß mehr Gleichgewicht in meine Seele gekommen; heute fühlt' ich es dreifach rein, und die zerstreuten schwärmenden Kräfte waren all' in Eine goldne Mitte versammelt.

Wir sprachen unter einander von der Treflichkeit des alten Athenervolks, woher sie komme, worinn sie bestehe.

Einer sagte, das Klima hat es gemacht; der andre: die Kunst und Philosophie; der dritte: Religion und Staatsform.

Athenische Kunst und Religion, und Philosophie und Staatsform, sagt' ich, sind Blüthen und Früchte des Baums, nicht Boden und Wurzel. Ihr nehmt die Wirkungen für die Ursache.

Wer aber mir sagt, das Klima habe diß gebildet, der denke, daß auch wir darinn noch leben.

Ungestörter in jedem Betracht, von gewaltsamem Einflusse freier, als irgend ein Volk der Erde, erwuchs das Volk der Athener. Kein Eroberer schwächt sie, kein Kriegsglük berauscht sie, kein fremder Götterdienst betäubt sie, keine eilfertige Weisheit treibt sie zu unzeitiger Reife. Sich selber überlassen, wie der werdende Diamant, ist ihre Kindheit. Man hört beinahe nichts von ihnen, bis in die Zeiten des Pisistratus und Hipparch. Nur wenig Antheil nahmen sie am trojanischen Kriege, der, wie im Treibhaus, die meisten griechischen Völker zu früh erhizt' und belebte. – Kein außerordentlich Schiksaal erzeugt den Menschen. Groß und kolossalisch sind die Söhne einer solchen Mutter, aber schöne Wesen, oder, was dasselbe ist, Menschen werden sie nie, oder spät erst, wenn die Kontraste sich zu hart bekämpfen, um nicht endlich Frieden zu machen.

In üppiger Kraft eilt Lacedämon den Atheniensern voraus, und hätte sich eben deswegen auch früher zerstreut und aufgelöst, wäre Lycurg nicht gekommen, und hätte mit seiner Zucht die übermüthige Natur zusammengehalten. Von nun war denn auch an den Spartanern alles erbildet, alle Vortreflichkeit errungen und erkauft durch Fleiß und selbstbewußtes Streben, und soviel man in gewissem Sinne von der Einfalt der Spartaner sprechen kann, so war doch, wie natürlich, eigentliche Kindereinfalt ganz nicht unter ihnen. Die Lacedämonier durchbrachen zu frühe die Ordnung des Instincts, sie schlugen zu früh aus der Art, und so mußte denn auch die Zucht zu früh mit ihnen beginnen; denn jede Zucht und Kunst beginnt zu früh, wo die Natur des Menschen noch nicht reif geworden ist. Vollendete Natur muß in dem Menschenkinde leben, eh' es in die Schule geht, damit das Bild der Kindheit ihm die Rükkehr zeige aus der Schule zu vollendeter Natur.

Die Spartaner blieben ewig ein Fragment; denn wer nicht einmal ein vollkommenes Kind war, der wird schwerlich ein vollkommener Mann. –

Freilich hat auch Himmel und Erde für die Athener, wie für alle Griechen, das ihre gethan, hat ihnen nicht Armuth und nicht Überfluß gereicht. Die Stralen des Himmels sind nicht, wie ein Feuerreegen, auf sie gefallen. Die Erde verzärtelte, berauschte sie nicht mit Liebkosungen und übergütigen Gaben, wie sonst wohl hie und da die thörige Mutter thut.

Hiezu kam die wundergroße That des Theseus, die freiwillige Beschränkung seiner eignen königlichen Gewalt.

O! solch ein Saamenkorn in die Herzen des Volks geworfen, muß einen Ocean von goldnen Ähren erzeugen, und sichtbar wirkt und wuchert es spät noch unter den Athenern.

Also noch einmal! daß die Athener so frei von gewaltsamem Einfluß aller Art, so recht bei mittelmäßiger Kost aufwuchsen, das hat sie so vortreflich gemacht, und diß nur konnt' es!

Laßt von der Wiege an den Menschen ungestört! treibt aus der engvereinten Knospe seines Wesens, treibt aus dem Hüttchen seiner Kindheit ihn nicht heraus! thut nicht zu wenig, daß er euch nicht entbehre und so von ihm euch unterscheide, thut nicht zu viel, daß er eure oder seine Gewalt nicht fühle, und so von ihm euch unterscheide, kurz, laßt den Menschen spät erst wissen, daß es Menschen, daß es irgend etwas außer ihm giebt, denn so nur wird er Mensch. Der Mensch ist aber ein Gott, so bald er Mensch ist. Und ist er ein Gott, so ist er schön.

Sonderbar! rief einer von den Freunden.

Du hast noch nie so tief aus meiner Seele gesprochen, rief Diotima.

Ich hab' es von dir, erwiedert ich.

So war der Athener ein Mensch, fuhr ich fort, so mußt' er es werden . Schön kam er aus den Händen der Natur, schön an Leib und Seele, wie man zu sagen pflegt.

Das erste Kind der menschlichen, der göttlichen Schönheit ist die Kunst. In ihr verjüngt und wiederholt der göttliche Mensch sich selbst. Er will sich selber fühlen, darum stellt er seine Schönheit gegenüber sich. So gab der Mensch sich seine Götter. Denn im Anfang war der Mensch und seine Götter Eins, da, sich selber unbekannt, die ewige Schönheit war. – Ich spreche Mysterien, aber sie sind. –

Das erste Kind der göttlichen Schönheit ist die Kunst. So war es bei den Athenern.

Der Schönheit zweite Tochter ist die Religion. Religion ist die Liebe der Schönheit. Der Weise liebt sie selbst, die Unendliche, die Allumfassende; das Volk liebt ihre Kinder, die Götter, die in mannigfaltigen Gestalten ihm erscheinen. Auch so war's bei den Athenern. Und ohne solche Liebe der Schönheit, ohne solche Religion ist jeder Staat ein dürr Gerippe ohne Leben und Geist, und alles Denken und Thun ein Baum ohne Gipfel, eine Säule, wovon die Krone herabgeschlagen ist.

Daß aber wirklich diß der Fall war bei den Griechen und besonders den Athenern, daß ihre Kunst und ihre Religion die ächten Kinder ewiger Schönheit – vollendeter Menschennatur – sind, und nur hervorgehn konnten aus vollendeter Menschennatur, das zeigt sich deutlich, wenn man nur die Gegenstände ihrer heiligen Kunst, und die Religion mit unbefangenem Auge sehn will, womit sie jene Gegenstände liebten und ehrten.

Mängel und Mißtritte giebt es überall und so auch hier. Aber das ist sicher, daß man in den Gegenständen ihrer Kunst doch meist den reifen Menschen findet. Da ist nicht das Kleinliche, nicht das Ungeheure der Aegyptier und Gothen, da ist Menschensinn und Menschengestalt. Sie schweifen weniger als andre, zu den Extremen des Übersinnlichen und des Sinnlichen aus. In der schönen Mitte der Menschheit bleiben ihre Götter mehr, denn andre.

Und wie der Gegenstand, so auch die Liebe. Nicht zu knechtisch und nicht gar zu sehr vertraulich! –

Aus der Geistesschönheit der Athener folgte denn auch der nöthige Sinn für Freiheit.

Der Aegyptier trägt ohne Schmerz die Despotie der Willkühr, der Sohn des Nordens ohne Widerwillen die Gesezesdespotie, die

Ungerechtigkeit in Rechtsform; denn der Aegyptier hat von Mutterleib an einen Huldigungs- und Vergötterungstrieb; in Norden glaubt man an das reine freie Leben der Natur zu wenig, um nicht mit Aberglauben am Gesezlichen zu hängen.

Der Athener kann die Willkühr nicht ertragen, weil seine göttliche Natur nicht will gestört seyn, er kann Gesezlichkeit nicht überall ertragen, weil er ihrer nicht überall bedarf. Drako taugt für ihn nicht. Er will zart behandelt seyn, und thut auch recht daran.

Gut! unterbrach mich einer, das begreif' ich, aber, wie diß dichterische religiöse Volk nun auch ein philosophisch Volk seyn soll, das seh' ich nicht.

Sie wären sogar, sagt' ich, ohne Dichtung nie ein philosophisch Volk gewesen!

Was hat die Philosophie, erwiedert' er, was hat die kalte Erhabenheit dieser Wissenschaft mit Dichtung zu thun?

Die Dichtung, sagt' ich meiner Sache gewiß, ist der Anfang und das Ende dieser Wissenschaft. Wie Minerva aus Jupiters Haupt, entspringt sie aus der Dichtung eines unendlichen göttlichen Seyns. Und so läuft am End' auch wieder in ihr das Unvereinbare in der geheimnißvollen Quelle der Dichtung zusammen.

Das ist ein paradoxer Mensch, rief Diotima, jedoch ich ahn' ihn. Aber ihr schweift mir aus. Von Athen ist die Rede.

Der Mensch, begann ich wieder, der nicht wenigstens im Leben Einmal volle lautre Schönheit in sich fühlte, wenn in ihm die Kälte seines Wesens, wie die Farben am Irisbogen, in einander spielten, der nie erfuhr, wie nur in Stunden der Begeisterung alles innigst übereinstimmt, der Mensch wird nicht einmal ein philosophischer Zweifler werden, sein Geist ist nicht einmal zum Niederreißen gemacht, geschweige zum Aufbaun. Denn glaubt es mir, der Zweifler findet darum nur in allem, was gedacht wird, Widerspruch und Mangel, weil er die Harmonie der mangellosen Schönheit kennt, die nie gedacht wird. Das trokne Brod, das menschliche Vernunft wohlmeinend ihm reicht, verschmähet er nur darum, weil er in geheim am Göttertische schwelgt.

Schwärmer! rief Diotima, darum warst auch du ein Zweifler. Aber die Athener!

Ich bin ganz nah an ihnen, sagt' ich. Das große Wort, das εν διαφερον εαυτω (das Eine in sich selber unterschiedne) des Heraklit, das konnte nur ein Grieche finden, denn es ist das Wesen der Schönheit, und ehe das gefunden war, gabs keine Philosophie.

Nun konnte man bestimmen, das ganze war da. Die Blume war gereift; man konnte nun zergliedern.

Der Moment der Schönheit war nun kund geworden unter den Menschen, war da im Leben und Geiste, das Unendlicheinige war.

Man konnt' es aus einander sezen, zertheilen im Geiste, konnte das Getheilte neu zusammendenken, konnte so das Wesen des Höchsten und Besten mehr und mehr erkennen und das Erkannte zum Geseze geben in des Geistes mannigfaltigen Gebieten.

Seht ihr nun, warum besonders die Athener auch ein philosophisch Volk seyn mußten?

Das konnte der Aegyptier nicht. Wer mit dem Himmel und der Erde nicht in gleicher Lieb' und Gegenliebe lebt, wer nicht in diesem Sinne einig lebt mit dem Elemente, worinn er sich regt, ist von Natur auch in sich selbst so einig nicht, und erfährt die ewige Schönheit wenigstens so leicht nicht wie ein Grieche.

Wie ein prächtiger Despot, wirft seine Bewohner der orientalische Himmelsstrich mit seiner Macht und seinem Glanze zu Boden, und, ehe der Mensch noch gehen gelernt hat, muß er knieen, eh' er sprechen gelernt hat, muß er beten; ehe sein Herz ein Gleichgewicht hat, muß es sich neigen, und ehe der Geist noch stark genug ist, Blumen und Früchte zu tragen, ziehet Schiksaal und Natur mit brennender Hizze alle Kraft aus ihm. Der Aegyptier ist hingegeben, eh' er ein Ganzes ist, und darum weiß er nichts vom Ganzen, nichts von Schönheit, und das Höchste, was er nennt, ist eine verschleierte Macht, ein schauerhaft Räthsel; die stumme finstre Isis ist sein Erstes und Leztes, eine leere Unendlichkeit und da heraus ist nie Vernünftiges gekommen. Auch aus dem erhabensten Nichts wird Nichts geboren.

Der Norden treibt hingegen seine Zöglinge zu früh in sich hinein, und wenn der Geist des feurigen Aegyptiers zu reiselustig in die Welt hinaus eilt, schikt im Norden sich der Geist zur Rükkehr in sich selbst an, ehe er nur reisefertig ist.

Man muß im Norden schon verständig seyn, noch eh' ein reif Gefühl in einem ist, man mißt sich Schuld von allem bei, noch ehe die Unbefangenheit ihr schönes Ende erreicht hat; man muß vernünftig, muß zum selbstbewußten Geiste werden, ehe man Mensch, zum klugen Manne, ehe man Kind ist; die Einigkeit des ganzen Menschen, die Schönheit läßt man nicht in ihm gedeihn und reifen, eh' er sich bildet und entwikelt. Der blose Verstand, die blose Vernunft sind immer die Könige des Nordens.

Aber aus blosem Verstand ist nie verständiges, aus bloser Vernunft ist nie vernünftiges gekommen.

Verstand ist ohne Geistesschönheit, wie ein dienstbarer Geselle, der den Zaun aus grobem Holze zimmert, wie ihm vorgezeichnet ist, und die gezimmerten Pfähle an einander nagelt, für den Garten, den der Meister bauen will. Des Verstandes ganzes Geschäft ist Nothwerk. Vor dem Unsinn, vor dem Unrecht schüzt er uns, indem er ordnet; aber sicher zu seyn vor Unsinn und vor Unrecht ist doch nicht die höchste Stuffe menschlicher Vortreflichkeit.

Vernunft ist ohne Geistes-, ohne Herzensschönheit, wie ein Treiber, den der Herr des Hauses über die Knechte gesezt hat; der weiß, so wenig, als die Knechte, was aus all' der unendlichen Arbeit werden soll, und ruft nur: tummelt euch, und siehet es fast ungern, wenn es vor sich geht, denn am Ende hätt' er ja nichts mehr zu treiben, und seine Rolle wäre gespielt.

Aus blosem Verstande kömmt keine Philosophie, denn Philosophie ist mehr, denn nur die beschränkte Erkenntniß des Vorhandnen.

Aus bloser Vernunft kömmt keine Philosophie, denn Philosophie ist mehr, denn blinde Forderung eines nie zu endigenden Fortschritts in Vereinigung und Unterscheidung eines möglichen Stoffs.

Leuchtet aber das Göttliche εν διαφερον εαυτω, das Ideal der Schönheit der strebenden Vernunft, so fodert sie nicht blind, und weiß, warum, wozu sie fodert.

Scheint, wie der Maitag in des Künstlers Werkstatt, dem Verstande die Sonne des Schönen zu seinem Geschäffte, so schwärmt er zwar nicht hinaus und läßt sein Nothwerk stehn, doch denkt er gerne des Festtags, wo er wandeln wird im verjüngenden Frühlingslichte.

So weit war ich, als wir landeten an der Küste von Attika.

Das alte Athen lag jezt zu sehr uns im Sinne, als daß wir hätten viel in der Ordnung sprechen mögen, und ich wunderte mich jezt selber über die Art meiner Äußerungen. Wie bin ich doch, rief ich, auf die troknen Berggipfel gerathen, worauf ihr mich saht?

Es ist immer so, erwiederte Diotima, wenn uns recht wohl ist. Die üppige Kraft sucht eine Arbeit. Die jungen Lämmer stoßen sich die Stirnen an einander, wenn sie von der Mutter Milch gesättiget sind.

Wir giengen jezt am Lykabettus hinauf, und blieben, troz der Eile zuweilen stehen, in Gedanken und wunderbaren Erwartungen.

Es ist schön, daß es dem Menschen so schwer wird, sich vom Tode dessen, was er liebt, zu überzeugen, und es ist wohl keiner noch zu seines Freundes Grabe gegangen, ohne die leise Hofnung, da dem Freunde wirklich zu begegnen. Mich ergriff das schöne Phantom des alten Athens, wie einer Mutter Gestalt, die aus dem Todtenreiche zurükkehrt.

O Parthenon! rief ich, Stolz der Welt! zu deinen Füßen liegt das Reich des Neptun, wie ein bezwungener Löwe, und wie Kinder, sind die andern Tempel um dich versammelt, und die beredte Agora und der Hain des Akademus –

Kannst du so dich in die alte Zeit versezen, sagte Diotima.

Mahne mich nicht an die Zeit! erwiedert' ich; es war ein göttlich Leben und der Mensch war der Mittelpunkt der Natur. Der Frühling, als er um Athen her blühte, war er, wie eine bescheidne Blume an der Jungfrau Busen; die Sonne gieng schaamroth auf über den Herrlichkeiten der Erde.

Die Marmorfelsen des Hymettus und Pentele sprangen hervor aus ihrer schlummernden Wiege, wie Kinder aus der Mutter Schoos, und gewannen Form und Leben unter den zärtlichen Athener-Händen.

Honig reichte die Natur und die schönsten Veilchen und Myrthen und Oliven.

Die Natur war Priesterin und der Mensch ihr Gott, und alles Leben in ihr und jede Gestalt und jeder Ton von ihr nur Ein begeistertes Echo des Herrlichen, dem sie gehörte.

Ihn feiert', ihm nur opferte sie.

Er war es auch werth, er mochte liebend in der heiligen Werkstatt sizen und dem Götterbilde, das er gemacht, die Kniee umfassen, oder auf dem Vorgebirge, auf Suniums grüner Spize, unter den horchenden Schülern gelagert, sich die Zeit verkürzen mit hohen Gedanken, oder er mocht' im Stadium laufen, oder vom Rednerstuhle, wie der Gewittergott, Reegen und Sonnenschein und Blize senden und goldene Wolken –

O siehe! rief jezt Diotima mir plözlich zu.

Ich sah, und hätte vergehen mögen vor dem allmächtigen Anblik.

Wie ein unermeßlicher Schiffbruch, wenn die Orkane verstummt sind und die Schiffer entflohn, und der Leichnam der zerschmetterten Flotte unkenntlich auf der Sandbank liegt, so lag vor uns Athen, und die verwaisten Säulen standen vor uns, wie die nakten Stämme eines Walds, der am Abend noch grünte, und des Nachts darauf im Feuer aufgieng.

Hier, sagte Diotima, lernt man stille seyn über sein eigen Schiksaal, es seie gut oder böse.

Hier lernt man stille seyn über Alles, fuhr ich fort. Hätten die Schnitter, die dß Kornfeld gemäht, ihre Scheunen mit seinen Halmen bereichert, so wäre nichts verloren gegangen, und ich wollte mich begnügen, hier als Ährenleser zu stehn; aber wer gewann denn?

Ganz Europa, erwiedert' einer von den Freunden.

O ja! rief ich, sie haben die Säulen und Statuen weggeschleift und an einander verkauft, haben die edlen Gestalten nicht wenig geschäzt, der Seltenheit wegen, wie man Papageyen und Affen schäzt.

Sage das nicht! erwiedert' derselbe; und mangelt' auch wirklich ihnen der Geist von all' dem Schönen, so wär' es, weil der nicht weggetragen werden konnte und nicht gekauft.

Ja wohl! rief ich. Dieser Geist war auch untergegangen noch ehe die Zerstörer über Attika kamen. Erst, wenn die Häuser und Tempel ausgestorben, wagen sich die wilden Thiere in die Thore und Gassen.

Wer jenen Geist hat, sagte Diotima tröstend, dem stehet Athen noch, wie ein blühender Fruchtbaum. Der Künstler ergänzt den Torso sich leicht.

Wir giengen des andern Tages früh aus, sahn die Ruinen des Parthenon, die Stelle des alten Bacchustheaters, den Theseustempel, die sechzehn Säulen, die noch übrig stehn vom göttlichen Olympion; am meisten aber ergriff mich das alte Thor, wodurch man ehmals aus der alten Stadt zur neuen herauskam, wo gewiß einst tausend schöne Menschen an Einem Tage sich grüßten. Jezt kömmt man weder in die alte noch in die neue Stadt durch dieses Thor, und stumm und öde stehet es da, wie ein vertrokneter Brunnen, aus dessen Röhren einst mit freundlichem Geplätscher das klare frische Wasser sprang.

Ach! sagt' ich, indeß wir so herumgiengen, es ist wohl ein prächtig Spiel des Schiksaals, daß es hier die Tempel niederstürzt und ihre zertrümmerten Steine den Kindern herumzuwerfen giebt, daß es die zerstümmelten Götter zu Bänken vor der Bauernhütte und die Grabmäler hier zur Ruhestätte des waidenden Stiers macht, und eine solche Verschwendung ist königlicher, als der Muthwille der Kleopatra, da sie die geschmolzenen Perlen trank, aber es ist doch Schade um all' die Größe und Schönheit!

Guter Hyperion! rief Diotima, es ist Zeit, daß du weggehst; du bist blaß und dein Auge ist müde, und du suchst dir umsonst mit Einfällen zu helfen. Komm hinaus! in's Grüne! unter die Farben des Lebens! das wird dir wohlthun.

Wir giengen hinaus in die nahegelegenen Gärten.

Die andern waren auf dem Wege mit zwei brittischen Gelehrten, die unter den Alterthümern in Athen ihre Erndte hielten, in's Gespräch gerathen und nicht von der Stelle zu bringen. Ich ließ sie gerne.

Mein ganzes Wesen richtete sich auf, da ich einmal wieder mit Diotima allein mich sah; sie hatte einen herrlichen Kampf bestanden mit dem heiligen Chaos von Athen. Wie das Saitenspiel der himmlischen Muse über den uneinigen Elementen, herrschten Diotima's stille Gedanken über den Trümmern. Wie der Mond aus zartem Gewölke, hob sich ihr Geist aus schönem Leiden empor; das himmlische Mädchen stand in seiner Wehmuth da, wie die Blume, die in der Nacht am lieblichsten duftet.

Wir giengen weiter und weiter, und waren am Ende nicht umsonst gegangen.

O ihr Haine von Angele, wo der Oelbaum und die Zypresse, umeinander flüsternd, mit freundlichen Schatten sich kühlen, wo die goldne Frucht des Zitronenbaums aus dunklem Laube blinkt, wo die schwellende Traube muthwillig über den Zaun wächst, und die reife Pomeranze, wie ein lächelnder Fündling, im Wege liegt! ihr duftenden heimlichen Pfade! ihr friedlichen Size, wo das Bild des Myrthenstrauchs aus der Quelle lächelt! euch werd' ich nimmer vergessen.

Diotima und ich giengen eine Weile unter den herrlichen Bäumen umher, bis eine große heitere Stelle sich uns darbot.

Hier sezten wir uns. Es war eine seelige Stille unter uns. Mein Geist umschwebte die göttliche Gestalt des Mädchens, wie eine Blume der Schmetterling, und all' mein Wesen erleichterte, vereinte sich in der Freude der begeisternden Betrachtung.

Bist du schon wieder getröstet, Leichtsinniger? sagte Diotima.

Ja! ja! ich bins, erwiedert' ich. Was ich verloren wähnte, hab' ich, wonach ich schmachtete, als wär' es aus der Welt verschwungen, das ist vor mir. Nein, Diotima! noch ist die Quelle der ewigen Schönheit nicht versiegt.

Ich habe dir's schon einmal gesagt, ich brauche die Götter und die Menschen nicht mehr. Ich weiß, der Himmel ist ausgestorben, entvölkert, und die Erde, die einst überfloß von schönem menschlichem Leben, ist fast, wie ein Ameisenhaufe, geworden. Aber noch giebt es eine Stelle, wo der alte Himmel und die alte Erde mir lacht. Denn alle Götter des Himmels und alle göttlichen Menschen der Erde vergeß' ich in dir.

Was kümmert mich der Schiffbruch der Welt, ich weiß von nichts, als meiner seeligen Insel.

Es giebt eine Zeit der Liebe, sagte Diotima mit freundlichem Ernste, wie es eine Zeit giebt, in der glüklichen Wiege zu leben. Aber das Leben selber treibt uns heraus.

Hyperion! – hier ergriff sie meine Hand mit Feuer, und ihre Stimme erhub mit Größe sich – Hyperion! mich deucht, du bist zu höhern Dingen geboren. Verkenne dich nicht! der Mangel am Stoffe hielt dich zurük. Es gieng nicht schnell genug. Das schlug dich nieder. Wie die jungen Fechter, fielst du zu rasch aus, ehe noch dein Ziel gewiß und deine Faust gewandt war, weil du, wie natürlich, mehr getroffen wurdest, als du trafst, so wurdest du scheu und zweifeltest an dir und allem; denn du bist so empfindlich, als du heftig bist. Aber dadurch ist nichts verloren. Wäre dein Gemüth und deine Thätigkeit so frühe reif geworden, so wäre dein Geist nicht, was er ist; du wärst der denkende Mensch nicht, wärst du nicht der leidende, der gährende Mensch gewesen. Glaube mir, du hättest nie das Gleichgewicht der schönen Menscheit so rein erkannt, hättest du es nicht so sehr verloren gehabt. Dein Herz hat endlich Frieden gefunden. Ich will es glauben. Ich versteh es. Aber denkst du wirklich, daß du nun am Ende seist? Willst du dich verschließen in den Himmel deiner Liebe, und die Welt, die deiner bedurfte, verdorren und erkalten lassen unter dir? Du mußt, wie der Lichtstral, herab, wie der allerfrischende Reegen, mußt nieder in's Land der Sterblichkeit, du must erleuchten, wie Apoll, erschüttern, beleben, wie Jupiter, sonst bist du deines Himmels nicht werth. Ich bitte dich, geh nach Athen hinein, noch Einmal, und siehe die Menschen auch an, die dort herumgehn unter den Trümmern, die rohen Albaner und die andern guten kindischen Griechen, die mit einem lustigen Tanze und einem heiligen Mährchen sich trösten über die schmähliche Gewalt, die über ihnen lastet – kannst du sagen, ich schäme mich dieses Stoffs? Ich meine, er wäre doch noch bildsam. Kannst du dein Herz abwenden von den Bedürftigen? Sie sind nicht schlimm, sie haben dir nichts zu laide gethan!

Was kann ich für sie thun, rief ich.

Gieb ihnen, was du in du hast, erwiederte Diotima, gieb –

Kein Wort, kein Wort mehr, große Seele! rief ich, du beugst mich sonst, es ist ja sonst, als hättest du mit Gewalt mich dazu gebracht –

Sie werden nicht glüklicher seyn, aber edler, nein! sie werden auch glüklicher seyn. Sie müssen heraus, sie müssen hervorgehn, wie die jungen Berge aus der Meersfluth, wenn ihr unterirrdisches Feuer sie treibt.

Zwar steh ich' allein und trete ruhmlos unter sie. Doch Einer, der ein Mensch ist, kann der nicht mehr, denn Hunderte, die nur Theile sind des Menschen?

Heilige Natur! du bist dieselbe in und außer mir. Es muß so schwer nicht seyn, was außer mir ist, zu vereinen mit dem Göttlichen in mir. Gelingt der Biene doch ihr kleines Reich, warum sollte denn ich nicht pflanzen können und baun, was noth ist?

Was? der arabische Kaufmann säete seinen Koran aus, und es wuchs ein Volk von Schülern, wie ein unendlicher Wald, ihm auf, und der Aker sollte nicht auch gedeihn, wo die alte Wahrheit wiederkehrt in neu lebendiger Jugend?

Es werde von Grund aus anders! Aus der Wurzel der Menschheit sprosse die neue Welt! Eine neue Gottheit walte über ihnen, eine neue Zukunft kläre vor ihnen sich auf.

In der Werkstatt, in den Häusern, in den Versammlungen, in den Tempeln, überall werd' es anders!

Aber ich muß noch ausgehn, zu lernen. Ich bin ein Künstler, aber ich bin nicht geschikt. Ich bilde im Geiste, aber ich weiß noch die Hand nicht zu führen –

Du gehest nach Italien, sagte Diotima, nach Deutschland, Frankreich – wie viel Jahre brauchst du drei – vier – ich denke drei sind genug; du bist ja keiner von den Langsamen, und suchst das Größte und das Schönste nur –

„Und dann?"

Du wirst Erzieher unsers Volks, du wirst ein großer Mensch seyn, hoff' ich. Und wenn ich dann dich so umfasse, da werd' ich träumen, als wär' ich ein Theil des herrlichen Manns, da werd ich frohlokken, als hättst du mir die Hälfte deiner Unsterblichkeit, wie Pollux dem Kastor, geschenkt, o! ich werd' ein stolzes Mädchen werden, Hyperion!

Ich schwieg eine Weile. Ich war voll unaussprechlicher Freude.

Giebt's denn Zufriedenheit zwischen dem Entschluß und der That, begann ich endlich wieder, giebt's eine Ruhe vor dem Siege?

Es ist die Ruhe des Helden, sagte Diotima, es giebt Entschlüsse, die, wie Götterworte, Gebot und Erfüllung zugleich sind, und so ist der deine. –

Wir giengen zurük, wie nach der ersten Umarmung. Es war uns alles fremd und neu geworden.

Ich stand nun über den Trümmern von Athen, wie der Akersmann auf dem Brachfeld. Liege nur ruhig, dacht' ich, da wir wieder zu Schiffe giengen, liege nur ruhig, schlummerndes Land! Bald grünt das junge Leben aus dir, und wächst den Seegnungen des Himmels entgegen. Bald reegnen die Wolken nimmer umsonst, bald findet die Sonne die alten Zöglinge wieder.

Du frägst nach Menschen, Natur? Du klagst, wie ein Saitenspiel, worauf des Zufalls Bruder, der Wind nur spielt, weil der Künstler, der es ordnete, gestorben ist? Sie werden kommen, deine Menschen, Natur! Ein verjüngtes Volk wird dich auch wieder verjüngen, und du wirst werden, wie seine Braut und der alte Bund der Geister wird sich erneuern mit dir.

Es wird nur Eine Schönheit seyn; und Menschheit und Natur wird sich vereinen in Eine allumfassende Gottheit.

Vmtl. in der letzten Aprilwoche. Auf einem eingeklebten Blatt Widmung im Velin-Exemplar Suzette Gontard-Borckensteins.

„Der Einfluß edler Naturen ist dem Künstler so nothwendig, wie das Tagslicht in der Pflanze, und so wie das Tagslicht in der Pflanze sich wiederfindet, nicht wie es selbst ist, sondern nur im bunten irrdischen Spiele der Farben, so finden edle Naturen nicht sich selbst, aber zerstreute Spuren ihrer Vortreflichkeit in den mannigfaltigen Gestalten und Spielen des Künstlers."

Der Verfasser.

In der letzten Aprilwoche. An Heinrike Breunlin.

Frankfurt. d.   Apr. 97.

Liebste Schwester!

Ich kann mir denken, daß du unsern Bruder im Geiste hieher begleitet hast; ich wollt', es hätte wirklich geschehen können.

Sein Besuch hat mir sehr heitere Tage gemacht. Ich war weit weniger gesezt beim ersten Empfang; den armen Jungen hatte der Postwagen so gesezt gemacht. Er thaute mir aber bald auf. Er mußte gleich den andern Tag mit mir nach Homburg hinüber, zu Sinklär, einem ganz vorzüglichen jungen Manne, der mein Freund ist, im gründlichsten Sinne des Worts; Tags darauf gieng es von Homburg auf das Gebirge der Gegend, von dessen Spize wir viele Meilen hinauf den königlichen Rhein und seinen kleinern Bruder, den Main und die grünen unendlichen Ebenen sahn, die zwischen den beeden Ströme, und Frankfurt mit den lieblichen Dörfern und Wäldchen die drum herum liegen, und das stolzere Mainz und die herrlichern Fernen, die Fränkischen Gebirge und Wälder den Spessart und das Rhöngebirge, auf einer Seite, auf der andern den Hundsrüken, weiter hinauf die Berge an der Bergstraße und die im Elsaß und hinter uns die höchsten Gebirgspizen in der Gegend von Bonn u. s. w.

Dann gieng es herab nach Mainz; das Innere der Stadt konnt' uns wenig interessiren; die großen Vestungswerke konnte man nicht wohl sehen, ohne sich dem Militair auszusezen; die Kirchen sind niedergeschossen oder zu Magazinen gemacht, interessante Menschen sind jezt auch nicht zahlreich da, übrigens freute es doch den Karl, einen meiner Bekannten, den Prof. Vogt, kennen zu lernen, der durch seine Schiksaale, die durch die entfernte Theilnahme an der Mainzer Revolution veranlaßt wurden, noch mehr aber durch seinen reinen einfältigen Karakter und seinen Geist und seine Kentnisse wirklich ein merkwürdiger Mann in meinen Augen ist.

Über die Mainzer Gegend soll dir Karl selbst etwas sagen. Von Herzen gehts ihm gewiß! Dann blieben wir noch einige Tage hier zusammen, machten kleine Exkursionen, und wären wahrscheinlich noch einige Tage länger zusammengeblieben, hätten nicht die Herrn Republikaner uns einen Strich durch die Rechnung gemacht. Wir sahn des Morgens einen kleinen Theil der Kaiserlichen retraite. Ein Zug aus dieser Physiognomie sagte uns genug. Wir beschlossen, daß unser Abschied schon Nachmittags darauf geschehen sollte. Ich begleitete den guten Bruder noch eine Stunde weit, und so kamen wir, sehr schnell und sehr schwer, voneinander.

Den zweiten Tag nach Karls Abreise war die Französische Kavallerie schon vor unsern Thoren, beinahe in demselben Augenblike, da ein Kurier von Buonaparte an Gen. Hoche hier durchkam, und die ganze Stadt mit Friedensjubel erfüllt hatte. Es war eine ganz eigne Situation. – Die Franzosen vor den Thoren wollten auf die Friedensnachricht keine Rüksicht nehmen; (sie wollten ihrer ordre folgen, auch die Frankfurter Messe ein kleinwenig plündern) Gen. Hoche, an den der Kurier war, war noch nicht gegenwärtig, und so war man einen ganzen Mittag ungewiß, wie es werden würde, denn einen ernstlichen Angriff hätte die Kaiserliche Garnison nicht abgewartet. Aber die beederseitigen Generäle kamen denn doch zu einem Waffenstillstand endlich überein; die Franzosen zogen sich hinter die Nied, ein paar Stunden von hier zurük, und wir leben jezt wieder ganz ruhig.

Nächster Woche ziehn wir wahrscheinlich in ein Landhaus bei der Stadt, das HE. Gontard gemiethet hat. Das Haus selbst ist treflich gemacht und man wohnt mitten im Grünen, im Garten unter Wiesen, hat Kastanienbäume um sich herum und Pappeln, und reiche Obstgärten und die herrliche Aussicht aufs Gebirg. Je älter ich werde, ein desto größer Kind bin ich mit dem Frühlinge, wie ich sehe. Ich will mich noch aus allen Herzenskräften an ihm freuen. Laß dir ihn auch wohl bekommen, liebe Schwester! Man muß alles Beste thun und empfangen, ehe man alt wird.

Wenn du ein Buch findst, Hyperion betitelt, so thue mir den Gefallen und lies es bei Gelegenheit. Es ist auch ein Theil von mir, und verkürzt deswegen dir gewiß einige Stunden. Ich sollte dir es von Rechtswegen schiken, aber die Exemplare, die ich für mich bestellte, hat die l. Mutter geradezu hieher geschikt, und ich vergaß es, an Cotta deswegen zu schreiben.

Hier ist etwas weniges aus der Messe. Nehme fürlieb!

Was machen deine lieben Kinder? Ich werde tausend Freude an ihnen haben, wenn ich einmal wieder unter deinem Dache bin.

Schreibe mir nur immer deine fröhlichen Neuigkeiten. So ist es mir am liebsten, wenn ich wie mit Augen sehen kann, wie dirs geht. Je mehr Kleinigkeiten, desto besser!

Das Allgemeine ist in Lehrbüchern recht gut, aber in unsern Briefen wollen wir recht unvernünftig von uns selbst, und unsern unwichtigen und wichtigen Angelegenheiten zueinander sprechen. – Du glaubst, nicht, wie mirs Freude macht, an dein häuslich genügsam Wesen zu denken! Es ist nicht übel, wenn man in der Jugend oben hinaus will; aber das reifere Leben neigt sich wieder zum Menschlichen und Stillen.

Lebe wohl, meine Liebe! Einen herzlichen Gruß an deinen Mann, und deine Kinder; grüße alle Bekannten von mir.

Dein

Friz.

Anfang Mai. Umzug in den Adlerflychtschen Hof. Vmtl. im Garten gemeinsame Hyperion-Lektüre. Darauf deuten die ersten elf autographen Bleikorrekturen sowie fünf Unterstreichungen und eine Anstreichung am Rand des Widmungsexemplars Suzette Gontards. Die Korrekturen des Wortlauts, zu denen noch weitere Tintenkorrekturen in diesem und im Exemplar Franz Wilhelm Jungs treten, wurden bei der Textedition berücksichtigt. Nachstehend die mit Blei unterstrichenen Stellen, auffindbar durch vogesetzten Seitenzahlen in diesem Band.

152 wenn hinfort mich das Schiksaal ergreift und von einem Abgrund in den andern mich wirft, und alle Kräfte ertränkt in mir und alle Gedanken, so soll diess Einzige doch mich selber überleben in mir, und leuchten in mir und herrschen, in ewiger, unzerstörbarer Klarheit! –

154 Ich war einst glüklich, Bellarmin! Binich es noch? Wär' ich es nicht, wenn auch der heilige Moment, wo ich zum erstenmale sie sah, der lezte wäre gewesen.

158 Was ist alles künstliche Wissen in der Welt, was ist die ganze stolze Mündigkeit der menschlichen Gedanken gegen die ungesuchten Töne dieses Geistes, der nicht wusste, was er wusste, was er war.

160 Ich stand vor ihr, und hört' und sah den Frieden des Himmels, und mitten im seufzenden Chaos erschien mir Urania.

Wie oft hab' ich meine Klagen vor diesem Bilde gestillt! wie oft hat sich das übermüthige Leben und der strebende Geist besänftigt, wenn ich, in seelige Betrachtungen versunken, ihr in's Herz sah,

166 O laß dir deine Rose nicht blaichen, seelige
Götterjugend! Lass in den Kümmernissen
der Erde deine Schöne nicht altern!
Das ist ja die Freude, süsses Leben! daß du
in dir den sorgenfreien Himmel trägst.
173 O ich seh' es nun, ich weiss nun, was
ich oft geahnet, der Mensch ist ein Gewand,
das oft ein Gott sich umwirft, ein Kelch, in
den der Himmel seinen Nektar giesst, um
seinen Kindern vom Besten zu kosten zu
geben –

Vmtl. Anfang Mai. Bleientwurf zur Hyperion-Widmung für Isaak von Sinclair auf der letzten Seite des Stuttgarter Quarthefts.

Meist haben sich Dichter zu Anfang oder zu Ende einer Welt periode gebildet. Mit Gesang steigen die Völker aus dem Himmel ihrer Kindheit ins thätige Leben, ins Land der Cultur. Mit Gesang kehren sie von da zurük ins ursprüngliche Leben. Die Kunst ist der Übergang aus der Natur zur Bildung, und aus der Bildung zur Natur.

Der Verfasser.

Vmtl. Anfang Mai. Letzter Entwurfsabschnitt von Nisus und Euryalus mit Blei. Im Anschluß an v. 35 Und geläufig gefügt in die elfenbeinerne Scheide.

Mnestheus giebt dem Nisus die Haut dem schröklichen Löwen
Abgenommen, den Helm vertauscht der treue Aletes.
Eilends schreiten sie fort in den Waffen, die Menge der
ersten Alten und Jünglinge folgt Scheidenden bis zu den Thoren
Unter Seegnungen nach. Es gab Iulus, der schöne,
Über sein Alter erhöht durch den Muth und die Sorgen des Mannes
Manchen Auftrag mit an den Vater, doch von den Lüften
Wird das alles zerstreut, und nichtig den Wolken gegeben.
Und nun sind sie hinaus und schreiten über die Gräben,
Nahn im Schatten der Nacht dem feindlichen Lager. Doch eh sie

Dort sind, sollen durch sie noch viele sterben. Im Grase
Sehn sie hin und wieder von Schlaf und Weine die Leiber
Hingegossen, und Wagen gestellt aufs Ufer, und Männer
Unter den Riemen und Rädern gestrekt und Waffen daneben.

Erste Maihäfte. Fortsetzung des *Hekuba*-Segments mit Blei. Zuvor Änderung in v. 34 Hek. Der Vater fürchtet den Tod und schikt' ihn weg. Dann mit Tinte bis zum Abbruch der Übertragung.

Der Vater scheute den Tod und schikt ihn weg.
Ag. Du schiktest nur das eine deiner Kinder fort?
Hek. In diese Gegend, wo man todt ihn fand.
Ag. Zum Herrscher dieses Lands, zu Polymestor?
Hek. Da kam hin, das bittre Gold verwahrend.
Ag. Deßwegen stirbt er? und durch welchen Tod?
Hek. Wie anders? ihn erschlug der Trazische Gastfreund.
Ag. O Elends! triebs ihn wohl das Gold zu nehmen?
Hek. So ists! – da er der Phryger Loos erfuhr.
Ag. Fandst du ihn oder brachte man den Todten?
Hek. Es traf ihn diese auf dem Meersgestade.
Ag. Sie sucht' ihn oder trieb was anders?
Hek. Sie war gegangen, für Polyxena,
Vom Meere Badewasser herzuhohlen.
Ag. Da warf ihn nach dem Morde wohl der Gastfreund hin.
Hek. Nachdem er so ihm seinen Leib zerfleischt,
So gab er ihn der Meeresfluth zum Spiele.
Ag. Unglükliche, wie zahllos ist dein Leiden!
Hek. Mit mir ist es zu Ende, Agamemnon,
Es ist von allen Übeln keines übrig.
Ag. Weh, weh, wo lebt ein solch unglüklich Weib?
Hek. Sie lebt nicht, giebst du ihr ein gleiches Loos nicht.
Doch höre, was es ist, warum ich dir
Zu Füßen falle. Scheint mein Leiden dir verdient
So bin ich still, wo nicht, so werde du
Mein Rächer an dem Mann, dem schlechtsten Gastfreund,
Der nicht die Unterirrdischen und nicht

Die Himmlischen gefürchtet und die schlechtste That
Gethan. Der oft mit mir an Einem Tische saß,
Mein erster Freund in der Bekantschaft Reihe,
Er hatte, was sich ziemt; er that es mit Bedacht
Und tödtet, ihn und wenn er ja ihn tödten wollte –
Doch gönnt' er nicht ein Grab ihm, warf ins Meer ihn.
Zwar sind wir Knechte, sind wohl schwach,
Doch sind die Götter stark, und ihr Gesez
Hat Kraft. Denn durchs Gesez verehren wir die Götter
Und unterscheiden Recht und Unrecht in dem Leben.
Dir ist es übertragen, das Gesez;
Verkehrt man es, und büßen ihre Schuld
Die Mörder eines Fremdlings die Menschen,
Die es gewagt, ein Heiligtum der Götter
Zu nehmen, so ist Recht nicht, unter Menschen.
Dir dünke Schande diß; so ehrst du mich.
Erbarm dich unser, stelle wie ein Mahler
Von ferne dich und sieh, wie viel ich leide.
Einst war ich Königin, nun deine Sclavin,
Ich war in Kindern glüklich einst, nun bin ich alt,
Und ohne Kinder, ohne Stadt, verlassen,
Die angefochtenste der Sterblichen.
O ich Unglükliche! wo gehst du hin?
Es soll mir nichts gelingen. O ich Arme!
Was lernen dann wir Menschen alles andre
Was nur zu lernen ist, und spähen mühsam
Und bringen's in der Überredungskunst,
Die doch die Sterblichen beherrscht, nicht weiter,
Befleißigen uns nicht, und zahlen keine Meister,
Um einst zu dem zu überreden, was
Man will, und auch es zu bekommen.
Wie könnte man denn auf Erfolg noch hoffen,
Die edeln Kinder hier sind nimmer mein.
Ich selber bin in schmählicher Gefangenschaft.
Und hochauf rauchen seh' ich diese Stadt.
Die eitle Rede, die ich sagen will,

Heißt recht, die Venus hingeboten, doch ich rede.
An deiner Seite schlummert meine Tochter,
Die Phöbuspriesterin, Kassandra nennen sie
Die Phrygier. O König, wirst du zeigen,
Daß ihre Nächte lieb dir sind, wird meiner Tochter
Für ihre freundlichsten Umarmungen,
Von dir ein Dank gewährt, und mir von ihr?
Im Dunkel, mit der nächtlichen Umarmung,
Mit Liebestränken hohlt sich Mancher einen Dank.
Drum höre nun. Erblikst du diesen Todten?
Das Liebe, so du diesem thust; du thust es
Dem Bruder deines Weibs. Nur Ein Wort brauch' ich noch!
O hätt' ich in den Armen eine Stimme,
Und in den Händen, in den Loken, in der Füße Schritt,
Durch Dädals oder eines Gottes Kunst,
Daß alles miteinander deiner Knie
Umfaßt', und weinend dich mit Reden überstürmte.
O Herrscher, du der Griechen gröstes Licht!
Laß dich erbitten, reiche du der Alten
Die Rächershand, gilt auch wenn dirs nichts bedeutet,
So thu' es doch; denn jeder edle Mann
Ist immer der Gerechtigkeit zu Dienste,
Und züchtiget die Schlechten überall.

Chor. Wie wunderbar begegnet es den Menschen!
Nothwendiges zertrennen die Geseze,
Die Freunde machen sie zu Todesfeinden,
Und die sich haßten, werden wohlgesinnt.

Ag. Ich leide mit um deinen Sohn, und dich,
Um deines Schiksaals willen, Hekuba,
Und reiche gnädig meine Hand, und will,
Daß um der Götter, willen, kraft des Rechts,
Der böse Gastfreund dir die Strafe zahle.
Nur scheint es fast, als thät ichs dir zu lieb,
Und daß auch ja das Heer nicht denkt, ich ziehe
Kassandren zu gefallen diesen Mord

Des Thracischen Gebieters vors Gericht.
Es könte da ein Aufruhr gegen mich
Entstehn. Den Mann hier nimmt das Heer als Freund,
Als Feind den Todten. Ist der Todte dir
Befreundt, so ist diß deine eigne Sache,
Und nicht die allgemeine unsers Heers.
Diß magst du denken, daß ich willig bin,
Dir beizustehn, und schnell bin, dir zu helfen,
Doch langsam, kostets meinen Ruf mich bei den
Griechen.

Hek. Weh von den Sterblichen ist keiner frei.
Ihn macht das Geld, ihn macht das Glük zum Knechte,
Ihn hält die Menge einer Stadt, ihn der Geseze
Buchstaben in den Banden, daß er nicht
Nach seinem Sinne seiner Weise folgt.

Im Mai. Fortsetzung des Entwurfs zu Hyperion 2, XVIII. Die letzten zwei Zeilen des Tintentwurfs vom April werden geändert. Nach etwa drei Seiten Bleientwurf wieder mit Tinte. Die Arbeit wird vmtl. nach Suzettes Einwänden gegen die Schilderung der Misistra-Katastrophe – vor allem aber gegen ihr Sterben im Roman – für mehrere Monate unterbrochen.

... seit ich die Fahne, die ich einer Albanischen Horde entriß, an einem Steine des alten Sparta aufhieng, und unter den erbeuteten Waffen unsre alte Schande und die leeren Thränen, die ich sonst geweint, den Manen des Lykurg und des Leonidas abbat, seitdem bin ich ein anderer geworden.

O Lacedämons heiliger Schutt! rief ich, so bist du endlich gerettet, und forthin, brauchen dich unreine Hände nicht mehr! Deine Schmach ist von dir genommen, Leiche von Sparta – Ha! meine Diotima! ein Zoll der alten Mauern den ich izt erobre, ist mir mehr, als hundert andre Städte unsers kindischen Jahrhunderts!

Am Eurotas stehet mein Zelt, und wenn ich oft nach Mitternacht erwache, rauscht der alte Flußgott mir verständlicher vorüber, und freundlich nehm' ich die Blumen des Uferns, und streue sie ihm hin und sage: Nimm das Zeichen du Vergeßner! bald soll's werden, wie es einst war.

Hyperion an Diotima.

Wir liegen noch vor Misistra. Ich kann es nicht lassen, ich muß zuweilen vorwärts mit einigen Reutern, wir haben uns schon wirk lich bis in die Gegenden von Elis und Nemea durch die Sultansknechte durchgewunden. Alabanda schmählt dann freilich, wenn ich wieder da bin, und es ihm, in meiner Herzensfreude, verrathe, aber des Tags darauf thut er dasselbe. Es ist auch kein so großes Wagstük, wenn einer die Gegend kennt.

Es war auch überhaupt mein Wille nicht, so vorzurüken, wie der Bauer im Schach. Mein Vorschlag war, die vesten Pläze zu umgehen, wo sich nicht vermuthen lasse, daß sie auf der Stelle sich geben, und Schlag und auf Schlag nach allen Seiten hin, des Sultans Horden zu werfen, bis wir, mit jedem Schritte durch Landbewohner verstärkt, den Korinthischen Isthmus und ringsherum die Küsten des Pelopones besezt, und die Türken auf ihre Schiffe, oder nach Macedonien hinausgetrieben hätten; mit den vesten Pläzen hätte sichs dann bald entschieden, und wir hätten eine Stellung gewonnen, allem Kriege ein Ende gemacht; aber die Russen wollen sich auf unser Landvolk nicht verlassen und so hatten sie natürlich Recht, den sichrern Weg uns anzurathen, und weil auch Alabanda sich auf ihre Seite neigte, gab ich nach.

Hätt ich freilich damals gefürchtet, was ich jezt befürchte, so wär ich schlechterdings auf meinem Plane bestanden. Es macht mich schlaflos, wenn ich mir es denke, daß vieleicht der lange Stillstand und der Mangel der daraus entspringt, aus unsern Truppen eine Bande machen könnte. Sie sind schon wütend genug, daß die Besazung in Misistra sich so lange hält, und daß die Griechen in der Stadt nichts thun, um uns hineinzuhelfen.

Ich habe dißmal wohl dir Langeweile gemacht, du liebe! Lebe wohl.

Hyperion an Notara.

Ich schreibe dir, mein Notara. Ich kann an Diotima nicht schreiben.

Es ist geschehn, die Wolfsnatur hat einmal wieder sich gütlich gethan. Die Bestialität hat ihre Spiele getrieben, und mit meinen Projecten ists aus.

Ich sollte still seyn; ich sollte mich schämen; warum hab' ich mich mit diesem zottigen Geschlechte befaßt: es geschieht mir recht; warum hab ich mich an die Bären gemacht, um sie, wie Menschen tanzen zu lehren!

Nun, guter Wille! laß dich immerhin ins Irrhaus bringen! an die Thüren und Wände laß dich schlagen, liebe Weisheit, oder wo man sonst noch einen närrischen Zierrath braucht!

O ich möchte mich selbst mit Ruthen züchtigen, daß ich so dumm war!

Aber nein! das war auch nicht vorauszusehn! Man kann auf Mancherlei gefaßt seyn, kann all die Feigheit und all die stolze Bettelei, und das tükische Schmeicheln, und den Meineid, kann die ganze Pöbelhaftigkeit des jezigen Jahrhunderts so natürlich finden, wie Reegenwetter, aber das ist schwerlich irgend einem Menschen eingefallen, solch einen Schandtag möglich zu denken, wie der gestrige war.

Nachdem wir sechs Tage vor Misistra gelegen, kapitulierte die Besazung endlich. Die Thore wurden geöffnet, und ich und Alabanda führten einen kleinen Theil des Heers in die Stadt. Wir brauchten alle Vorsicht, ließen die Thore hinter uns sprerren, zogen auf den öffentlichen Plaz mit unsern Leuten, und riefen dahin die griechischen Einwohner zusammen. Sie faßten bald Zutrauen zu uns. Die guten Kinder! sie summten um mich herum, wie Bienen um den Honig, da ich ihnen sagte, was aus ihnen werden könnte, und den Meisten flossen helle Thränen vom Gesichte, da von einer bessern Zeit die Rede war. Ich bat sie dann, die wenige Mannschafft die wir ihnen brächten, freundlich aufzunehmen. Sie brauchten Exerzitienmeister, sezt' ich hinzu, und die Waffenübungen seien fürs Volk so nothwendig, wie die Geweihe den Hirschen. In demselben Augenblike brach aus den benachbarten Gassen ein Gelärme von Feuerröhren und schmetternden Thüren und ein Geschrei von heulenden Weibern und Kindern, und Töne, wie von Wütenden, brüllten dazwischen und wie ich mich umsah, stürzt' ein leichenblasser Haufe um den andern gegen mich, und schrie um Hülfe; die Truppen wären zu den Thoren hereingebrochen, und plünderten, und machten alles nieder, was sich widersezte.

Ich schwieg, ich überdachte, was zu thun war. O Notara! und ich hätte mir mögen das Herz ausreißen, und ich möcht' es noch! Alabanda war schröklich. Komm, rief er mir mit seiner Wetterstimme, komm, ich will sie treffen – und es war als leuchtete der Bliz die Leute, die wir bei uns hatten, an, so waren Alabandas Augen im Grimme vor ihnen aufgegangen. Ich benüzte den Augenblik; schwört, rief ich, daß ihr ruhig bleiben wollt und treu! wir schwörens, riefen sie; drauf rief ich die besten unter ihnen hervor, ihr sollt an meiner und an Alabandas Stelle, sorgen, sagt ich ihnen, daß auf diesem Plaze das nötige geschieht, und einigen der Bürger befahl ich, in die Gassen zu laufen, und zu sehen, wie es gehe, und hieher unsern Leuten, schnelle Nachricht einzubringen, andre nahm ich mit mir, um durch sie von hie aus Nachricht zu bekommen, andere nahm Alabanda mit sich und so sprengten wir nach zwei verschiednen Gegenden der Stadt hin, wo es am ärgsten tobte. Die Bestien bemerkten meine Ankunft nicht, so waren sie begriffen in der Arbeit. Den ersten, der mir aufsties – er hielt einen rüstigen schönen Buben bei der Kehle mit der einen Hand, und mit der andern zükt er ihm den Dolch aufs Herz – den faßt' ich ich bei den Haaren und schleudert' ihn rüklings auf den Boden, mein zorniges Roß macht' einen Sprung zurük und wieder vorwärts, auf ihn zu, und zerstampfte mit den Hufen das Thier.

Haltet ein, ihr Hunde! rief ich, indem ich mitten unter sie stürzte, schlachtet mich erst, wenn ihr Muth habt, mich, mich reißt vom Roß, und mordet und bestehlt mich, denn, so lang ich lebe, mach' ich so und so, ein Stük ums andere, euch nieder. Das war die rechte Art, ich hatt' auch wirklich mit dem Schwerdt einige getroffen, und es wirkte. Sie standen da, wie eingewurzelt, und sahn mit stieren Augen mich an, und einige wollten sogar sich auf die Knie bemühn. Hinaus! rief ich, zum Thore sollt ihr erst hinaus, das Übrige wird folgen.

Vmtl. Ende Mai. Neufassung des überschriftlosen Entwurfs An den Aether.

Treu und freundlich wie du erzog der Göttern und Menschen
Keiner, o Vater Aether mich auf; noch ehe die Mutter
In die Arme mich nahm und ihre Brüste mich tränkten,
Faßtest du zärtlich mich an, und gossest himmlischen Trank mir
Mir den heiligen Othem zuerst in den keimenden Busen

Nicht von irrdischer Kost gedeihen einzig die Wesen,
Aber du nährest sie all' mit deinem Nectar, o Vater!
Und es dringt sich und rinnt aus deiner ewigen Fülle
Die beseelende Luft durch alle Röhren des Lebens.
Darum lieben die Wesen dich auch und bliken und streben
Unaufhörlich hinauf nach dir in freudigem Wachstum.

Himmlischer! sucht nicht dich mit ihren Augen die Pflanze
Strekt nach dir die schüchternen Arme der knospende Strauch
nicht
Daß er dich finde zerbricht der gefangene Saame die Hülse,
Daß er, belebt von dir, in deiner Wooge sich bade,
Schüttelt der Wald den Schnee, wie ein überlästig Gewand ab.
Auch die Fische kommen herauf und hüpfend verlangend
Über die glänzende Fläche des Stroms, als begehrten auch diese
Aus der Wiege zu dir; auch den edeln Thieren der Erde
Wird zum Fluge der Schritt wenn oft das gewaltige Sehnen
Die geheime Liebe zu dir sie ergreift sie hinaufzieht –
Es verachtet den Boden das Roß, wie gebogener Stahl strebt
In die Höhe sein Hals, mit der Hufe berührt es den Sand kaum.
Wie zum Scherze, berührt der Fuß der Hirsche den Grashalm,
Hüpft wie ein Zephyr über den Bach, der reißend hinab schäumt
Hin und wieder und schweift, kaum sichtbar, durchdie Gesträuche.
Aber des Aethers Lieblinge, sie, die glüklichen Vögel
Wohnen und spielen vergnügt in der blauen Halle des Vaters.
Raums genug ist für alle. Der Pfad ist keinem bezeichnet.
Und es regen sich frei im Hauße die Großen und Kleinen.
Über dem Haupte froloken sie mir und es sehnt sich auch
mein Herz

Wunderbar zu ihnen hinauf! wie die freundliche Heimath
Winkt es von oben herab – und auf die Gipfel der Alpen
Möcht ich wandern und rufen von da dem flüchtigen Adler
Daß er, wie einst in die Arme des Zeus den seeligen Knaben
Von dem dürftigen Stern in des Aethers Halle mich trage.

Thöricht treiben wir uns umher, wie die irrende Rebe
Wenn ihr der Stab gebricht, woran zum Himmel sie aufwächst,
Breiten wir über dem Boden uns aus, und wandern und suchen
Durch die Zonen der Erd', die Ruhe o Vater vergebens,
Denn es treibt uns die Lust, in des Aethers Gärten zu wandeln.
In die Meersfluth werfen wir uns, in den freieren Ebnen
Uns zu sättigen, und es umpielt die unendliche Wooge
Unsern Kiel, und es schwelgt das Herz an dem kräftigen Gastmahl,
Dennoch genügt ihm nie, denn der tiefere Ocean reizt uns
Wo die leichtere Wooge sich regt, durch den der Planet schifft,
Der die Sonnen der Welt, die ewig blühenden Inseln
Wie die Perle das Gold, umfaßt – o wer an die hellen
Küsten das weltumwandelnde Schiff zu treiben vermöchte.
Aber indeß ich hinauf in die dämmernde Ferne mich sehnte
Wo du die fremden Ufer umfängst mit der bläulichen Wooge
Kömst du säuselnd herab von den Fruchtbaums blühenden Wipfeln
Vater Aether und sänftigest selbst das strebende Herz mir
Und ich wandle nun gern auf meinem blumigen Boden.

Vmtl. Anfang Juni. Henry, Jette und Lene an Carl Gock. Regest Gustav Schlesiers. Kurz nachdem Karl abgereist war, kamen die Franzosen vors Thor u. schossen auf die Kaiserlichen. – Bringen seit dem Frühjahr draußen im Garten (dem Gute) zu.

Vmtl. Anfang Juni. Eintrag ins Homburger Quartheft.

Gebet für die Unheilbaren.

Eil, o zaudernde Zeit, sie ans Ungereimte zu führen,
Anders belehrest du sie nie wie verständig sie sind.

Eile, verderbe sie ganz, und führ' ans furchtbare Nichts sie,
Anders glauben sie dir nie, wie verdorben sie sind.
Diese Thoren bekehren sich nie, wenn ihnen nicht schwindelt,
Diese   sich nie, wenn sie Verwesung nicht sehn.

6. Juni. Rudolf Magenau an Christian Ludwig Neuffer.
An Hölderlin schließe ich dir ein paar Zeilen bei. Sn. Hyperion habe ich nicht gelesen, erwarte aber nichts Schlechtes, wenn der Roman nur nicht eitel Kantisch ist, sonst muß ich auf die Freude, ihn zu lesen, Verzicht thun, u. das wäre mir leid.

8. Juni. Elise von Malschitzky aus Berlin an ihre Schwester Marie Rätzer.
Ich habe die Tagen eine außerordentliche Freude gehabt, Hr Borkenstein war hier mit seiner lieben Frau, ich kan dir gar nicht sagen welche Freude es mir machte; wir haben uns beynahe heiser von Frt gesprochen, und da habe ich den so viele neuigkeiten vernomen, welche schon lange vorgefallen sind in der Famille, von denen ich aber kein Wort gewußt, Borkenstein konte sich nicht genug wundern daß ich nicht au courant wäre, von allen waß mich doch interessieren müßte den Er wollte von mir noch waß neues hören. Zulezt war unser Schluß „Verliebte Leben nur für sich, und durch sich, vor Ihnen ist die ganze Welt tod" Amen, amen!!!

Vmtl. um die Junimitte. Reinschrift des im Stuttgarter Quartheft begonnenen hexametrischen Entwurfs Die Eichbäume im Homburger Quartheft. Das Gedicht wird vmtl. erst mit der für Schiller bestimmten, nicht überlieferten Druckvorlage vollendet.

Die Eichbäume.

Aus den Gärten komm' ich zu euch, ihr Söhne des Berges,
Von den Wiesen, da lebt die Natur geduldig und häuslich
Pflegend und wieder gepflegt mit den fleißigen Menschen zusammen.
Aber ihr, ihr Herrlichen steht, wie ein Volk von Titanen
In der zahmeren Welt, und gehört nur euch und dem Himmel,
Der euch nährt' und erzog, und der Erde, die euch geboren.
Keiner von euch ist noch in die Schule der Menschen gegangen,
Und ihr drängt euch fröhlich und frei aus der kräftigen Wurzel

Unter einander herauf, und ergreift, wie der Adler die Beute,
Mit gewaltigem Arm den Raum, und gegen die Wolken
Ist euch heiter und groß die sonnige Krone gerichtet.
Eine Welt ist jeder von euch, wie die Sterne des Himmels
Lebt ihr, jeder ein Gott, in freiem Bunde zusammen.
Enger vereint ist unten im Thal das gesellige Leben.
Vester bestehet es hier und sorgenfreier und stolzer,
Denn so will es der ewige Geist,

20. Juni. An Friedrich Schiller. Beigelegt die nicht überlieferten Druckvorlagen zuDer Wanderer, An den Aether und Die Eichbäume. Hölderlins Ausführungen zur Autorität der klassischen Meister ist als Kommentar zu der von Schiller (seiner Redaktion nach zur urteilen) gleichwohl nicht dechiffrierten Eingangsmetapher von Der Wanderer zu lesen.

Frankfurt. d. 20 Jun. 97.

Mein Brief und, was er enthält, käme nicht so spät, wenn ich gewisser wäre, von dem Empfang, dessen Sie mich würdigen werden. Ich habe Muth und eignes Urtheil genug, um mich von andern Kunstrichtern und Meistern unabhängig zu machen, und insofern mit der so nötigen Ruhe meinen Gang zu gehen, aber von Ihnen dependir' ich unüberwindlich; und weil ich fühle, wie viel ein Wort von Ihnen über mich entscheidet, such' ich manchmal, Sie zu vergessen, um während einer Arbeit nicht ängstig zu werden. Denn ich bin gewiß, daß gerade diese Ängstigkeit und Befangenheit der Tod der Kunst ist, und begreife deßwegen sehr gut, warum es schwerer ist, die Natur zur rechten Äußerung zu bringen, in einer Periode, wo schon Meisterwerke nah um einen liegen, als in einer andern, wo der Künstler fast allein ist mit der lebendigen Welt. Von dieser unterscheidet er sich zu wenig, mit dieser ist er zu vertraut, als daß er sich stemmen müßte gegen ihre Autorität, oder sich ihr gefangen geben. Aber diese schlimme Alternative ist fast unvermeidlich, wo gewaltiger und verständlicher, als die Natur, aber ebendeßwegen auch unterjochender und positiver der reife Genius der Meister auf den jüngern Künstler wirkt. Hier spielt das Kind nicht mit dem Kinde, hier ist nicht das alte Gleichgewicht, worinn der erste Künstler sich mit seiner Welt befand, der Knabe hat es mit Männern zu thun, mit denen er schwerlich so vertraut wird, daß er ihr Übergewicht vergißt. Und fühlt er diß, so muß er eigensinnig oder unterwürfig werden. Oder muß er es nicht? Wenigstens möcht' ich mir nicht helfen, wie die schwachen Herrn, die in solchem Falle, wie Sie wissen, gewöhnlich den Weg der Mathematiker einschlagen und durch unendliche Verkleinerung das Unendliche dem Beschränkten gleich u. ähnlich machen. Könte man sich auch die Infamie verzeihen, die man an dem Besten begeht, so ists dann doch ein gar zu schlechter Trost: 0 = 0!

Ich nehme mir die Freiheit, Ihnen den ersten Band meines Hyperions beizulegen. Sie haben sich des Büchleins angenommen, da es durch den Einfluß einer widrigen Gemüthsstimmung und fast unverdienter Kränkungen gänzlich entstellt, und so dürr und ärmlich war, daß ich nicht daran denken mag. Ich hab' es mit freierer Überlegung und glüklicherem Gemüthe von neuem angefangen und bitte Sie um die Güte, es bei Gelegenheit durchzulesen, und mich durch irgend ein Vehikel Ihr Urtheil wissen zu lassen. Ich fühle, daß es unklug war, den ersten Band ohne den zweiten auszustellen, weil jener gar zu wenig selbständiger Theil des Ganzen ist.

Möchten die Gedichte, die ich beilege, doch einer Stelle in Ihrem Musenallmanache gewürdigt werden können! – Ich gestehe Ihnen, daß ich zu sehr dabei interessirt bin, als daß ich ohne Unruhe mein Schiksaal bis zur öffentlichen Erscheinung des Musenallmanachs abwarten könnte, und bitte Sie deßwegen, etwas übriges zu thun, und mir mit ein paar Linien zu sagen, was Sie der Aufnahme werth gefunden haben. Wenn Sie es erlauben, schik ich Ihnen noch eines oder zwei der Gedichte, die voriges Jahr zu spät kamen, umgearbeitet nach.

Ich erscheine freilich, wenn ich so spreche, etwas bedürftig vor Ihnen, aber ich schäme mich nicht, der Aufmunterung eines edeln Geistes zu bedürfen. Ich kann Sie versichern, daß ich mich um so weniger mit eiteln Befriedigungen tröste, und daß ich sonst sehr still bin über das, was ich wünsche und treibe. Ich bin mit tiefer Achtung

Ihr

Ergebenster

M. Hölderlin.

27. Juni. Friedrich Schiller an Johann Wolfgang Goethe.
Ich lege hier 2 Gedichte bey, die gestern für den Almanach eingeschickt worden sind. Sehen Sie sie doch an, und sagen Sie mir in ein paar Worten, wie Ihnen die Arbeit vorkommt, und was Sie sich von dem Verfasser versprechen. Ueber die Produkte in dieser Manier habe ich kein reines Urtheil, und ich wünschte gerade in diesem Fall recht klar zu sehen, weil mein Rath und Wink auf den Verfasser Einfluß haben wird.

28. Juni. Johann Wolfgang Goethe an Friedrich Schiller.
Denen beyden mir überschickten Gedichten, die hier zurück kommen, bin ich nicht ganz ungünstig und sie werden im Publico gewiß Freunde finden. Freylich ist Afrikanische Wüste und der Nordpol weder durch sinnliches noch durch inneres Anschauen gemahlt, vielmehr sind sie beyde durch Negationen dargestellt, da sie denn nicht, wie die Absicht doch ist, mit dem hinteren deutsch-lieblichen Bilde genugsam contrastiren. So sieht auch das andere Gedicht mehr naturhistorisch als poetisch aus, und erinnert einen an die Gemählde wo sich die Thiere alle um Adam im Paradiese versammeln. Beyde Gedichte drücken ein sanftes, in Genügsamkeit sich auflösendes Streben aus. Der Dichter hat einen heitern Blick über die Natur, mit der er doch nur durch Ueberlieferung bekannt zu seyn scheint. Einige lebhafte Bilder überraschen, ob ich gleich den quellenden Wald, als negirendes Bild gegen die Wüste, nicht gerne stehen sehe. In einzelnen Ausdrücken wie in Versmaaß wäre noch hie und da einiges zu thun. Ehe man mehreres von dem Verfasser gesehen hätte, daß man wüßte ob er noch andere Moyens und Talent in andern Versarten hat, wüßte ich nicht was ihm zu rathen wäre. Ich möchte sagen in beyden Gedichten sind gute Ingredienzen zu einem Dichter, die aber allein keinen Dichter machen. Vieleicht thäte er am besten, wenn er einmal ein ganz einfaches Idyllisches Factum wählte und es darstellte, so könnte man eher sehen wie es ihm mit der Menschenmahlerey gelänge, worauf doch am Ende alles ankommt. Ich sollte denken der Äther würde nicht übel im Almanach und der Wanderer gelegentlich ganz gut in den Horen stehen.

30. Juni. Friedrich Schiller an Johann Wolfgang Goethe.
Es freut mich, daß Sie meinem Freunde und Schutzbefohlenen nicht ganz ungünstig sind. Das Tadelnswürdige an seiner Arbeit ist mir sehr lebhaft aufgefallen, aber ich wußte nicht recht, ob das Gute auch Stich halten würde, das ich darinn zu bemerken glaubte. Aufrichtig, ich fand in diesen Gedichten viel von meiner eigenen sonstigen Gestalt, und es ist nicht das erstemal, daß mich der Verfasser an mich mahnte. Er hat eine heftige Subjectivität, und verbindet damit einen gewissen philosophischen Geist und Tiefsinn. Sein Zustand ist gefährlich, da solchen Naturen so gar schwer beyzukommen ist. Indessen finde

ich in diesen neuern Stücken doch den Anfang einer gewissen Verbesserung, wenn ich sie gegen seine vormaligen Sachen halte; denn kurz es ist Hölderlin, den Sie vor etlichen Jahren bei mir gesehen haben. Ich würde ihn nicht aufgeben, wenn ich nur eine Möglichkeit wüßte, ihn aus seiner eignen Gesellschaft zu bringen, und einem wohlthätigen und fortdaurenden Einfluß von außen zu öfnen. Er lebt jetzt als Hofmeister in einem KaufmannsHause zu Frankfurth, und ist also in Sachen des Geschmacks und er Poesie bloß auf sich selber eingeschränkt und wird in dieser Lage immer mehr in sich selbst hineingetrieben.

1. Juli. Johann Wolfgang Goethe an Friedrich Schiller.
Ich will Ihnen nur auch gestehen, daß mir etwas von Ihrer Art und Weise aus den Gedichten entgegensprach, eine ähnliche Richtung ist wohl nicht zu verkennen, allein, sie haben weder die Fülle, noch die Stärke noch die Tiefe Ihrer Arbeiten, indessen recommandirt diese Gedichte, wie ich schon gesagt habe, eine gewisse Lieblichkeit, Innigkeit und Mäßigkeit und der Verfasser verdient wohl, besonders da Sie frühere Verhältnisse zu ihm haben, daß Sie das mögliche thun um ihn zu lenken und zu leiten.

10. Juli. An Johanna Christiana Gock.

Frankfurt d. 10 Jul 1797.

Liebste Mutter!

Ich habe mit derselben Unruhe auf einen Brief von Ihnen gewartet, mit der Sie mein Stillschweigen aufnahmen. Ich machte mir manchmal Gedanken, hoffte manchmal vergebens, und war eben im Begriff, Ihnen zu schreiben, was ich Ihnen und der lieben Schwester zu Laid gethan hätte, daß ich auf meine gutgemeinten Briefe keine Antwort bekäme – aber Ihr lieber Brief hielt mich hinlänglich schadlos. Ich bin nun auch sehr begierig, was mir die l. Schwester schreibt. Ich habe den Brief, den sie mir versprechen, noch nicht.

Unser Karl schrieb mir schon von dem Verdrusse, den Ihnen die Veränderung Ihrer Hausmiethe macht. Ich wundre mich, daß Sie genöthiget werden, auszuziehen, da Sie doch, wo ich nicht irre, es zur Bedingung des Kauffes machten, daß Sie eine gewisse Anzahl von Zimmern so lang' es Ihnen dienlich wäre, für Hauszinns bewohnen könnten. Und dann wundre ich mich auch, daß Sie nicht lieber das fatale Nürtingen ganz verlassen und sich in Blaubeuren oder Löchgau oder in der Nähe dieser Orte eine Wohnung gemiethet haben. Die Beschwerlichkeiten einer solchen Veränderung können gar nicht berechnet werden, gegen den günstigen Einfluß, den eine neue, nach Ihrer Einsicht gewählte Lage auf Ihren Körper und Ihren Geist hätte haben müssen.

Ich müßte mich sehr irren, liebste Mutter! wenn nicht in Ihnen noch sehr viel gesunde Kräfte lägen, die sich durch einen guten Muth und frische Luft, und einen heitern Blik auf das unschuldige Leben der Natur recht sehr leicht wirksam machen ließen. Oder wollt' ich Ihnen rathen, so viel Sie könnten, neben Ihrer Arbeit durch Lectüre Ihren Geist zu beschäfftigen, weil der sonst aus natürlicher Lebhaftigkeit, sich Arbeit und Sorge macht, wo ein andres vieleicht ruhig wäre. Wollen Sie diß nicht, liebste Mutter! so schreiben Sie recht oft und recht lange Briefe an mich, ich will Ihre mit gleichem Maaße vergelten, und das gäbe doch auch vieleicht Ihrem Gemüth zuweilen eine heitere Richtung.

Ihre Kinder sind jezt alle auf eignen Füßen, sind gesund, sind alle in Lagen, die man gewiß nicht drükend nennen kann, wenn man die Welt ein wenig kennt und weiß, was drükend ist, von allen sind Sie geliebt und verehrt, von andern Verhältnissen z. B. mit dem Nürtinger Volke, können Sie sich befreien, wenn Sie nur wollen, an Mitteln, sich das Leben leicht und angenehm zu machen, fehlt es Ihnen nicht, so bald Sie nur sich *Ihren Kindern nicht opfern*, und um *dieser willen*, aus einer Tugend, die ich Ihnen nicht vergeben kann, *Ihr theures Leben durch leicht vermeidliche Sorgen sich verkürzen wollen*. Ich wollte, wenn ich mich so weit durch die Welt hindurchgearbeitet und meine Pflicht so redlich erfüllt hätte, wie Sie, ich wollte mir ein bequemer Alter machen, wie Sie! Ich weiß es, liebste Mutter, daß sich nicht alles vermeiden, und daß Ihr zartempfindendes Gemüth sich nicht so leicht abhärten läßt, aber Sie sollten nur nicht in einen geheimen Bund sich mit dem Schmerz einlassen, und nicht zu generos ihn in sich walten lassen.

Wenn es möglich ist, besuch' ich Sie zu Ende dieses Sommers auf ein paar Tage mit meinem Zögling. Sollten Sie zu enge wohnen, so würd' es nicht unschiklich seyn, wenn wir, so viel es nötig wäre, im Gasthof logirten. Doch kann ich nichts gewisses versprechen. Die guten Löchgauer bedaur' ich recht sehr! Ich hätte schon lange an HE. Oncle geschrieben, aber ich weiß wahrhaftig nicht, was ich über meinen Vetter schreiben soll. Die Krankheit hat bei diesem ihren Nuzen vieleicht. Nach Blaubeuren meine herzlichen Grüße! Der l. Frau Grosmamma meine herzlichsten Wünsche für dauerhaftere Gesundheit!

Ewig

Ihr

Friz.

Meinen guten Bekannten graturlir' ich zu ihren Präzeptoraten. Ich wollte, ich könnte mich auch zu so etwas entschließen. Man hat doch s. eignen Heerd.

10. Juli. An Christian Ludwig Neuffer.

Frankfurt. d. 10 Jul. 1797

Liebster Neuffer!

Ich habe dir lange nicht geschrieben. Es ist auch oft unmöglich. Indeß ich dir sagen will, so ist es! ist es schon anders geworden. Das Schiksaal treibt uns vorwärts und im Kreise herum, und wir haben so wenig Zeit, bei einem Freunde zu verweilen, wie einer, mit dem die Rosse davongegangen sind. Aber der Genuß ist auch um so größer, wenn man wieder stille hält, und dem vertrauten Herzen zu sagen sucht, woran man ist, und so sich selber wieder sagen lernt, woran man ist. – Du fehlst mir oft, mein Bester! Philosophiren, Politisiren, u. s. w. läßt es sich mit Manchem. Aber die Zahl der Menschen, denen man sein Schwächstes, und sein Stärkstes offenbart, die mag man nicht so leicht verdoppeln. Ich hab' es auch fast ganz verlernt, so ganz vertrauend einem Freunde mich zu öffnen. Ich möchte bei dir sizen, und erst an deiner Treue recht erwarmen – dann sollt' es wohl von Herzen gehn!– O Freund! ich schweige und schweige, und so häuft sich eine Last auf mir, die mich am Ende fast erdrüken, die wenigstens den Sinn unwiderstehlich mir verfinstern muß. Und das eben ist mein Unheil, daß mein Auge nimmer klar ist, wie sonst. Ich will es dir gestehen, daß ich glaube, ich sei besonnener gewesen als jezt, habe richtiger als jezt geurtheilt von andern und mir in meinem 22sten Jahre, da ich noch mit dir lebte, guter Neuffer! O gieb mir meine Jugend wieder! Ich bin zerrissen von Liebe und Haß.

Aber ich kann dir nicht gefallen mit derlei unbestimmten Äusserungen. Deswegen bin ich lieber stille.

Auch du bist glüklicher gewesen, als du bist. Doch hast du Ruhe. Und ohne sie ist alles Leben so gut, wie der Tod. Ich möchte sie auch haben, mein Lieber!

Du hast die Harfe, wie du schreibst, eine Zeit lang an der Wand hängen gehabt. Das ist auch gut, wenn man ohne Gewissensbisse es thun kann. Dein Selbstgefühl ruht auch noch auf andrer glüklicher Thätigkeit; und so bist du nicht vernichtet, wenn du nicht Dichter bist. Mir ist sonst alles Mögliche, was ich allenfalls treiben könnte, verlaidet, und die einzige Freude, die ich mir selber gebe, ist die, daß ich mir zuweilen ein paar Zeilen, die ich aus warmer Seele hinschrieb, in dem ersten Augenblike wohlgefallen lasse; aber wie vergänglich diese Lust ist, weist du selber. Meine Amtsgeschäffte haben, ihrer Natur gemäß, ein zu geheimes Resultat, als daß ich meine Kraft in ihnen fühlen könnte.

Willst du mir nicht schreiben, ob und wie der erste Band von meinem Hyperion bei euch aufgenommen wird, und was dein spezielles Urtheil darüber ist.

Ich habe das Gedicht, an Diotima, das ich dir das leztemal schikte, schon für Schillern bestimmt, ich kann es also nicht wohl in dem Langischen Allmanache druken lassen., und weil das Exemplar, das du hast, das korrekteste ist, und ich keine Abschrift davon habe, so bitt' ich dich, im Zutrauen auf deine Nachsicht, mir eine Kopie davon so bald dir nur möglich ist, zu schiken, weil es sonst zu spät seyn möchte, es an den Mann zu bringen. Du würdest mir Freude machen, wenn du etwas von dem deinen beilegtest.

Lebe wohl, mein Lieber!

Wie immer

dein

Hölderlin.

Um die Julimitte. Seiner nicht überlieferten Antwort hatte Neuffer eine Abschrift des im Februar zugesandten Lieds Diotima beigelegt. Dazu auch das folgende Gedicht im archilochischen Metrum.

Das Gewitter.
An Hölderlin.

Hörst du den Donner rollen, den schreklichen? Näher und näher
Wälzt sich das schwarze Gewölk'
Ueber die Eichenwälder, und streut auf Thäler und Berge
Nächtliche Schatten herab.
Schwühl umglühte noch kaum uns die Luft, es lechzte das Erdreich,
Schmachtend verdorrte die Saat.
Abgespannt war jeglicher Nerv in dumpfer Ermattung,
Bang und verdrossen das Herz.
Doch nun rauschet der Wind und aus hochgewirbelten Wolken
Schmettert der schlängelnde Blitz,
Und in Ströhmen entstürzt vom ganzen Himmel des Regens
Sehnlich erharrete Fluth,
Bis mit langsamfliehendem Zug das hohe Gewitter
Mählich vom Himmel entweicht,
Und der Donner verstummt und die zückenden Blitze verschwinden,
Und das verdünnte Gewölk
Weg von dem freundlichen Aether sich zieht, und der göttliche Titan

Leuchtender wieder erscheint.
Jetzo fühlt die Natur sich wie neugebohren; die Aehren
Richten die Kronen empor;
Festliche Still kehrt in's Gefild, und es trinken die Thiere
Gierig am schwellenden Bach,
Und es athmet freyer der Mensch, und balsamische Düfte
Hauchet die lachende Flur. –
So auch ziehen Gewitter empor am Himmel der Menschheit
Aus der Behausung der Zeit.
Siehe, da stürzen Thronen, da flammt die Fackel des Aufruhrs,
Wütet der mordende Krieg;
Völker ringen mit Völkern den blutigen Kampf der Entscheidung;
Saaten und Reiche vergeh'n,
Oder heben in neuer Gestalt aus großen Ruinen
Wieder das trotzige Haupt.
Also fallen die Loose; so dreht den Wechsel der Dinge

Mächtig der herrschende Zeus.
Aber Stille folgt nach dem Sturm und das flammende Wetter
Löset in Segen sich auf;
Leben entkeimt dem Tod'; und bald nach Zerrüttungen stellet
Schöner die Ordnung sich her.
Wie die verborgene Hand des allgebietenden Schicksals
Forme das schwankende Bild
Unsrer Tage, so reich an schrecklichen Scenen, an schnellem
Wandel der Dinge so reich,
Dennoch wird einst reifen die schöne Hoffnung, die tröstend
Uns in dem Busen sich regt.
Und wenn auch mißgünstig die strenge Parze des Lebens
Faden zu frühe zerreißt,
Und hinab wir fahren, bevor wir mit Augen die Schöpfung
Besserer Zeiten geseh'n;
Laß uns, dem eignen Genuß mit ruhigem Herzen entsagend,
Harren des frohen Moments,
Wo zu den Schatten Elysiums selbst die freudige Botschaft
Schallt aus dem Reiche des Lichts:
„Neue Geschlechter entstanden; es herrscht das Gesetz und der Willkühr
Stab ist zerbrochen; es schlingt
Liebe das Band um die Völker, und vom Himmel zur Erd' ist
Wieder Asträa gekehrt."

Nach der Julimitte. Vmtl. unmittelbar nach Erhalt dieser Sendung entsteht auf einem halbierten Quartdoppelblatt das innige Gegenstück zu Neuffers theatralischem *Gewitter*.

An Diotima.

Komm unsd siehe die Freude um uns; in kühlenden Lüften
Fliegen die Zweige des Hains,
Wie die Loken im Tanz'; und wie auf tönender Leier
Ein erfreulicher Geist
Spielt mit Reegen und Sonnenschein auf der Erde der Himmel
Wie in liebendem Streit
Über dem Saitenstpiel' ein tausendfältig Gewimmel
Flüchtiger Töne sich regt,

Wandelt Schatten und Licht in süßmelodischem Wechsel
Über die Berge dahin.
Leise berührte der Himmel zuvor mit der silbernen Tropfe
Seinen Bruder den Strom
Nah ist er nun, nun schüttet er ganz, die köstliche Fülle
Die er am Herzen trug
Über den Hain und den Strom, und

Und das Grünen des Hains, und des Himmels Bild in dem Strome
Dämmert und schwindet von uns
Und des einsamen Berges Haupt mit den Hütten und Felsen
Die er im Schoose verbirgt,
Und die Hügel, die um ihn her, wie Lämmer, gelagert
Und in blühend Gesträuch
Wie in zarte Wolle gehüllt, sich nähren von klaren
Kühlenden Quellen des Bergs,
Und das dampfende Thal mit seinen Saaten und Blumen,
Und der Garten vor uns
Nah und fernes entweicht, verliert sich in froher Verwirrung
Und die Sonne verlischt.
Aber vorübergerauscht sind nun die Fluthen des Himmels
Und geläutert, verjüngt
Geht mit seeligen Kindern hervor die Erd' aus dem Bade.
Froher lebendiger
Glänzt im Haine das Grün, und goldner funkeln die Blumen,

Weiß, wie die Heerde, die in den Strom der Schäfer geworfen,

Vmtl. zweite Julihälfte. Die Distichen An Ihren Genius wurden wahrscheinlich der nicht überlieferten Antwort auf Ludwig Neuffers Brief von Mitte Juli beigelegt und in dessen im Jahr darauf erscheinenden *Taschenbuch für Frauenzimmer von Bildung auf das Jahr 1799* gedruckt. Die Neuffer bei der Vorstellung im Gontardschen Haus zugeflüsterte (von Chr. Th. Schwab überlieferte) Bemerkung Hölderlins – Nicht wahr, eine Griechin? – dürfte sich auf diese Zeilen beziehen.

An Ihren Genius.

Send' ihr Blumen und Frücht' aus nieversiegender Fülle,
Send' ihr, freundlicher Geist, ewige Jugend herab!
Hüll' in deine Wonnen sie ein und laß sie die Zeit nicht
Sehn, wo einsam und fremd sie, die Athenerin, lebt,
Bis sie im Lande der Seeligen einst die fröhlichen Schwestern,
Die zu Phidias Zeit herrschten und liebten, umfängt.

Zweite Julihälfte. Neuffers Abschrift des zurückerbetenen 15strophigen Lieds Diotima wird zur Überarbeitung und Kürzung auf zwei verschollenen Doppelblättern kopiert. Es erhält in der hier vorgenommenen Umformung seine letzte, aus sieben zwölfzeiligen Strophen bestehende Gestalt. Um Schillers Vorwurf der *Weitschweifigkeit* zu entkräften, übernimmt Hölderlin die 12zeilige Strophenform aus dessen elfstrophen langen *Klage der Ceres und blieb damit um vier Strophen hinter deren Umfang zurück. Gleichwohl oder besser eben deswegen nimmt Schiller das Gedicht auch diesmal nicht auf. Nach Gustav Schlesier Zeugnis, der noch die verschollene erste Hälfte des Manuskripts sah, wich diese Umarbeitung nur geringfügig vom schließlich in Neuffers Taschenbuch für Frauenzimmer von Bildung auf das Jahr 1800 erfolgten, hier wiedergegebenen Druck ab.*

Diotima.

Leuchtest du wie vormals nieder,
Goldner Tag! und sprossen mir
Des Gesanges Blumen wieder
Lebenathmend auf zu dir?
Wie so anders ists geworden!
Manches, was ich trauernd mied,
Stimmt in freudlichen Akkorden
Nun in meiner Freude Lied;
Und mit jedem Stundenschlage
Werd' ich wunderbar gemahnt
An der Kindheid stille Tage,
Seit ich Sie, die Eine, fand.

Diotima! edles Leben!
Schwester, heilig mir verwandt!
Eh ich dir die Hand gegeben,

Hab' ich ferne dich gekannt.
Damals schon, da ich in Träumen,
Mir entlokt vom heitern Tag',
Unter meines Gartens Bäumen,
Ein zufriedner Knabe, lag,
Da in leiser Lust und Schöne
Meiner Seele Mai begann,
Säuselte, wie Zephirstöne,
Göttliche! dein Geist mich an.

Ach! und da. wie eine Sage,
Jeder frohe Gott mir schwand,
Da ich vor des Himmels Tage
Darbend, wie ein Blinder, stand,
Da die Last der Zeit mich beugte
Und mein Leben, kalt und blaich,
Sehnend schon hinab sich neigte
In der Todten stummes Reich:
Wünscht' ich öfters noch, dem blinden
Wandcrer, diß Eine mir,
Meines Herzens Bild zu finden
Bei den Schatten oder hier.

Nun! ich habe dich gefunden!
Schöner, als ich ahndend sah,
Hoffend in den Feierstunden,
Holde Muse! bist du da;
Von den Himmlischen dort oben,
Wo hinauf die Freude flieht,
Wo des Alterns überhoben,
Immerheitre Schöne blüht,
Scheinst du mir herabgestiegen,
Götterbotin! weiltest du
Nur in gütigem Genügen
Bei dem Sänger immerzu.

Sommergluth und Frühlingsmilde,

Streit und Frieden wechselt hier
Vor dem stillen Götterbilde
Wunderbar im Busen mir;
Zürnend unter Huldigungen
Hab' ich oft, beschämt, besiegt,
Sie zu fassen, schon gerungen,
Die mein Kühnstes überfliegt;
Unzufrieden im Gewinne,
Hab' ich stolz darob geweint,
Daß zu herrlich meinem Sinne
Und zu mächtig sie erscheint.

Ach! an deine stille Schöne,
Seeligholdes Angesicht!
Herz! an deine Himmelstöne
Ist gewohnt das meine nicht;
Aber deine Melodien
Heitern mälig mir den Sinn,
Daß die trüben Träume fliehen,
Und ich selbst ein andrer bin;
Bin ich denn dazu erkoren?
Ich zu deiner hohen Ruh,
So zu Licht und Lust geboren,
Göttlichglükliche! wie du? –

Wie dein Vater und der meine,
Der in heitrer Majestät
Über seinem Eichenhaine
Dort in lichter Höhe geht,
Wie er in die Meereswoogen,
Wo die kühle Tiefe blaut,
Steigend von des Himmels Bogen,
Klar und still herunterschaut:
So will ich aus Götterhöhen
Neugeweiht in schönem Glük,
Froh zu singen und zu sehen,
Nun zu Sterblichen zurük.

28. Juli. Friedrich Schiller an Johann Wolfgang Goethe.
Ich habe meinen neuen Friedberger Poeten Schmidt und auch Hölderlin von Ihrer nahen Ankunft in Francfurt Nachricht gegeben, es kommt nun darauf an, ob die Leutchen sich Muth fassen werden, vor Sie zu kommen. Es wäre mir sehr lieb und auch Ihnen würden diese poetischen Gestalten in dem prosaischen Frankfurt vieleicht nicht unwillkommen seyn.

Vmtl. Ende Juli bis Anfang August, vor Eintreffen von Schillers nicht überliefertem Brief vom 28. Juli entsteht im Homburger Quartheft zunächst der hexametrische Entwurf Die Muße. Mit dem ersten Ansatz ist offenbar noch ein Seitenstück zu Neuffers archilochischem Widmungsgedicht beabsichtigt: Sorglos schlummert die Brust, es schlummern die strengen Gedanken / Und das todte Geschäft. Der breit ausgemalten und schematisch durchgeführten Parallele in Neuffers *Gewitter* stellt Hölderlin die drei dichterischen Vor- und Darstellungsweisen, die natürliche, idealischen und heroische gegenüber. Hier erstmals deutlich voneinander abgegrenzt. Die Engführung im vierten Abschnitt bricht ab mit der freigeisterisch kühnen Anspielung auf die Täuferrede Mt 3,10: *Es ist schon die Axt den Bäumen an die Wurzel gelegt...* Dagegen der Nachtrag zum Gesang *Der Einzige*: *Ach kennet ihr den nicht mehr / Den Meister des Forst...*

Die Muße.

Sorglos schlummert die Brust und es ruhn die strengen
Gedanken.
Auf die Wiese geh' ich hinaus, wo das Gras aus der Wurzel
Frisch, wie die Quelle mir keimt, wo die liebliche Lippe der
Blume
Mir sich öffnet und stum mit süßem Othem mich anhaucht.
Und an tausend Zweigen des Hains, wie an brennenden Kerzen
Mir das Flämchen des Lebens glänzt, die röthliche Blüthe,
Wo im sonnigen Quell die zufriednen Fische sich regen,
Wo die Schwalbe das Nest mit den thörigen Jungen umflattert,
Und die Schmetterlinge sich freun und die Bienen da wandl' ich
Mitten in ihrer Lust; ich steh im friedlichen Felde
Wie ein liebender Ulmbaum da, und wie Reben und Trauben
Schlingen sich rund um mich die süßen Spiele des Lebens.

Oder schau ich hinauf zum Berge, der mit Gewölken
Sich die Scheitel umkränzt und die düstern Loken im Winde

Schüttelt, und wenn er mich trägt auf seiner kräftigen Schulter,
Wenn die leichtere Luft mir alle Sinne bezaubert
Und das unendliche Thal, wie eine farbige Wolke
Unter mir liegt, da werd' ich zum Adler, und ledig des Bodens
Wechselt mein Leben im All der Natur wie Nomaden
den Wohnort.
Und nun führt mich der Pfad zurük ins Leben der Menschen,
Fernher dämmert die Stadt, wie eine eherne Rüstung
Gegen die Macht des Gewittergotts und der Menschen
geschmiedet
Majestätisch herauf, und ringsum ruhen die Dörfchen;
Und die Dächer umhüllt, vom Abendlichte geröthet
Freundlich der häußliche Rauch; es ruhn die sorglich umzäunten
Gärten, es schlummert der Pflug auf den gesonderten Feldern.

Aber ins Mondlicht steigen herauf die zerbrochenen Säulen
Und die Tempelthore, die einst der furchtbare traf, der geheime
Geist der Unruh, der in der Brust der Erd' und der Menschen
Zürnet und gährt, der Unbezwungne, der alte Erobrer
Der die Städte, wie Lämmer, zerreißt, der einst den Olympus
Stürmte, der in den Bergen sich regt, und Flammen herauswirft.
Der die Wälder entwurzelt und durch den Ozean hinfährt
Und die Schiffe zerschlägt und doch in der ewigen Ordnung
Niemals irre dich macht, auf der Tafel deiner Geseze
Keine Sylbe verwischt, der auch dein Sohn, o Natur, ist
Mit dem Geiste der Ruh' aus Einem Schoose geboren. –

Hab' ich zu Hauße dann, wo die Bäume das Fenster umsäuseln
Und die Luft mit dem Lichte mir spielt, von menschlichem Leben
Ein erzählendes Blatt zu gutem Ende gelesen
Leben! Leben der Welt! du liegst wie ein heiliger Wald da,
Sprech ich dann und es nehme die Axt, wer will dich zu ebnen,
Glüklich wohn' ich in dir,

Vmtl. Anfang August. In Gegenrichtung zum hexametrischen Entwurf Die Muße wird das jambische Zeitgedicht Die Völker schwiegen – schlummerten... skizziert.

Nachträglich eingeklammert wurden die auf ...im kochenden Getümmel. folgenden, das Gedicht zu sehr auf den politischen Tag fixierenden Zeilen: Fünf Sommer leuchtete das große Leben / Ein unaufhörlich Wetter unter uns. Die Revolutionskriege begannen 1792.

Die Völkers schwiegen, schlummerten, da sahe
Das Schiksaal, daß sie nicht entschliefen und es kam
Der unerbittliche, der furchtbare Sohn
Der Natur, der alte Geist der Unruh
Der regte sich, wie Feuer, das im Herzen
Der Erde gährt, das wie den reifen Obstbaum
Die alten Städte schüttelt, das die Berge
Zerreißt, und die Eichen hinabschlingt und die Felsen.

Und Heere tobten, wie die kochende See.
Und wie ein Meergott, herrscht' und waltete
Manch großer Geist im kochenden Getümmel.
Manch feurig Blut zerran im Todesfeld
Und jeder Wunsch und jede Menschenkraft
Vertobt auf Einer da, auf ungeheurer Wahlstatt
Wo von dem blauen Rheine bis zur Tyber
Die unaufhaltsame die jahrelange Schlacht
In wilder Ordnung sich umherbewegte,
Es spielt' ein kühnes Spiel in dieser Zeit
Mit allen Sterblichen das mächtige Schiksaal.

Und zahllos blinken goldne Früchte wieder
wie heitre holde Sterne, durch die kühle Nacht
Der Pomeranzenwälder in Italien.

Vmtl. ab 5. August. Nach Eintreffen von Schillers nicht überliefertem, im Kalender aber gleichfalls unter dem 28. August verzeichneten Schreiben arbeitet Hölderlin An die klugen Rathgeber zu Der Jüngling an die klugen Rathgeber um. Da alle in der Druckvorlage von 1796 geänderten, angezeichneten oder getilgten Stellen geändert oder fortgelassen wurden, muß dessen verlorener Brief eine detaillierte Kritik enthalten oder das redigierte Manuskript beigelegen haben. Für letzteres spricht, daß sich – im Unterschied zur Druckvorlage des Lieds Diotima – beide Versionen in Schillers Redaktionsnachlaß vorfanden.

Der Jüngling an die
klugen Rathgeber.

Ich sollte ruhn? Ich soll die Liebe zwingen,
Die feurigfroh nach hoher Schöne strebt?
Ich soll mein Schwanenlied a'm Grabe singen,
Wo ihr so gern lebendig uns begräbt?
O schonet mein! Allmächtig fortgezogen,
Muß immerhin des Lebens frische Fluth
Mit Ungedult im engen Bette woogen,
Bis sie im heimatlichen Meere ruht.

Des Weins Gewächs verschmäht die kühlen Thale,
Hesperiens beglükter Garten bringt
Die goldnen Früchte nur im heißen Strale,
Der, wie ein Pfeil, ins Herz der Erde dringt;
Was sänftiget ihr dann, wenn in den Ketten
Der ehrnen Zeit die Seele mir entbrennt,
Was nimmt ihr mir, den nur die Kämpfe retten,
Ihr Weichlinge! mein glühend Element?

Das Leben ist zum Tode nicht erkoren,
Zum Schlafe nicht der Gott, der uns entflammt,
Zum Joch' ist nicht der Herrliche geboren,
Der Genius, der aus dem Aether stammt;
Er kommt herab; er taucht sich, wie zum Bade,
In des Jahrhunderts Strom und glüklich raubt
Auf eine Zeit den Schwimmer die Najade,
Doch hebt er heitrer bald sein leuchtend Haupt.

Drum laßt die Lust, das Große zu verderben,
Und geht und sprecht von eurem Glüke nicht!
Pflanzt keinen Cedernbaum in eure Scherben!
Nimmt keinen Geist in eure Söldnerpflicht!
Versucht es nicht, das Sonnenroß zu lähmen!
Laßt immerhin den Sternen ihre Bahn!

Und mir, mir rathet nicht, mich zu bequemen,
Und macht mich nicht den Knechten unterthan.

Und könnt ihr ja das Schöne nicht ertragen,
So führt den Krieg mit offner Kraft und That!
Sonst ward der Schwärmer doch ans Kreuz geschlagen,
Jezt mordet ihn der sanfte kluge Rath;
Wie manchen habt ihr herrlich zubereitet
Fürs Reich der Noth! wie oft auf euern Sand
Den hoffnungsfrohen Steuermann verleitet
Auf kühner Fahrt in's warme Morgenland!

Umsonst! mich hält die dürre Zeit vergebens,
Und mein Jahrhundert ist mir Züchtigung;
Ich sehne mich in's grüne Feld des Lebens
Und in den Himmel der Begeisterung;
Begrabt sie nur, ihr Todten, eure Todten,
Und preist das Menschenwerk und scheltet nur!
Doch reift in mir, so wie mein herz geboten,
Die schöne, die lebendige Natur.

9. August. Johann Wolfgang Goethe an Friedrich Schiller; einschließlich einer in dem 1829 von Goethe besorgten *Briefwechsel zwischen Schiller und Goethe* weggelassenen Nachschrift.

Schmidt von Friedberg ist bey mir gewesen, es war keine unangenehme aber auch keine wohlthätige Erscheinung. Im ganzen ein hübscher junger Mensch, ein kleiner Kopf auf mäßigen Schultern, treffliche Schenkel und Füße, knapp, reinlich, anständig nach hießsiger Art gekleidet. Die Gesichtszüge klein und eng beisammen, kleine schwarze Augen, schwarze Haare nahe am Kopf sanscülottisch abgeschnitten. Aber um die Stirne schmiedete ihm ein ehernes Band der Vater der Götter. Mit dem Munde machte er wunderliche Verzerrungen als wenn er dem was er sagte noch einen gewissen eigenthümlichen Ausdruck geben wollte. Er ist der Sohn eines wohlhabenden Kaufmanns, der ihn zum Prediger bestimmte. Dadurch ist der Mensch ganz aus seinem Wege gerückt worden, ich glaube, daß er, zu einem beschränkten Handel und Lebenswandel angeführt, recht gut gewesen wäre, da er Energie und eine gewisse Innigkeit zu haben scheint; unter einer Nationalgarde sähe ich ihn am allerliebsten. Die Folge mag es zeigen, aber ich fürchte es ist nicht viel Freude an ihm zu erleben. Voraus also gesetzt daß es kein gedrückter Mensch ist, sondern einer der, nach seiner Aussage, seiner Gestalt, seiner Kleidung in mäßigem Wohlbehagen lebt, so ist es ein böses Zeichen daß sich keine Spur von Streben, Liberalität, Liebe, Zutrauen an ihm offenbart. Er stellte sich mir in dem philisterhaften Egoismus eines Exstudenten dar. Dabey aber auch keine Spur von Rohheit, nichts schiefes in seinem Betragen außer der Mundverzerrung.

Ich nahm zur Base meiner Behandlung daß S i e ihn an mich schickten, und setzte also in diesem Sinne vieles voraus, aber es hat doch auch gar nichts allgemeines noch besonderes angeklungen, auch nichts über Reinhold und Fichte, die er doch beyde gehört hat. Ueberhaupt konnte ich nichts bedeutendes von ihm herauslocken als daß er, seit einem Jahre, gewisse besondere Ansichten der Welt gewonnen habe, wodurch er sich zur Poesie geneigt fühle (das denn ganz gut seyn möchte), daß er aber auch überzeugt sey, nur in einer gewissen Verbindung der Philosophie und Poesie bestehe die wahre Bildung. Wogegen ich nichts zu sagen habe, wenn ich es nur nicht von einem jungen Menschen hören müßte. Uebrigens ging er weg wie er gekommen war, ehe doch auch nur irgend ein Gespräch sich eingeleitet hatte, und war mir für diesen kurzen Moment bedeutend genug. Der zurükgezognen Art nach erinnerte er mich an Hölderlin, ob er gleich größer und besser gebildet ist; sobald ich diesen gesehen habe, werde ich mit einer nähern Parallele aufwarten. Da auf meinem Lebensgänge besonders in früheren Zeiten mir mehrere Naturen dieser Art begegnet sind und ich erfahren habe wo es eigentlich mit ihnen hinausgeht, so will ich noch ein allgemeines Wort hinzufügen: Menschen, die aus dem Kaufmannsstand* zur Litteratur und besonders zur Poesie übergehen, haben und behalten eine eigne Tournüre, es läßt sich an einigen ein gewisser Ernst und Innigkeit bemerken, ein gewisses Haften und Festhalten, bey andern ein lebhaftes thätiges Bemühen, allein sie scheinen keiner Erhebung fähig, so wenig als des Begriffs, worauf es eigentlich ankommt. Vielleicht thue ich dieser Kaste unrecht und es sind viele aus andern Stämmen, denen es nicht besser geht. Denken Sie einmal Ihre Erfahrung durch, es finden sich wahrscheinlich auch Ausnahmen.

In der Niederschrift von Schreiberhand ändert Goethe *Kaufmannsstand* zu *Kaufmannsstamm* und fügt unter der abschließenden Orts- und Datumszeile hinzu: Vielleicht finden sich aus ähnlichen Ursachen unter den Juden keine Dichter noch Künstler

Vmtl. Mitte August. An Johanna Christiana Gock.

Liebste Mutter!

Es freut mich, daß Sie Veranlassung bekommen haben, an mich zu schreiben. Ich war eben im Begriff, Ihnen Ihren vorlezten lieben Brief zu beantworten, und bin jezt Ihr doppelter Schuldner. Besondern Antheil nehme ich an der Freude, die Sie haben über den Beifall, womit Blum von unserm Karl spricht. Ich bin gewiß, daß es dem Kopf und dem natürlichen Karakter meines Bruders nur an dem hinlänglichen Wirkungskreise fehlt um sich auf das vorteilhafteste zu zeigen. Sie dürfen meiner Beurteilung in so weit gewiß trauen, wenn ich Ihnen sage, daß er kein gewöhnlicher Mensch ist, und daß er mit etwas mehr Muth und Gedult, was sich aber gar leicht in ihm entwikeln kan, auf eine Stufe sich hinarbeiten kann, die, unter seinen Umständen, nicht jeder erreicht.

Sie fragen mich über meine Verhältnisse, meine Bekanntschaften, meine Hoffnungen. Bei allen Schwierigkeiten, die immerhin bei jedem Verhältnisse meiner Art sich häuffen, such' ich denn doch für jezt nichts anders; ich weiß auch wohl, daß jede andre Lage, in die ich mich begeben könnte, so wie Sie mich jezt beurtheilen, Ihren völligen Beifall nicht haben könnte, und das mit Recht! denn jedes Amt, das ich suchen könnte und möchte, will einen reifen Mann, und der bin ich noch nicht. Das Neueste, was ich Ihnen von meinen Bekanntschafften sagen kann, ist, daß mein Verhältniß mit Schiller, das eine Weile ein wenig unterbrochen schien, durch die angenehmsten Äußerungen von seiner Seite wieder wärmer, als je, zu leben angefangen hat. Meine Hoffnungen sind sehr unbestimmt, und ich wollte nicht, daß ich andere hätte. Freiheit und Ruhe ist das einzige, was ich suche, und brauche, und das hoff' ich zu finden. – Ich bedaure, liebste Mutter, daß ich den Besuch im Vaterlande, der Ihnen und mir so innigst freudig wäre gewesen, noch izt nicht realisiren kann. Ich weiß nemlich nicht, ob ich nicht bis nächste Ostern mit meinem Zöglinge um der französischen Sprache willen nach Genf muß, und weil ich dann doch über Würtemberg käme, so wäre eine Reise i'm Herbste schon leichter zu verläugnen, und in dieser Hoffnung glaub' ich den ökonomischen Gründen folgen zu müssen, und versage mir den schönen Genuß einstweilen, aber, blos um ihn aufzuschieben. Meiner lieben Schwester will ich schreiben. Das traurige Schiksaal des guten Fehleisens wußt' ich schon. Seine Familie bedaur' ich äußerst. – Ich wollte, Sie würden von unangenehmen Zufällen, wie die Veränderung Ihrer Wohnung ist, verschont! Nur Ruhe möcht' ich Ihnen gönnen, Stille und Ruhe! – Die Kommission besorg' ich recht gerne. Ich muß noch so viele Briefe schreiben und bitte Sie deßwegen, mich für dißmal dzu dispensiren. Tausend herzliche Grüße an meine theure Grosmutter von dem ältesten Enkel! Ewig

Ihr

Friz.

17. August. Friedrich Schiller an Johann Wolfgang Goethe.

Mit meinem Protegé, Herrn Schmidt, habe ich freilich wenig Ehre aufgehoben, wie ich sehe, aber ich will solange das Beste hoffen, biß ich nicht mehr kann. Ich bin einmal in dem verzweifelten Fall, daß mir daran liegen muß, ob andere Leute etwas taugen, und ob etwas aus ihnen werden kann; daher werde ich diese Hölderlin und Schmidt so spät als möglich aufgeben.

HE. Schmidt, so wie er jetzt ist, ist freilich nur die entgegengesetzte Carricatur von der Frankfurter empirischen Welt, und so wie diese nicht Zeit hat, in sich hinein zu gehen, so kann dieser und seines gleichen gar nicht aus sich selbst herausgehen. Hier möchte ich sagen, sehen wir Empfindung genug aber keinen Gegenstand dazu, dort den nakten leeren Gegenstand ohne Empfindung. Und so sind überal nur die Materialien zum Menschen da, wie der Poet ihn braucht, aber sie sind zerstreut und haben sich nicht ergriffen. Ich möchte wissen ob diese Schmidt, diese Richter diese Hölderlins absolut und unter allen Umständen so subjectivisch, so überspannt, so einseitig geblieben wären, ob es an etwas primitivem liegt, oder ob nur der Mangel einer aesthetischen Nahrung und Einwirkung von außen und die Opposition der empirischen Welt in der sie leben gegen ihren idealischen Hang diese unglückliche Wirkung hervorgebracht hat. Ich bin sehr geneigt das letztere zu glauben, und wenn gleich ein mächtiges und glückliches Naturell über alles siegt, so däucht mir doch, daß manches brave Talent auf diese Art verloren geht.

Um den 18. August. An Friedrich Schiller. Nach dessen Kalender Eingang am 24.

Ihr Brief wird mir unvergeßlich seyn, edler Mann! Er hat mir ein neues Leben gegeben. Ich fühle tief, wie treffend Sie meine wahrsten Bedürfnisse beurtheilt haben, und ich folge um so freiwilliger Ihrem Rath, weil ich wirklich schon eine Richtung nach dem Wege genommen hatte, den Sie mir weisen.

Ich betrachte jezt die metaphysische Stimmung, wie eine gewisse Jungfräulichkeit des Geistes und glaube, daß die Scheue vor dem Stoffe, so unnatürlich sie an sich ist, doch als Lebensperiode sehr natürlich und auf eine Zeit so zuträglich ist, wie alle Flucht bestimmter Verhältnisse, weil sie die Kraft in sich zurükhält, weil sie das verschwenderische jugendliche Leben sparsam macht, so lange, bis sein reifer Überfluß es treibt, sich in die mannigfaltigen Objecte zu theilen. Ich glaube auch, daß eine allgemeinere Thätigkeit des Geistes und Lebens, nicht blos dem Gehalte, dem Wesen nach vor den bestimmtern Handlungen und Vorstellungen, sondern daß auch wirklich der Zeit nach, in der historischen Entwiklung der Menschennatur die Idee vor dem Begriffe ist, so wie die Tendenz vor der (bestimmten, regelmäßigen) That. Ich betrachte die Vernunft, als den Anfang des Verstandes, und wenn der gute Wille zaudert und sich sträubt, zur nüzlichen Absicht zu werden, so find' ich es ebenso karakteristisch für die Menschennatur überhaupt, als es für Hamlet karakteristisch ist, daß es ihn so schwer ankömmt, etwas zu thun, aus dem einzigen Zweke, seinen Vater zu rächen.

Ich hatte von je den Brauch, mein überflüssig Räsonnement Ihnen vorzuplaudern, aber ich habe so eine Art von Eingang nötig, um mich eigentlicher an Sie zu adressiren, und Sie sehen den Grund davon und verzeihens.

Sie werden fragen, wie ich dazu komme, die neue Übersezung von Kabale und Liebe, die Ihnen der Englische Übersezer zuschikt, durch meine Hände gehen zu lassen.

Ein Freund von mir, Sekretär Mögling aus Stutgard, der sich mit dem Würtembergischen Prinzen einige Zeit in London aufhielt, besuchte mich bei seiner Rükreise, und weil er weiß, daß ich die Ehre habe, Ihnen bekannt zu seyn, gab er mir den Auftrag, oder eigentlich, er wollte mir die Freude lassen, es Ihnen zu überschiken. Der Verleger des Buchs, der es meinem Freunde zunächst zustellte, empfiehlt sich Ihnen ebenfalls und äußert den Wunsch, Ihre neuesten Werke, sogleich bei ihrer Erscheinung zu bekommen; er habe es unternommen, eine Übersezung von all' Ihren Schriften zu liefern. Sollt' es Ihnen lästig seyn, diesen Wunsch selbst zu befriedigen, so würde ich es mir zur Ehre rechnen, nach Ihrer Disposition mich mit dem Verleger in Korrespondenz zu sezen.

Ich danke Ihnen innigst für Ihre gütige Aufnahme des Wanderers in die Horen. Glauben Sie, daß ich diese Ehre zu schäzen weiß!

Auch freut es mich äußerst, daß Sie den Aether Ihres Allmanachs würdig gefunden haben. Ihrer Erlaubniß gemäß, schik' ich Ihnen das Gedicht an die klugen Rathgeber. Ich hab es gemildert und gefeilt, so gut ich konnte. Ich habe einen bestimmteren Ton hineinzubringen gesucht, so viel es der Karakter des Gedichtes leiden wollte. Ich lege Ihnen noch ein Lied bei. Es ist das umgearbeitete und abgekürzte Lied an Diotima, das Sie schon von mir besizen. Ich nähre die Hoffnung, daß es in dieser Gestalt wohl eine Stelle in Ihrem Allmanache finden dürfte.

Sie sagen, ich sollte Ihnen näher seyn, so würden Sie mir sich ganz verständlich machen können; um von Ihnen bedeutet mir ein solches Wort so viel!

Aber glauben Sie, daß ich denn doch mir sagen muß, daß Ihre Nähe mir nicht erlaubt ist? Wirklich, Sie beleben mich zu sehr, wenn ich um Sie bin. Ich weiß es noch ganz gut, wie Ihre Gegenwart mich immer entzündete, daß ich den ganzen andern Tag zu keinem Gedanken kommen konnte. So lang ich vor Ihnen war, war mir das Herz fast zu klein, und wenn ich weg war, konnt' ich es gar nicht mehr zusammenhalten. Ich bin vor Ihnen, wie eine Pflanze, die man erst in den Boden gesezt hat. Man muß sie zudeken um Mittag. Sie mögen über mich lachen; aber ich spreche Wahrheit.

Hölderlin.

Vmtl. nur wenige Tage nach dem Brief an Schiller, in welchem sich Hölderlin innigst für die Aufnahme der Elegie Der Wanderer in den *Horen* bedankt hatte, war der von Schiller redigierte Druck in seinen Händen. Am 10. August hatte Cotta an Schiller die Auslieferung des 6. Horen-Stücks mitgeteilt: *In der Anlage 1 Horen 6s. Der Postwagen bringt die übrigen.* Dieses Paket trifft erst verspätet, am 30. August bei Schiller ein. Nach Frankfurt dürfte die Paketpost nicht länger als 10 Tage gebraucht haben. Hölderlins Enttäuschung und Ärger wurde vmtl. noch durch den im gleichen Heft erscheinenden Beginn vom Sophie Mereaus (erst nach Erscheinen des *Hyperion* begonnenen) Briefroman *Amanda an Eduard* gesteigert worden sein. Deswegen, weil ihm nun auch ein Verhältnis mit der Schriftstellerin angedichtet wurde. Dies erklärt auch den inneren Zustand, in dem er sich am 23. August Goethe vorstellt. Hölderlins unmittelbare Reaktion ist jedoch sachlich. Für den angekündigten Druck von An den Aether nichts besseres erwartend, schreibt er beide Gedichte ein zweites Mal ins reine. Die ersten 22 Verse des hexametrischen Gesangs auf dem verschollenen Doppelblatt mit der Umformung des Lieds Diotima. Die Fortsetzung und die Elegie Der Wanderer auf dem zweiten erhaltenen Bogen. Da Gustav Schlesier die Druckvarianten des ersten Doppelblatts notierte, ist auch der Text von v. 1-22 gesichert. Gegenüber der letzten Entwurfsstufe und dem durch Schiller nur leicht korrigierten Druck im *Musen-Almanach 1797* entfällt hier die Passage kurz vor Schluß: durch den der Planet schifft... bis ...Wie die Perle das Gold,

An den Aether.

Treu und freundlich, wie du, erzog der Göttern und Menschen
Keiner, o Vater Aether! mich auf; noch ehe die Mutter
In die Arme mich nahm, und ihre Brüste mich tränkten,
Faßtest du zärtlich mich an, und gossest himmlischen Trank mir,
Mir den heiligen Othem zuerst in den keimenden Busen.

Nicht von irrdischer Kost gedeihen einzig die Wesen,
Aber du nährst sie all' mit deinem Nektar, o Vater!
Und es dringt sich und rinnt aus deiner ewigen Fülle
Die beseelende Luft durch alle Röhren des Lebens.
Darum lieben die Wesen dich auch und bliken und streben
Unaufhörlich hinauf nach dir im freudigen Wachstum.

Himmlischer! sucht nicht dich mit ihren Augen die Pflanze,
Strekt nach dir die schüchternen Arme der niedrige Strauch nicht?
Daß er dich finde, zerbricht der gefangene Saame die Hülse,
Daß er belebt von dir in deiner Wooge sich bade,
Schüttelt der Wald den Schnee, wie ein überlästig Gewand ab.
Auch die Fische kommen herauf und hüpfen verlangend
Über die glänzende Fläche des Stroms, als begehrten auch diese
Aus der Wiege zu dir; auch den edeln Thieren der Erde
Wird zum Fluge der Schritt, wenn oft das gewaltige Sehnen
Die geheime Liebe zu dir sie ergreift, sie hinaufzieht.
Es verachtet den Boden das Roß, wie gebogener Stahl strebt
In die Höhe sein Hals, mit der Hufe berührt es den Sand kaum.
Wie zum Scherze, berührt der Fuß der Hirsche den Grashalm,
Hüpft, wie ein Zephyr, über den Bach, der reißend hinab schäumt,

Hin und wieder und schweift kaum sichtbar durch die Gebüsche.

Aber des Aethers Lieblinge, sie, die glüklichen Vögel
Wohnen und spielen vergnügt in der blauen Halle des Vaters.
Raums genug ist für alle. Der Pfad ist keinem bezeichnet,
Und es regen sich frei im Hauße die Großen und Kleinen.
Über dem Haupte frolokken sie mir und es sehnt sich auch
mein Herz
Wunderbar zu ihnen hinauf; wie die freundliche Heimath,
Winkt es von oben herab, und auf die Gipfel der Alpen
Möcht' ich wandern und rufen von da dem eilenden Adler,
Daß er, wie einst in die Arme des Zeus den seeligen Knaben,
Aus der Gefangenschaft in des Aethers Halle mich trage.

Thöricht treiben wir uns umher; wie die irrende Rebe,
Wenn ihr der Stab gebricht, woran zum Himmel sie aufwächst,
Breiten wir über dem Boden uns aus, und suchen und wandern
Durch die Zonen der Erd', o Vater Aether! vergebens,
Denn es treibt uns die Lust, in deinen Gärten zu wandeln.
In die Meersfluth werfen wir uns, in den freieren Ebnen
Uns zu sättigen, und es umspielt die unendliche Wooge
Unsern Kiel und es freut sich das Herz an den Kräften
des Meergotts.
Dennoch genügt uns nie, denn der tiefere Ocean reizt uns
Wo die leichtere Wooge sich regt – o wer an die goldnen
Küsten dort oben das wandernde Schiff zu treiben vermöchte!

Aber indeß ich hinauf in die dämmernde Ferne mich sehne
Wo du die fremden Ufer umfängst mit der bläulichen Wooge
Kömmst du säuselnd herab von den Fruchtbaums blühenden
Wipfeln,
Vater Aether! und sänftigest selbst das strebende Herz mir,
Und ich lebe nun gerne, awie sonst, mit den Blumgen der Erde.

Mit der Reinschrift von Der Wanderer liegt der letztintendierte Text dieser ersten Fassung vor. Zum Vergleich hier nur v. 5 8 des *Horen*-Drucks:

Ach! nichtsprang, mit erfrischendem Grün der schattende Wald hier
In die säuselnde Luft üppig und herrlich empor,
Bäche stürzten hier nicht in melodischem Fall vom Gebirge,
Durch das blühende Thal schlingend den silbernen Strom,

Auf Darstellung der weiteren Änderungen und Streichungen wird verzichtet. Den durchgängig differenzierten Text bietet Band 6 der historisch-kritischen Ausgabe, Stroemfeld Verlag, Frankfurt am Main.

Der Wanderer.

Einsam stand ich und sah in die Afrikanischen dürren
Ebnen hinaus; vom Olymp reegnete Feuer herab.
Fernhin schlich das haagre Gebirg, wie ein wandernd Gerippe
Hohl und einsam und kahl blikt' aus der Höhe sein Haupt.
Ach! hier sprang, wie ein sprudelnder Quell, der unendliche Wald nicht
In die tönende Luft üppig und herrlich empor.
Hier frolokten die Jünglinge nicht, die stürzenden Bäche
Ins jungfräuliche Thal hoffend und liebend hinab.
Freundlich blikte kein Dach aus der Blüthe geselliger Bäume,
So, wie aus lieblichem Silbergewölke der Mond.
Keiner Heerde vergieng am plätschernden Brunnen der Mittag,
Und dem Hirten entlief nirgend das lustige Roß.
Unter dem Strauche saß ein scheuer Vogel gesanglos,
Ängstig eilte das Chor wandernder Störche vorbei.
Nicht um Wasser rief ich dich an, Natur! in der Wüste,
Wasser bewahrte mir treulich das fromme Kameel.
Um der Haine Gesang, um Gestalten und Farben des Lebens,
Bat ich vom heiligen Vaterlandsboden verwöhnt.
Schönheit wollt' ich; es gab die Natur mir Scherze zur Antwort,
Schönheit – aber sie gab fast mir Entsezen dafür. –
Auch den Eispol hab' ich besucht; da thürmten, chaotisch
Untereinandergewälzt, schröklich die Gletscher sich auf.
Todt in der Hülse von Schnee schlief hier das gefesselte Leben,
Und der eiserne Schlaf harrte des Tages umsonst.
Ach! hier schlang um die Erde den wärmenden Arm der Olymp nicht,
Wie Pygmalions Arm um die Geliebte sich schlang.

Hier bewegt' er ihr nicht mit dem Sonnenblike den Busen,
Und in Reegen und Thau sprach er nicht freundlich zu ihr.
Mutter Erde! rief ich, du bist zur Witwe geworden
Dürftig und kinderlos lebst du in in langsamer Zeit.
Nichts zu erzeugen und nichts zu pflegen in sorgender Liebe,
Alternd im Kinde sich nicht wiederzusehn, ist der Tod.
Aber vieleicht erwarmst du dereinst am Strale des Himmels,
Aus dem dürftigen Schlaf schmeichelt sein Othem dich auf.
Und, wie ein Saamenkorn, durchbrichst du die eherne Hülse,
Und die knospende Welt windet sich schüchtern heraus.
Deine gesparte Kraft flammt auf in üppigem Frühling,
Rosen glühen und Wein sprudelt im kärglichen Nord.
Aber die Erde schwieg zur Freude, so ich verheißen,
Und vergebens gesagt war das belebende Wort.
Darum kehr' ich zurük an den Rhein, in die glükliche Heimath,
Und es wehen, wie einst, zärtliche Lüfte mich an.
Und das strebende Herz besänftigen mir die vertrauten,
Friedlichen Bäume, die einst mich in den Armen gewiegt.
Und das heilige Grün, der Zeuge des ewigen schönen
Lebens der Welt, es erfrischt, wandelt zum Jüngling mich um.
Alt bin ich geworden indeß, mich blaichte der Eispol,
Und im Feuer des Süds fielen die Loken mir aus.
Doch, wie Aurora den Titon, umfängst du in lächelnder Blüthe,
Warm und fröhlich, wie einst, Vaterlandserde, den Sohn.
Seeliges Land! kein Hügel in dir wächst ohne den Weinstok,
Nieder ins schwellende Gras reegnet im Herbste das Obst.
Fröhlich baden im Strome den Fuß die glühenden Berge,
Kränze von Zweigen und Moos kühlen ihr sonniges Haupt.
Und, wie die Kinder hinauf zur Schulter des herrlichen Ahnherrn,
Steigen am dunkeln Gebirg Vesten und Hütten hinauf.
Friedsam geht aus dem Walde der Hirsch ans freundlich Tagslicht,
Hoch in heiterer Luft siehet der Falke sich um.
Aber unten im Thal, wo die Blume sich nährt von der Quelle,
Strekt das Dörfchen vergnügt über die Wiese sich aus.
Still ists hier: kaum rauschet von fern die geschäfftige Mühle,

Und vom Berge herab knarrt das gefesselte Rad.
Lieblich tönt die gehämmerte Sens' und die Stimme
des Landmanns,
Der am Pfluge dem Stier lenkend die Schritte gebeut,
Lieblich der Mutter Gesang, die im Grase sizt mit dem Söhnlein,
Das die Sonne des Mais schmeichelt in seeligen Schlaf.
Aber drüben am See, wo die Ulme das alternde Hofthor
Übergrünt und den Zaun wilder Holunder umblüht,
Da empfängt mich das Haus und des Gartens heimliches Dunkel,
Wo mit den Pflanzen mich einst liebend mein Vater erzog;
Wo ich froh wie das Eichhorn spielt' auf den lokenden Aesten,
Oder in's duftende Heu träumend die Stirne begrub.
Heimatliche Natur! wie bist du treu mir geblieben!
Zärtlichpflegend, wie einst, nimmst du den Flüchtling noch auf.
Noch gedeihn die Pfirsiche mir, noch wachsen gefällig,
Mir ans Fenster, wie sonst, köstliche Trauben herauf.
Lokend röthen sich noch die süßen Früchte des Kirschbaums,
Und der pflükenden Hand reichen die Zweige sich selbst.
Schmeichelnd zieht mich, wie sonst, in des Walds unendliche Laube
Aus dem Garten der Pfad, oder hinab an den Bach,
Wo ich einst im kühlen Gebüsch, in der Stille des Mittags
Von Otahitis Gestad oder von Tinian las.
Und die Pfade röthest du mir, es wärmt mich und spielt mir
Um das Auge, wie sonst, Vaterlandssonne, dein Licht.
Feuer trink' ich und Geist aus deinem freudigen Kelche,
Schläfrig lässest du nicht werden mein alterndes Haupt.
O, die einst mir die Brust erwekte vom Schlafe der Kindheit,
Und mit sanfter Gewalt höher und weiter mich trieb,
Mildere Sonne! zu dir kehr' ich getreuer und weiser,
Friedlich zu werden und froh unter den Blumen zu ruhn.

23. August. Johann Wolfgang Goethe an Friedrich Schiller.

Gestern ist auch Hölterlein bey mir gewesen, er sieht etwas gedrückt und kränklich aus, aber er ist wirklich liebenswürdig und mit Bescheidenheit, ja mit Ängstlichkeit offen. Er ging auf verschiedene Materien, auf eine Weise ein, die Ihre Schule verrieth, manche Hauptideen hatte er sich recht gut zu eigen gemacht, so daß er manches auch wieder leicht aufnehmen konnte. Ich habe ihm besonders gerathen kleine Gedichte zu machen und sich zu jedem einen menschlich interessanten Gegenstand zu wählen. Er schien noch einige Neigung zu den mittlern Zeiten zu haben in der ich ihn nicht bestärken konnte.

Nach 23. August. Die drei auf dem letzten Blatt der zuvor entstandenen Reinschrift von Der Wanderer. notierten rhapsodischen Oden-Entwürfe befolgen Goethes Rat zu *kleineren Gedichten*. Der erste gewählte *menschlich interessante Gegenstand* verweigert sich dem Gedicht, und es bleibt folgerichtig bei dieser dichterisch wunderbaren, am Schluß mit der Federfahne getilgten Feststellung.

Buonaparte.

Heilige Gefäße sind die Dichter,
Worinn des Lebens Wein der Geist
Der Helden sich aufbewahrt,

Aber der Geist dieses Jünglings
Der schnelle müßt' er es nicht zersprengen
Wo es ihn fassen wollte das Gefäß
Der Dichter laß ihn unberührt
Wie den Geist der Natur,
An solchem Stoffe wird zum Knaben
der Meister
Er kann im Gedichte nicht leben und bleiben
Er lebt und bleibt
in der Welt.

Auf der noch leeren Seite oben. Erster Ansatz zur alkäischen, das letzte Mal im Winter 1803 überarbeiteten Diotima-Ode.

Diotima.

Und schweigen von der schönsten der Heldinnen,

Unmittelbar darunter der rhapsodische, später zur alkäischen Ode umgeformte Entwurf Empedokles.

Empedokles.

In den Flammen suchst du das
Leben, dein Herz gebietet und pocht und
Du folgst und wirfst dich in den
Aetna hinab.

Perlen zerschmelzt' im Weine die Königin,
Die Verschwenderin! mochte sie doch
Hättest nur du nicht deine Perlen
Die Kräfte deines Lebens
Dem alten gährenden Becher geopfert.

Kühn war, wie das Element das ihn hinwegnahm,
Der Getödtete, kühn und gut,
Und ich möchte ihm folgen, dem
Heiligen Manne,
Hielte die Liebe mich nicht.

INHALT